EDGAR ALLAN POE

W0418536

Tales

(1845)

7ª Ristampa
CRESCERE Edizioni
www.edizionicrescere.it
www.crescerelibreria.it

EDGAR ALLAN POE

I Racconti del Mistero

I DELITTI DELLA RUE MORGUE

Quale canzone cantassero le sirene,
o quale nome assumesse Achille
quando si nascose tra le donne,
per quanto problemi sconcertanti,
non sono al di là di ogni congettura.

Sir Thomas Browne, Hydriotaphia.

Le facoltà mentali che definiamo analitiche sono di per sé poco suscettibili di analisi. Le intendiamo a fondo unicamente nei loro effetti. Di esse sappiamo, tra l'altro, che per chi le possiede in misura straordinaria sono, sempre, fonte del più vivo godimento. Come l'uomo forte gode della propria prestanza fisica, dilettandosi di quegli esercizi che impegnano i suoi muscoli, così l'analista si compiace di quell'attività mentale che risolve. Trae piacere anche dalle occupazioni più banali, purché impegnino i suoi talenti. È appassionato di enigmi, di rebus, di geroglifici, facendo mostra nel risolverli di un acumen che a un'intelligenza comune appare soprannaturale. I risultati cui perviene, dedotti dall'anima stessa, dall'essenza del metodo, hanno, in verità, tutta l'aria dell'intuizione. La capacità di risolvere è probabilmente potenziata dallo studio della matematica e soprattutto del ramo più nobile di essa che impropriamente, e solo a causa delle sue operazioni a ritroso, è stato denominato analisi, quasi lo fosse par excellence. Eppure calcolare non è di per sé analizzare. Un giocatore di scacchi, ad esempio, calcola, senza ricorrere all'analisi. Ne consegue che il gioco degli scacchi, per quanto concerne il suo effetto sull'ambito mentale, è completamente frainteso. Non sto scrivendo un trattato, ma semplicemente premettendo alcune osservazioni fatte un po' a casaccio a una narrazione piuttosto singolare; colgo pertanto l'occasione per sostenere che le facoltà superiori dell'intelletto riflessivo vengono messe alla prova più decisamente e con maggiore utilità dal più modesto gioco della dama che dall'elaborata vacuità degli scacchi. In quest'ultimo gioco, dove i pezzi hanno movimenti diversi e «bizzarri», secondo valori vari e variabili, quanto è solo complicato passa (errore tutt'altro che insolito) per profondo. Vi si esige un'attenzione davvero straordinaria. Ove essa si allenti per un attimo, ne conseguirà una svista comportante un danno o una sconfitta. Poiché le mosse possibili non sono solo molteplici, ma anche complesse, le occasioni per simili sviste si moltiplicano, e nove volte su dieci chi vince non è il giocatore più sottile, ma quello capace di maggior concentrazione. A dama, al contrario, dove le mosse sono di un unico tipo e scarse le variazioni, le probabilità di distrazione sono minori, e poiché la mera attenzione viene impiegata solo relativamente, i risultati ottenuti da entrambi gli avversari sono da attribuirsi a un acumen maggiore. Ma lasciamo le astrazioni. Immaginiamo una partita a dama dove i pezzi siano ridotti a quattro-dame, e dove, naturalmente, non sia probabile alcuna svista. È chiaro che qui la vittoria sarà decisa (dal momento che i giocatori si equivalgono) solo da una mossa recherchée, risultato di un poderoso sforzo dell'intelletto. Privato delle consuete risorse, l'analista penetra nello spirito dell'avversario, si identifica con esso, e non di rado vede così, con una sola occhiata, l'unico metodo (talora assurdamente semplice) con cui può indurre l'altro in errore o fargli fare, per la fretta, un calcolo sbagliato.

Da lungo tempo il *whist* è apprezzato per l'influenza che esso esercita su quella che viene definita capacità di calcolo; e si sa che uomini di altissimo intelletto ne hanno tratto un diletto apparentemente inspiegabile, mentre hanno disdegnato gli scacchi come gioco frivolo. Senza dubbio non v'è tra i giochi nulla che impegni a tal punto la facoltà di analisi. Il miglior giocatore di scacchi della cristianità sarà il miglior giocatore di scacchi o poco più; ma l'abilità al *whist* implica una probabilità di successo in tutte quelle imprese tanto più importanti in cui una mente si trova a lottare con un'altra mente. Quando dico abilità, intendo quella perfezione di gioco che implica la conoscenza di tutti i mezzi da cui possa trarsi legittimo vantaggio. Tali mezzi non sono soltanto molteplici ma multiformi, e si celano spesso in recessi del pensiero assolutamente inaccessibili all'intelligenza normale. Osservare attentamente significa ricordare con chiarezza; e, sotto questo aspetto, l'attento giocatore di scacchi riuscirà benissimo nel *whist*; d'altra parte, le «regole di Hoyle» (anch'esse basate sulla mera meccanica del gioco) sono di facile e generale comprensione. Così avere una memoria salda e attenersi fedelmente alle «regole» sono punti generalmente considerati come il meglio, il massimo del ben giocare. Ma è nei casi che si collocano fuori delle pure e semplici regole che si manifesta l'abilità dell'analista. In silenzio, egli fa una quantità di osservazioni e deduzioni; lo stesso, forse, fanno i suoi compagni di gioco; ma la differenza nella portata delle informazioni così ottenute non consiste tanto nella validità della deduzione quanto nella qualità dell'osservazione. Quel che è necessario sapere è che cosa bisogna osservare. Il nostro giocatore non si pone limiti, né, per il fatto che l'oggetto è il gioco, trascura di trarre deduzioni da ciò che è estraneo al gioco. Scruta l'espressione del suo compagno, confrontandola attentamente con quella di ciascuno dei suoi avversari. Tiene d'occhio il modo in cui, a ogni mano, ciascuno dispone le proprie carte, spesso contando gli assi e le figure grazie agli sguardi dei giocatori che via via ne sono in possesso. Nota il mutare dei volti man mano che il gioco procede, traendo materia di riflessione dalle diverse espressioni: sicurezza, sorpresa, trionfo, disappunto. Dal modo di raccogliere un'alzata, giudica se chi la prende ha la possibilità di farne un'altra dello stesso seme o colore. Riconosce la carta giocata per ingannare dal modo in cui viene buttata sul tavolo. Una parola casuale o distratta; una carta caduta o scoperta accidentalmente, e il nervosismo o la noncuranza con cui viene nascosta; il conteggio delle alzate, l'ordine con cui si succedono: l'imbarazzo, l'esitazione, l'impeto o la trepidazione, tutto ciò consente alla sua percezione apparentemente intuitiva di trarre indicazioni sullo stato effettivo delle cose. Una volta giocate le prime due o tre mani, egli conosce perfettamente le carte di cui ciascun giocatore dispone, e da quel momento è in grado di buttar giù le sue seguendo un piano così preciso come se gli altri giocassero a carte scoperte.

La capacità analitica non deve essere confusa con la semplice ingegnosità; giacché mentre l'analista è necessariamente ingegnoso, l'uomo ingegnoso è spesso assolutamente negato all'analisi. La facoltà di collegare o combinare, attraverso cui l'ingegnosità comunemente si manifesta, e alla quale i frenologi hanno assegnato (secondo me, a torto) un organo a parte, considerandola una facoltà originaria, è stata così frequentemente riscontrata in persone il cui livello intellettuale rasentava per altri versi l'idiozia, da attirare l'attenzione di tutti gli studiosi di scienze morali.

Tra l'ingegnosità e la capacità analitica esiste in effetti una differenza ancor più notevole di quella che intercorre tra fantasia e immaginazione, benché di carattere assolutamente analogo. Si constaterà che l'uomo ingegnoso è sempre ricco di fantasia, e che l'uomo dotato di vera immaginazione non è mai altro che analitico.

La narrazione che segue apparirà al lettore come una sorta di commento alle proposizioni ora enunciate.

A Parigi, dove soggiornai tutta la primavera e parte dell'estate del 18.., feci la conoscenza di un certo Monsieur C. Auguste Dupin. Questo giovane gentiluomo apparteneva a un'ottima, anzi a un'illustre famiglia, ma da tutta una serie di malaugurate vicende era stato ridotto a tal grado di indigenza, che l'energia del suo carattere aveva finito col soccombere, ed egli aveva rinunciato ad ogni ambizione sociale e aveva cessato di preoccuparsi di riassestare le sue finanze. Grazie alla cortesia dei suoi creditori, gli restava ancora una piccola parte del patrimonio; e con la rendita che gliene veniva, riusciva, per mezzo di una rigorosa economia, a procurarsi il necessario per vivere, senza darsi pensiero del superfluo. Suo unico lusso erano i libri, e a Parigi non è difficile procurarsene.

Ci incontrammo la prima volta in un'oscura libreria di Rue Montmartre, dove il fatto fortuito di essere entrambi alla ricerca dello stesso volume, raro quanto singolare, ci portò a intrattenere più stretti rapporti. Da allora ci rivedemmo spesso. Mi interessò vivamente la sua piccola storia familiare, che egli mi narrò nei minimi particolari, con tutta quella franchezza di cui e capace un francese, ogniqualvolta discorre di se stesso. Mi stupì la vastità delle sue letture; e, soprattutto, sentii il mio spirito infiammarsi a contatto dello stravagante fervore, della vivida freschezza della sua immaginazione. Considerando ciò che allora mi interessava scoprire a Parigi, pensai, che la compagnia di un uomo simile sarebbe stata per me un tesoro inestimabile, e francamente glielo confidai. Alla fine combinammo di abitare insieme durante il mio soggiorno nella capitale; e poiché la mia situazione finanziaria era meno precaria della sua, potei addossarmi le spese dell'affitto e dell'arredamento, in uno stile che si confacesse alla tetraggine un po' fantastica del mio e del suo carattere, di una casa grottesca, rosa dal tempo, da lungo disabitata a causa di certe superstizioni che trascurammo di indagare, che sorgeva, semidiroccata ormai, in una zona solitaria e squallida del Faubourg Saint-Germain.

Se la gente fosse venuta a conoscenza di quella che era la routine della nostra vita lì, in quella casa, ci avrebbe certo presi per pazzi, anche se, forse, non pericolosi. Il nostro isolamento era assoluto. Non ricevevamo visite. Anzi, il luogo del nostro ritiro era stato accuratamente tenuto segreto anche ai miei amici d'una volta; ed erano molti anni ormai che Dupin non conosceva nessuno a Parigi, e da nessuno era conosciuto. Esistevamo solo per noi stessi. Il mio amico indulgeva a una stravaganza (come altrimenti potrei chiamarla?): era innamorato della notte per se stessa; e io quietamente cedetti a questa sua bizarrerie, come a tutte le altre, assecondando i suoi singolari capricci con completo abbandono. La tenebrosa divinità non dimorava sempre con noi, ma potevamo fingerne la presenza. Non appena albeggiava, chiudevamo tutti i massicci scuri della vecchia casa; accendevamo un paio di candele, fortemente aromatiche, che diffondevano solo fiochi raggi spettrali. E allora, con il loro aiuto, le nostre anime inseguivano i sogni - leggendo, scrivendo, o conversando, finché l'orologio ci annunziava il sopravvenire dell'Oscurità vera. Allora uscivamo a passeggiare per le strade, sottobraccio, continuando i discorsi del giorno, o vagando senza meta fino a ora tarda, in cerca, tra le luci e le ombre strane della città popolosa, di quell'inesauribile eccitazione della mente che la tacita osservazione può consentire. In quelle occasioni non potevo fare a meno di notare e ammirare in Dupin (anche se la naturale intensità della sua attività ideativa ben mi portava a prevederla) una straordinaria capacità analitica. Sembrava anche che dall'esercizio (non voglio dire dall'ostentazione) di tale capacità egli traesse grande diletto, cosa che del resto non esitava a confessare. Con un riso sommesso, si vantava con me del fatto che per lui la maggior parte degli uomini avevano davanti al cuore delle finestre spalancate, ed era solito far seguire a tali affermazioni prove dirette e sbalorditive dell'intima conoscenza che aveva del mio cuore. In quei momenti i suoi modi erano freddi e distanti; gli occhi privi d'espressione; e la voce, solitamente di caldo timbro tenorile, prendeva un tono acuto che sarebbe parso petulante, non fosse stato per la sua determinazione e l'assoluta chiarezza della pronuncia. Osservandolo nei momenti di questo suo umore, mi soffermavo spesso a meditare sull'antica dottrina dell'anima bipartita, divertendomi a fantasticare di un duplice Dupin: il Dupin che crea e il Dupin che risolve.

Non si deve pensare, da quanto ho detto, che io stia rivelando un mistero o scrivendo un racconto di pura fantasia. Ciò che ho descritto in questo francese era solo l'effetto di una intelligenza sovreccitata o forse malata. Ma un esempio darà una migliore idea della natura delle sue osservazioni nei momenti ai quali ho accennato.

Passeggiavamo una notte per una lunga strada sudicia nei pressi del Palais Royal. Entrambi immersi nei nostri pensieri, per almeno un quarto d'ora non avevamo detto sillaba. All'improvviso, Dupin ruppe il silenzio con queste parole: «Verissimo: è troppo piccolo, quell'uomo. Sarebbe più adatto per il *Théâtre des Variétés*».

«Non c'è dubbio», risposi, senza farci caso, senza notare al primo momento (tanto ero immerso nelle mie riflessioni) la maniera straordinaria con cui il mio interlocutore si era inserito nel filo delle mie meditazioni. Dopo un istante mi ripresi, e il mio stupore fu profondo.

«Dupin», dissi gravemente, «questo va al di là della mia comprensione. Non esito a dire che sono sbalordito, e quasi non riesco a credere ai miei sensi. Come è possibile che abbiate indovinato che io stavo pensando a... ?» e qui mi fermai per accertare, al di là d'ogni dubbio, se sapesse davvero a chi avevo pensato.

«A Chantilly», disse lui; «ma perché v'interrompete? Stavate osservando fra di voi che la sua statura troppo bassa lo rendeva inadatto a recitar tragedie».

Ed era stato per l'appunto questo il tema delle mie riflessioni. Chantilly era un ciabattino di Rue Saint-Denis che, invaghitosi del palcoscenico, si era cimentato nel rôle di Serse, nell'omonima tragedia di Crébillon, e i suoi sforzi erano stati oggetto di satire feroci.

«Ditemi, per amor del cielo», esclamai, «quale metodo - se metodo c'è - vi ha permesso di sondare la mia anima su tale argomento».

«È stato l'ortolano, naturalmente», rispose il mio amico, «a portarvi alla conclusione che il rappezzasuole non aveva statura sufficiente per *Serse et id genus omne*».

«L'ortolano. Mi stupite... Non conosco nessun ortolano».

«L'uomo che vi ha urtato quando abbiamo imboccato questa strada... sarà un quarto d'ora».

Ricordai ora che, effettivamente, un ortolano, che reggeva sul capo una gran cesta di mele, mi aveva quasi buttato per terra, sbadatamente, mentre passavamo dalla Rue C. nella strada dove ora ci trovavamo; ma che cosa ciò avesse a che fare con Chantilly proprio non riuscivo a capirlo.

In Dupin non c'era traccia di *charlatanerie*. «Lo spiegherò», disse, «e perché possiate capire tutto chiaramente, riesamineremo per prima cosa il corso dei vostri pensieri dal momento in cui vi ho rivolto la parola fino a quello della *rencontre* con l'ortolano in questione. Gli anelli principali della catena si susseguono così: Chantilly, Orione, Dr. Nichol, Epicuro, stereotomia, il selciato, l'ortolano».

Poche sono le persone che non si siano divertite, in qualche momento della loro vita, a ripercorrere i passi compiuti dalla loro mente per arrivare a determinate conclusioni. È un'occupazione spesso ricca d'interesse; e chi ci si cimenta per la prima volta si stupirà della distanza apparentemente incolmabile, della sconnessione tra punto di partenza e punto di arrivo.

«Stavamo parlando di cavalli, se ben ricordo, giusto prima di lasciare la Rue C. È questo l'ultimo argomento di cui abbiamo discusso. Mentre attraversavamo la strada per imboccare questa via, un ortolano, con una gran cesta di mele sul capo, sfiorandoci di gran corsa, vi spinse su un mucchio di selci raccolte in un punto in cui il marciapiede è in riparazione. Siete inciampato in una delle pietre sparse all'intorno, siete scivolato storcendovi leggermente la caviglia, avete preso un'aria infastidita o perlomeno aggrondata, avete borbottato qualche parola, vi siete voltato a guardare il mucchio di selci, e poi avete ripreso a camminare in silenzio. lo non stavo particolarmente attento a quel che facevate; ma in questi ultimi tempi l'osservazione è diventata per me una sorta di necessità.

Tenevate gli occhi per terra... guardavate, seccato, i buchi e i solchi sul marciapiede (così che mi avvidi che stavate ancora pensando alle pietre): questo finché arrivammo al passage Lamartine, che è stato pavimentato, in via sperimentale, con lastre sovrapposte e incastrate. Qui il volto vi si schiarì un poco e, vedendo che muovevate le labbra, non ebbi alcun dubbio che mormoraste la parola *stereotomia*, termine che con un bel po' d'affettazione si applica a questo tipo di lastricato. Sapevo che non avreste potuto pronunciare fra voi il vocabolo *stereotomia* senza essere portato a pensare agli atomi e, di conseguenza, alle teorie di Epicuro; e poiché, quando ne discutemmo non molto tempo fa, vi accennai al fatto invero singolare, anche se pressoché ignorato, che le vaghe ipotesi di quel greco eccelso avessero trovato conferma nella più recente cosmogonia delle nebulose, mi parve che non avreste potuto fare a meno di alzare gli occhi verso la grande nebula di Orione e aspettai con tutta sicurezza che lo faceste. E difatti voi alzaste gli occhi; ero certo, ora, d'aver seguito passo passo il corso del vostro pensiero. Ma in quella spietata tirade contro Chantilly, pubblicata sul *Musée* di ieri, l'autore, malignamente satireggiando il cambiamento di nome del ciabattino all'atto di calzare il coturno, citò un verso latino di cui abbiamo spesso parlato...

Mi riferisco al verso *Perdidit antiquum litera prima sonum*.

Vi avevo detto che questo si riferiva a Orione, che in passato si scriveva Urione; e, per certe asprezze che entrarono nella spiegazione, ero certo che non potevate esservene dimenticato.

Era perciò evidente che non avreste mancato di collegare le due idee, di Orione e di Chantilly. E che effettivamente le collegaste lo capii da quel certo sorriso che vi sfiorò le labbra. Pensavate allo strazio del povero ciabattino. Fino allora, avevate camminato tutto curvo; ma ecco che vi vidi ergervi in tutta la vostra altezza. Fui certo, a questo punto, che stavate riflettendo sulla statura minuscola di Chantilly. E fu qui che interruppi le vostre meditazioni per osservare che, verissimo, era troppo piccolo, quell'uomo, e che sarebbe stato più adatto per il *Théâtre des Variétés*».

Non molto tempo dopo, stavamo scorrendo l'edizione della sera della *Gazette des Tribunaux*, quando queste righe fermarono la nostra attenzione: SENSAZIONALE DELITTO.

Verso le tre di questa mattina, gli abitanti del quartiere Saint-

Roche sono stati destati da un susseguirsi di urla terrificanti provenienti apparentemente dal quarto piano di una casa situata in Rue Morgue, notoriamente abitata soltanto da una certa Madame L'Espanaye e da sua figlia, Mademoiselle Camille L'Espanaye. Dopo qualche indugio, dovuto al vano tentativo di accedere nel caseggiato per via normale, il portone venne forzato con un piè di porco, e otto o dieci vicini entrarono accompagnati da due gendarmes. Nel frattempo, le grida erano cessate; ma mentre le persone accorse si precipitavano su per la prima rampa di scale, si udirono due o più voci aspre impegnate in un violento litigio, che parevano provenire dal piano superiore della casa. Come venne raggiunto il secondo pianerottolo, anche quei suoni erano cessati, e tutto era silenzio. Il gruppo si divise, irrompendo nei diversi locali. Arrivati a una vasta stanza sul retro del quarto piano (la cui porta, chiusa a chiave dall'interno, dovette essere forzata), agli occhi dei presenti si presentò uno spettacolo che li empì tutti d'orrore e insieme di sbalordimento.

«La stanza era in un disordine pazzesco, i mobili rotti e scaraventati in ogni direzione. C'era un unico letto, e il cassone era stato divelto e gettato nel mezzo del pavimento. Su una sedia era posato un rasoio, lordo di sangue. Nel caminetto c'erano due o tre ciocche, lunghe e folte, di capelli umani grigi, anch'esse intrise di sangue e, a quel che pareva, strappate dalle radici. Sul pavimento vennero rinvenuti quattro napoleoni, un orecchino di topazio, tre grandi cucchiai d'argento, altri tre - più piccoli - di *métal d'Alger*, e due borse, contenenti quasi quattromila franchi in oro. I cassetti di un bureau, posto d'angolo, erano aperti, ed erano stati evidentemente saccheggiati, anche se vi si trovavano ancora svariati capi di vestiario. Sotto il letto (non sotto il cassone), venne trovata una piccola cassaforte: aperta, con la chiave ancora nella serratura. Non conteneva che alcune vecchie lettere, e altri documenti di poca importanza.

«Nessuna traccia di Madame L'Espanaye; ma essendo stata notata una quantità inconsueta di fuliggine nel caminetto, si procedette a esaminare la cappa dello stesso, e (orribile a dirsi!), ne venne tratto, a testa in giù, il cadavere della figlia, che in quella posizione era stato forzato per un buon tratto su per l'angusta apertura. Il corpo era ancora caldo. All'esame, si riscontrarono molte escoriazioni, senza dubbio prodotte dalla violenza con cui era stato spinto su per la cappa del camino e successivamente estratto. Il viso presentava numerose e profonde graffiature, e la gola lividi nerastri e marcate incisioni di unghie, come se la vittima fosse morta strangolata.

«Dopo minuziosa perlustrazione in ogni parte della casa, senza ulteriori scoperte, il gruppo di persone passò ad un minuscolo cortile selciato sul retro della casa, dove giaceva il cadavere della vecchia signora, con la gola tagliata così a fondo che, quando si tentò di sollevare il cadavere, la testa se ne staccò. Tanto il corpo che la testa erano orribilmente mutilati: il primo a tal punto da non serbare quasi più traccia di parvenza umana.

«A quanto ci risulta, non esiste ancora nessun indizio che possa condurre alla soluzione di questo orrendo mistero».

Il giornale del giorno successivo riportava questi altri particolari: "La tragedia della Rue Morgue". Molte persone sono state interrogate in relazione a questo incredibile e spaventoso affare (la parola *affaire* non ha ancora, in Francia, il significato di cosa di trascurabile importanza che ha da noi), ma nulla è trapelato finora che possa far luce su di esso.

Riportiamo qui sotto tutte le informazioni emerse in base alle testimonianze.

Pauline Dubourg, lavandaia, depone di conoscere entrambe le vittime da tre anni per aver fatto loro il bucato durante tutto quel periodo. La vecchia signora e sua figlia sembravano in buoni rapporti, molto affezionate l'una all'altra. Puntuali nei pagamenti. Del loro tenore di vita e dei loro mezzi, non saprebbe dire. Credeva che Madame L. si guadagnasse da vivere predicendo la fortuna.

Si sapeva che aveva denaro da parte. Quando lei passava a ritirare la biancheria o a riportarla, in casa non aveva mai incontrato nessuno. Era sicura che non avessero persone di servizio. Pareva che, tranne che al quarto piano, non vi fossero mobili in nessuna parte della casa.

Pierre Moreau, tabaccaio, depone di aver venduto abitualmente, per quasi quattro anni, piccole quantità di tabacco da fumo e da fiuto a Madame L'Espanaye. È nato nel quartiere, e vi ha sempre abitato. La defunta e sua figlia occupavano da più di sei anni la casa in cui sono stati rinvenuti i cadaveri. Precedentemente vi aveva abitato un gioielliere, che aveva subaffittato le stanze del piano superiore a varie persone. La casa era di proprietà di Madame L. Disgustata dall'impiego abusivo che l'inquilino faceva dei locali, si era trasferita lei stessa nell'edificio, rifiutandosi di affittarne una qualsiasi parte. La vecchia signora era un po' rimbambita. In quei sei anni, il testimone - aveva visto la figlia cinque-sei volte in tutto. Le due donne facevano vita estremamente ritirata, e si diceva che avessero denaro. Aveva sentito dire dai vicini che Madame L. prediceva la fortuna, ma non ci credeva. Non aveva mai visto nessuno varcare il portone tranne la vecchia signora e sua figlia, un fattorino un paio di volte, e un medico otto-dieci volte.

Molte altre persone nel quartiere hanno deposto in questo senso. Di nessuno si è detto che frequentasse la casa. Non si sapeva se Madame L. e sua figlia avessero ancora parenti in vita. Le imposte delle finestre sulla facciata venivano aperte raramente. Le imposte sul lato posteriore erano sempre chiuse, eccetto quelle della grande stanza in fondo, al quarto piano. La casa era in buono stato, non molto vecchia.

Isidore Musèt, gendarme, depone di essere stato chiamato sul luogo verso le tre del mattino e di aver trovato, davanti al portone, venti o trenta persone che cercavano di entrare. Infine aveva forzato l'ingresso con una baionetta, non con un piè di porco. Non aveva avuto grandi difficoltà ad aprire il portone, essendo questo a due battenti e privo di sbarra, sia in alto sia in basso. Le urla erano continuate finché il portone era stato forzato; poi, bruscamente, erano cessate. Sembravano grida di una o più persone in preda alle pene più atroci: erano alte e prolungate, non brevi e rapide.

Il testimone precedette gli altri su per le scale. Raggiunto il primo pianerottolo, udì due voci in aspro e violento alterco: una era una voce roca, l'altra molto più stridula, una voce stranissima. Poté cogliere alcune parole della prima, la voce di un francese. Era certo che non si trattasse della voce di una donna. Riuscì a distinguere le parole *sacré* e *diable*. La voce stridula era quella di uno straniero, ma non poteva dire se si trattasse della voce di un uomo o di una donna. Non riuscì a capire quel che diceva, ma credeva che la lingua fosse lo spagnolo. Lo stato della camera e dei corpi venne descritto dal teste così come l'abbiamo riferito ieri.

Henri Duval, un vicino, di professione argentiere, depone di aver fatto parte del gruppo che per primo entro nella casa. Conferma in generale la deposizione di Musèt. Appena forzato il portone, lo richiusero per impedire l'accesso alla folla che, malgrado l'ora tarda, si andava rapidamente assembrando. La voce stridula, secondo il teste, era quella di un italiano.

Odenheimer, restaurateur. Il testimone si è presentato spontaneamente a deporre. Non parla francese, ed è stato interrogato tramite interprete. È nato ad Amsterdam. Passava davanti alla casa nel momento in cui si udivano le urla. Durarono per parecchi minuti, forse dieci. Erano prolungate e altissime, veramente terribili e sconvolgenti. Fu tra quelli che entrarono nell'edificio.

Ha confermato la precedente testimonianza su tutti i punti, eccetto uno. Era certo che la voce stridula fosse quella di un uomo, di un francese. Non riuscì a distinguere le parole pronunciate.

Erano forti e rapide, sconnesse, come se chi parlava fosse in preda alla paura, oltre che alla collera.

La voce era aspra, più aspra che stridula. Non poteva definirla stridula. La voce roca disse ripetutamente *sacré*, *diable*, e una volta *mon Dieu*.

Jules Mignaud, banchiere, della ditta Mignaud et Fils, Rue Deloraine. È Mignaud padre.

Madame L'Espanaye possedeva una piccola fortuna. Aveva

aperto un conto presso la sua banca nella primavera dell'anno... (otto anni prima). Depositava spesso piccole somme. Fino al terzo giorno prima della sua morte non aveva mai effettuato prelievi: quel giorno venne di persona a ritirare quattromila franchi. La somma le era stata pagata in oro e mandata a casa a mezzo di un fattorino.

Adolphe Le Bon, fattorino presso Mignaud et Fils, depone che il giorno in questione, verso mezzogiorno, aveva accompagnato Madame L'Espanaye fino alla sua abitazione con i quattromila franchi distribuiti in due borse. Quando la porta venne aperta, comparve Mademoiselle L., che gli tolse di mano una delle borse, mentre la vecchia signora prendeva l'altra. Dopo di che, si era congedato con un inchino. Per la strada non aveva visto nessuno. È una via secondaria, poco frequentata.

William Bird, sarto, depone di aver fatto parte del gruppo che penetrò nella casa. Vive a Parigi da due anni. Fu uno dei primi a salire le scale. Ha sentito le voci, come in un alterco. La voce roca era quella di un francese. Poté distinguere diverse parole, ma ora non le ricorda tutte. Ha udito chiaramente *sacré* e *mon Dieu*. In quel momento c'era un rumore come di più persone impegnate in una rissa: come uno scalpiccio, e dei tonfi. La voce stridula era molto forte, più forte della voce roca. Non era, ne è sicuro, la voce di un inglese; forse di un tedesco. Avrebbe potuto essere una voce di donna. Non sa il tedesco.

Quattro dei succitati testi, riconvocati, hanno deposto che la porta della camera in cui fu trovato il corpo di Mademoiselle L. era chiusa dall'interno nel momento in cui il gruppo dei soccorritori la raggiunse. Il silenzio era assoluto. Né gemiti, né rumori di sorta. Le finestre, sia quella che dà sul retro, sia quella che dà sulla facciata, erano abbassate e saldamente chiuse dall'interno. Una porta tra le due stanze era chiusa, ma non a chiave. La porta di comunicazione tra la stanza che dà sulla facciata e il corridoio era chiusa a chiave, con la chiave all'interno.

Uno stanzino sul davanti della casa, al quarto piano, in fondo al corridoio, era aperto, con l'uscio accostato. In questo stanzino erano ammucchiate vecchie lettiere, scatole, e così via. Il tutto venne scrupolosamente rimosso ed esaminato. Non c'è un centimetro, in tutta la casa, che non sia stato scrupolosamente esaminato. Apposite spazzole vennero mandate su e giù per i camini. La casa ha quattro piani, più i solai *(mansardes)*. Una botola sul tetto era stata saldamente inchiodata, e aveva tutta l'aria di non essere stata aperta da anni. Il tempo trascorso tra il momento in cui si erano udite le grida della rissa e quello in cui fu forzata la porta venne variamente indicato dal testimoni.

Secondo alcuni, non più di tre minuti. Secondo altri, almeno cinque. La porta fu aperta con difficoltà.

Alfonso Garcio, impresario di pompe funebri, dichiara di abitare in Rue Morgue. È spagnolo di nascita. Faceva parte del gruppo che penetrò nella casa. Non salì ai piani superiori. È impressionabile, e temeva le conseguenze di una troppo violenta emozione. Udì le voci nell'alterco.

La voce roca era quella di un francese. Non poté afferrare cosa dicesse. La voce stridula era di un inglese, di questo è sicuro. Non sa l'inglese, ma giudica dall'intonazione.

Alberto Montani, pasticciere, depone di essere stato uno dei primi a salire le scale. Udì le voci in questione. La voce roca era quella di un francese. Distinse diverse parole. Chi parlava sembrava supplicare qualcuno. Non era riuscito ad afferrare le parole pronunciate dalla voce stridula. Parlava rapidamente e a scatti. Pensa che la voce in questione fosse quella di un russo.

Conferma, in linea generale, le altre testimonianze. È italiano. Non ha mai avuto a che fare con un russo.

Parecchi testi, riconvocati, hanno deposto che i camini di tutte le stanze del quarto piano sono troppo stretti per consentire il passaggio di un corpo umano. Per apposite spazzole intendevano quelle spazzole cilindriche che vengono usate dagli spazzacamini. Dette spazzole vennero fatte passare in su e in giù attraverso ogni canna della casa. Non ci sono passaggi sul retro per i quali qualcuno avrebbe potuto discendere mentre il gruppo delle persone accorse saliva le scale. Il corpo di Mademoiselle L'Espanaye era così saldamente incastrato nel camino che fu possibile estrarlo solo grazie agli sforzi congiunti di quattro o cinque persone.

Paul Dumas, medico, depone di essere stato chiamato a esaminare i cadaveri verso l'alba.

Erano entrambi composti sul saccone della lettiera nella camera dove era stata rinvenuta Mademoiselle L. Il corpo della signorina era coperto di ecchimosi ed escoriazioni. Il fatto che fosse stato forzato su per il camino bastava a spiegare le sue condizioni. La gola era tutta scorticata.

Proprio sotto il mento, v'erano parecchi graffi profondi, nonché una serie di lividi, evidentemente causati dalla pressione di dita. Il viso era tremendamente livido, gli occhi sporgenti. La lingua era stata parzialmente mozzata dai denti. Una larga ecchimosi fu scoperta alla bocca dello stomaco, prodotta, all'apparenza, dalla pressione di un ginocchio. Secondo Monsieur Dumas, Mademoiselle L'Espanaye era stata strangolata a morte da una o più persone ignote. Il cadavere della madre era orrendamente mutilato. Tutte le ossa della gamba e del braccio destro erano più o meno frantumate.

La tibia sinistra, come pure le costole del fianco sinistro, era scheggiata. Tutto il corpo era spaventosamente illividito, nerastro. Impossibile dire come fossero state inflitte le ferite. Una pesante mazza di legno, o una grosso sbarra di ferro, una sedia, qualsiasi arma grande, pesante, non puntuta avrebbe potuto produrre effetti del genere, se maneggiata da un uomo di forza eccezionale.

Nessuna donna sarebbe riuscita a vibrare colpi simili con nessun'arma. La testa della vittima, quando la vide il testimone, era completamente staccata dal busto, e anch'essa sfracellata. La gola era stata evidentemente recisa con uno strumento molto tagliente: con tutta probabilità, un rasoio.

Alexandre Etienne, chirurgo, venne convocato con Monsieur Dumas ad esaminare i cadaveri. Conferma la deposizione e il referto di Monsieur Dumas.

«Null'altro di importante è emerso, sebbene siano state interrogate parecchie altre persone.

Mai delitto così misterioso e così sconcertante nei particolari fu commesso a Parigi, sempre che si tratti di delitto. La polizia è del tutto disorientata, fatto insolito in casi di questo genere. Certo è che finora non v'è ombra di indizio».

Nell'edizione della sera, il giornale riferiva che nel quartiere Saint-Roche l'impressione era ancora vivissima, che la casa in questione era stata ancora una volta ispezionata, che si era provveduto a interrogare altri testi, senza esito alcuno. Un postscritto, tuttavia, comunicava che Adolphe Le Bon era stato arrestato e tradotto in carcere, sebbene nulla, a parte i fatti già comunicati, fosse emerso contro di lui.

Dupin appariva interessatissimo allo svolgimento del caso, o almeno così giudicai dal suo atteggiamento, perché non fece commenti. Fu solo dopo la notizia dell'arresto di Le Bon che chiese la mia opinione a proposito del delitto.

Non potei che dichiararmi d'accordo con tutta Parigi: era un mistero insolubile. Non vedevo con quale mezzo sarebbe stato possibile scoprire l'assassino.

«Non dobbiamo giudicare dei mezzi», disse Dupin, «da questo embrione d'istruttoria. La polizia parigina, tanto esaltata per il suo *acumen*, è scaltra, ma niente più. Nel suo modo di procedere non v'è alcun metodo, oltre al metodo del momento. Fa gran sfoggio di misure speciali, ma non di rado queste sono così poco adatte agli scopi che si propone, da rammentarci Monsieur Jourdain che ordinava la sua *robe-de-chambre - pour mieux entendre la musique*. E non di rado consegue risultati sorprendenti; ma, per la maggior parte, essi sono frutto della diligenza e della solerzia. Quando queste qualità non servono, i piani falliscono. Vidocq, ad esempio, era uomo di notevole intuito e grande perseveranza. Ma, mancando di una disciplina intellettuale, sbagliava continuamente proprio a causa dell'intensità delle sue indagini. A forza di tenere l'oggetto troppo vicino, la sua visione risultava sfuocata. Riusciva magari a vedere uno o due punti con non comune chiarezza, ma così facendo, perdeva inevitabilmente di vista l'insieme. Già, si può essere troppo profondi. Non sempre la verità è in fondo al pozzo. In effetti, per quel che riguarda la conoscenza delle cose che più interessano, sono convinto che essa stia in superficie: sempre. Profonde sono le valli in cui la cerchiamo, ma non le cime montane su cui la si trova. I modi e le cause di questo genere d'errore sono perfettamente rappresentati nella contemplazione dei corpi celesti. Dare una rapida occhiata a una stella, guardarla in tralice, volgendo verso di essa le parti esterne della retina (che, più delle interne, sono sensibili alla luce più fioca), significa vedere quella stella distintamente, significa coglierne al massimo la luminosità: una luminosità che si attenua via via che volgiamo su di essa tutta la nostra vista. In quest'ultimo caso l'occhio è, sì, colpito da un maggior numero di raggi ma più sottile è, nel primo caso, la sua capacità di percezione. Una profondità fuori luogo confonde e indebolisce il pensiero. Ed è possibile far scomparire dal firmamento la stessa Venere, scrutandola con uno sguardo troppo prolungato, concentrato o diretto.

Quanto ai nostri delitti, conduciamo una specie di inchiesta per conto nostro, prima di farci un'opinione. Una indagine ci divertirà» (pensai che il termine non fosse il più appropriato, ma non dissi nulla). E poi, Le Bon mi rese una volta un servigio di cui gli sono tuttora grato. Andremo a vedere la casa con i nostri occhi. Conosco G., il Prefetto di Polizia, e non avrò difficoltà a ottenere l'autorizzazione necessaria».

L'autorizzazione venne concessa, e subito ci recammo in Rue Morgue. È questa una delle squallide stradette che collegano Rue Richelieu a Rue Saint-Roch. Vi arrivammo nel tardo pomeriggio, poiché il quartiere si trova a grande distanza da quello in cui abitavamo. Trovammo facilmente la casa, perché c'erano ancora molte persone che, sulla parte opposta della via, guardavano in su, curiosando oziosamente, verso le imposte chiuse. Era una casa come se ne vedono tante a Parigi, con un portone, e su un lato di questo una guardiola a vetri con una finestra scorrevole: la portineria, o *loge de concierge*. Prima di entrare, risalimmo la strada, imboccammo un vicolo e quindi, svoltando di nuovo, ci trovammo sul retro dell'edificio; intanto Dupin esaminava non solo la casa, ma le immediate vicinanze con un'attenzione minuziosa, di cui non riuscivo a capire il senso.

Tornati sui nostri passi, ci portammo di nuovo sul davanti dell'edificio, suonammo, e, dopo aver mostrato le nostre credenziali, fummo introdotti dagli agenti di servizio. Salimmo fino alla stanza dove era stato trovato il cadavere di Mademoiselle L'Espanaye, e dove giacevano ancora i corpi delle due donne assassinate. Secondo la prassi, il disordine della stanza era stato lasciato tale e quale. Non vidi nulla oltre ciò che era stato descritto nella «Gazette des Tribunaux». Dupin esaminò attentamente ogni cosa, corpi delle vittime compresi. Passammo quindi nelle altre stanze e nel cortiletto, sempre scortati da un gendarme. L'ispezione ci tenne occupati fino a sera, quando ci congedammo. Mentre tornavamo a casa, il mio amico si fermò un momento nella redazione di un quotidiano.

Ho detto che i capricci del mio amico erano molteplici e che je les ménageais, espressione che non ha un preciso equivalente in altre lingue. Ora, ad esempio, gli saltò in mente di evitare qualsiasi discorso che avesse come tema il delitto fino al mezzogiorno dell'indomani. Fu allora che mi chiese all'improvviso se non avessi notato niente di *peculiare* sulla scena del delitto.

C'era qualcosa, nel modo in cui sottolineò la parola «*peculiare*», che mi fece rabbrividire, senza che sapessi perché.

«No, niente di *peculiare*», dissi, «almeno, niente di più di quanto tutt'e due abbiamo visto pubblicato sul giornale».

«Temo che la *Gazette*», replicò, «non abbia colto tutto l'insolito orrore della scena. Ma tralasciamo i commenti oziosi della stampa. A me pare che questo mistero sia considerato insolubile proprio per la ragione che lo dovrebbe far considerare di più facile soluzione: intendo dire, il suo carattere *outré*. La polizia è disorientata dall'apparente assenza di moventi, non del delitto in sé, ma della sua atrocità. È sconcertata, inoltre, dall'apparente impossibilità di conciliare le voci udite nell'alterco con il fatto che, di sopra, non fu trovato nessuno, tranne Mademoiselle L'Espanaye già cadavere, e che non c'erano vie d'uscita che potessero sfuggire all'attenzione di quanti salivano le scale; l'incredibile, assurdo disordine della stanza; il cadavere issato, a testa in giù, per il camino; la spaventosa mutilazione del corpo della vecchia signora - tutte queste considerazioni, unitamente a quelle già menzionate e ad altre di cui non occorre far menzione, sono bastate a paralizzare le capacità e disorientare il vantato *acumen* degli agenti governativi. Sono caduti nel grossolano ma non raro errore di confondere l'insolito con l'astruso. Ma è appunto seguendo queste deviazioni dal piano del consueto che la ragione si fa strada, se possibile, verso il vero. In indagini del tipo di quella che stiamo ora conducendo, non ci si dovrebbe tanto chiedere *che cosa è avvenuto*, quanto *che cosa è avvenuto che non sia mai avvenuto prima*. In realtà, la facilità con cui arriverò, o sono arrivato, alla soluzione di questo mistero è direttamente proporzionale a quella che, agli occhi della polizia, è la sua apparente insolubilità».

Fissai il mio interlocutore con muto sbalordimento.

«Ora io sto aspettando», continuò, guardando verso la porta del nostro appartamento, «sto aspettando una persona che, sebbene forse non abbia perpetrato il massacro, deve esservi in qualche modo implicata. Della parte più atroce del delitto è probabile che sia innocente. Spero di non andare errato in questa mia supposizione, perché su di essa fondo la mia speranza di risolvere l'intero enigma. Attendo quest'uomo qui, in questa stanza, da un momento all'altro. È vero che potrebbe anche non venire, ma e più probabile che venga. Se viene, sarà necessario trattenerlo, assolutamente. Ecco le pistole, e tutti e due sappiamo usarle, quando la situazione lo esige».

Presi le pistole, senza saper bene quel che facevo o credere a quel che udivo, mentre Dupin continuava, come in un soliloquio. Ho già accennato a quel suo fare astratto, in simili momenti. Le sue parole erano rivolte a me; ma la sua voce, pur mantenendosi bassa, aveva il tono che comunemente si usa parlando a qualcuno che si trova a grande distanza. Gli occhi, privi di espressione, fissavano solo il muro.

«Che le voci dell'alterco», disse, «udite dalle persone che salivano le scale, non fossero quelle delle due donne è stato ampiamente provato dalle deposizioni dei testi. Questo elimina pertanto ogni dubbio circa l'eventualità che la vecchia signora abbia prima ucciso la figlia, e poi si sia suicidata. Tocco questo punto soltanto per amore di metodo, poiché la forza di Madame L'Espanaye sarebbe stata assolutamente impari al compito di spingere il cadavere della figlia su per il camino così come venne rinvenuto; e la natura delle ferite sulla sua persona escludono assolutamente l'ipotesi del suicidio. Il delitto, dunque, è stato commesso da altri, e sono le voci di questi *altri* che le persone accorse hanno udito risuonare nella rissa. Esaminiamo ora non il complesso delle testimonianze, ma quel che v'era di peculiare in quelle testimonianze. Non ci avete notato nulla di strano?».

Osservai che, mentre tutti i testi si erano trovati d'accordo nel supporre che la voce roca fosse quella di un francese, v'era grande diversità di opinioni a proposito della voce stridula o, come uno dei testimoni l'aveva definita, aspra.

«Quella era la testimonianza», disse Dupin, «non il carattere *peculiare* della testimonianza.

Voi non avete osservato nulla di particolare. Eppure c'era qualcosa da osservare. I testi, come avete notato, erano tutti d'accordo per quanto riguardava la voce roca; su questo punto erano unanimi. Ma circa la voce stridula, il peculiare consiste non tanto nel fatto che non fossero d'accordo quanto nel fatto che, tentando di descriverla, un italiano, un inglese, uno spagnolo, un olandese e un francese la definissero come la voce di uno straniero. Ciascuno di loro è certo che non fosse la voce di un connazionale. Ciascuno la paragona, non alla voce di un individuo di cui conosce la lingua: no, fa esattamente il contrario. Il francese ritiene che sia la voce di uno spagnolo, e *avrebbe potuto distinguere qualche parola se avesse conosciuto lo spagnolo*. L'olandese afferma che si trattava della voce di un francese; ma, notiamo, si legge che, poiché non parla francese, questo testimone è stato interrogato tramite interprete. L'inglese pensa che la voce appartenga a un tedesco, e *non sa il tedesco*. Lo spagnolo è *sicuro* che sia una voce di un inglese, ma *giudica unicamente dall'intonazione* perché *non sa l'inglese*. L'italiano crede che appartenga a un russo, ma *non ha mai avuto a che fare con un russo*. E c'è un altro francese che dissente dal primo e fermamente sostiene che si tratta della voce di un italiano, ma, *non conoscendo quella lingua*, giudica, come lo spagnolo, dall'intonazione. Ora, dev'essere stata davvero ben strana e inconsueta quella voce per ispirare tali testimonianze... Una voce di tal suono che cittadini di cinque grandi stati europei non riuscivano a riconoscervi nulla di familiare! Ma potrebbe essere stata, direte voi, la voce di un asiatico, di un africano. Ma né asiatici né africani abbondano a Parigi; comunque, senza respingere questa ipotesi, mi limiterò a richiamare la vostra attenzione su tre punti. La voce è definita da uno dei testimoni *aspra più che stridula*. Da altri due è così definita: *rapida, sconnessa*. Nessuno parla di parole, di suoni che somigliassero a parole.

«Non so», continuò Dupin, «quale impressione io possa aver prodotto fin qui sulla vostra mente; ma non esito ad affermare che anche da questa parte delle deposizioni - quella relativa alle due voci, la roca e la stridula - si possono trarre deduzioni legittime, di per sé sufficienti a suggerire un sospetto che dovrebbe dare un certo indirizzo all'ulteriore svolgimento delle indagini su questo mistero. Ho detto *deduzioni legittime*, ma, così dicendo, non ho espresso chiaramente il mio pensiero. Quel che intendevo è che tali deduzioni sono le uniche pertinenti, e che il sospetto che da esse inevitabilmente deriva ne è il solo risultato possibile. Di quale sospetto si tratti, per ora non voglio dirlo. Desidero soltanto che una cosa vi sia ben chiara: che, per me, è bastato a dare una forma definita, una direzione precisa alle mie investigazioni in quella stanza.

Ritorniamo ora, con l'immaginazione, in quella stessa stanza. Che cosa ricercheremo per prima cosa? La via d'uscita di cui si servirono gli assassini. È lecito affermare - non vi pare? - che né io né voi crediamo in eventi soprannaturali. Madame e Mademoiselle L'Espanaye non sono state assassinate da spiriti. Gli esecutori del misfatto erano esseri materiali, e sono fuggiti materialmente.

Ma come? Fortunatamente, questo punto ammette un solo tipo di ragionamento, ed è questo che deve necessariamente condurci a una conclusione definitiva. Esaminiamo, una per una, le possibili vie d'uscita. È ovvio che gli assassini erano nella stanza in cui venne trovata Mademoiselle L'Espanaye, o almeno nella stanza attigua, quando le persone accorse salivano le scale. Solo qui, in queste due stanze, dobbiamo dunque cercare le vie d'uscita. Gli agenti hanno esaminato i pavimenti, i soffitti, la muratura delle pareti, in ogni direzione. Nessuna via d'uscita segreta avrebbe potuto sfuggire a così scrupolosa indagine. Ma non fidandomi dei loro occhi, ho guardato con i miei. Bene, uscite segrete non ce n'erano. Entrambe le porte che dalle stanze portano al corridoio erano ben chiuse, con le chiavi all'interno. Passiamo ai camini. Per otto-dieci piedi sopra il focolare, sono di ampiezza normale, ma più su, per tutto il resto della loro lunghezza, neppure il corpo di un grosso gatto riuscirebbe a passare. Provata l'assoluta impossibilità di fuggire per le vie testé indicate, non ci restano che le finestre. Da quelle della stanza che dà sulla facciata nessuno avrebbe potuto uscire senza essere notato dalla folla radunatasi nella strada. Pertanto, gli assassini devono essere passati da quelle della stanza sul retro. Ora, giunti a questa conclusione in modo così inequivocabile, non abbiamo il diritto, in quanto raziocinatori, di respingerla sulla base della sua apparente impossibilità. Ci resta solo da provare che questa apparente *impossibilità* in realtà non è tale.

Nella stanza ci sono due finestre. Una di esse non è ostruita dai mobili ed è completamente visibile. La parte inferiore dell'altra è nascosta alla vista dalla testiera del massiccio letto che vi è appoggiata contro. La prima venne trovata saldamente chiusa dall'interno. Ha resistito a tutti gli sforzi di coloro che hanno tentato di aprirla. Sulla sinistra del telaio, era stato praticato con un succhiello un grosso foro, in cui si trovò conficcato, fin quasi alla capocchia, un robusto chiodo.

Esaminando l'altra finestra, si è trovato un chiodo analogo, infisso nello stesso modo; e anche qui l'energico tentativo di sollevare il telaio è fallito. Così la polizia si è convinta che la fuga non poteva essere avvenuta per di lì. E, di conseguenza, ha ritenuto superfluo togliere i chiodi e aprire le finestre.

Il mio esame è stato un po' più minuzioso, proprio per la ragione che ho dato poc'anzi: perché era su questo punto, lo sapevo, che occorreva provare che ogni apparente *impossibilità* in realtà non è tale.

Procedetti a ragionare così, a posteriori. Gli assassini erano certamente fuggiti per una di queste finestre. In tal caso, non potevano aver richiuso i telai delle finestre dall'interno, così come furono trovate; considerazione, questa, tanto ovvia che arrestò ogni indagine della polizia in quella direzione. Eppure i telai erano chiusi. Dunque, dovevano avere la possibilità di chiudersi da sé. No, non si scappa: la conclusione era questa. Mi accostai alla finestra non ostruita, con qualche difficoltà tolsi il chiodo e tentai di sollevare il telaio. Come avevo previsto, resisté a tutti i miei tentativi. Ora lo sapevo: doveva esserci una molla nascosta; e questa conferma della mia idea mi convinse che almeno le mie premesse erano corrette, anche se le circostanze relative ai chiodi continuavano a essere misteriose.

Una minuziosa ricerca mi rivelò ben presto la molla nascosta. La premetti e, pago della scoperta, rinunciai ad alzare il telaio.

Rimisi il chiodo al suo posto e lo esaminai attentamente. Una persona che fosse passata per questa finestra avrebbe potuto richiuderla, perché la molla sarebbe scattata, ma... non avrebbe potuto rimettere il chiodo al suo posto. La conclusione era chiara, e restringeva ulteriormente il campo delle mie ricerche. Gli assassini dovevano essere fuggiti dall'altra finestra.

Supponendo, dunque, che le molle di entrambi i telai fossero identiche, come era probabile, doveva esserci una qualche differenza tra i chiodi, o perlomeno nel modo in cui erano stati sistemati. Salito sul saccone, guardai attentamente, oltre la testiera, la seconda finestra. Facendo passare la mano al di là della testiera, scoprii facilmente la molla e la premetti: era, come avevo supposto, identica all'altra.

Esaminai allora il chiodo: era robusto quanto il primo, sistemato alla stessa maniera, conficcato fin quasi alla capocchia.

Penserete che io fossi disorientato; ma se è questo che pensate, allora avete certo frainteso la natura delle induzioni. Per usare il gergo degli sportivi, non mi ero trovato mai *spiazzato*, non avevo perso di vista un solo passaggio. Non mancava un solo anello alla mia catena. Avevo tenuto dietro all'enigma passo passo, fino alla sua fase conclusiva, e questa era rappresentata dal chiodo.

Come ho detto, pareva, sotto ogni aspetto, identico a quello dell'altra finestra. Ma questo fatto, sebbene potesse sembrare conclusivo, non significava assolutamente nulla di fronte alla considerazione che qui, a questo punto, terminava la trama dei passaggi. In questo chiodo, mi dissi, deve per forza esserci qualcosa che non va. Lo toccai; e la capocchia, con un pezzo di ferro lungo un quarto di pollice, più o meno, mi rimase tra le dita. Il resto del chiodo era nel foro, in cui si era spezzato. La frattura non era recente, dato che gli orli erano incrostati di ruggine, e sembrava causata da un colpo di martello che aveva parzialmente incastrato la testa del chiodo nel telaio inferiore, in alto. Cautamente la ricollocai nell'intacco da cui l'avevo tolta, e la rassomiglianza con un chiodo intatto era perfetta, la frattura invisibile. Premendo la molla, alzai piano i piano il telaio di alcuni pollici; la testa del chiodo salì con esso, restando immobile nella sua sede. Richiusi la finestra, e di nuovo la rassomiglianza con un chiodo intero apparve perfetta.

Fino a questo punto, l'enigma era stato sciolto. L'assassino era fuggito attraverso la finestra che dava sul letto. Una volta uscito, il telaio era ricaduto da sé, o forse era stato abbassato di proposito, ed era poi stato bloccato dalla molla; la polizia aveva scambiato la tenuta della molla per la presa del chiodo, e ogni ulteriore indagine era stata ritenuta superflua. Altro problema, la discesa. Su questo punto, mi ero chiarito le idee durante il giro che avevo fatto con voi intorno all'edificio. A cinque piedi e mezzo dalla finestra in questione corre il cavo di un parafulmine. Da questo sarebbe stato impossibile per chiunque raggiungere la finestra, e ancor meno penetrarvi. Tuttavia osservai che le imposte del quarto piano erano di quel tipo particolare che i carpentieri di Parigi chiamano ferrades: imposte raramente in uso oggigiorno, ma che si vedono spesso nelle vecchie case di Lione e di Bordeaux. Hanno la forma di una comune porta a un solo battente, ma la parte superiore è a inferriata o a graticcio e offre pertanto un ottimo appiglio alle mani. Nel nostro caso, le imposte sono larghe un tre piedi e mezzo. Quando le vedemmo dal retro della casa, erano entrambe semiaperte, formavano cioè un angolo retto col muro.

È probabile che la polizia abbia esaminato il retro del caseggiato, così come l'ho esaminato io; ma, se così è stato, gli agenti, guardando queste ferrades nel senso della larghezza (come devono aver fatto), mancarono di rilevare proprio tale larghezza o, comunque, non la presero nella dovuta considerazione. Infatti, una volta convintisi che da questa parte non v'era via d'uscita, naturalmente vi dedicarono un esame molto superficiale.

Io invece capii subito che l'imposta della finestra situata dietro al letto, se aperta per intero, fino a toccare il muro, giungeva a circa due piedi dal cavo del parafulmine. Era poi evidente che, con un eccezionale grado di agilità e di coraggio, si sarebbe potuto, dal parafulmine, entrare nella stanza. Sporgendosi di due piedi e mezzo (supponiamo sempre che l'imposta fosse completamente spalancata), un ladro avrebbe potuto afferrarsi saldamente al traliccio dell'inferriata. Poi, lasciando la presa del parafulmine, puntando bene i piedi contro il muro, e spiccando un gran balzo, avrebbe potuto far girare l'imposta in modo da chiuderla e, se immaginiamo che in quel momento la finestra fosse aperta, avrebbe potuto buttarsi dentro la stanza.

Vorrei che voi teneste a mente che ho parlato di un eccezionale grado di agilità come requisito indispensabile per riuscire in un'impresa così rischiosa e difficile. Mi propongo di dimostrarvi, in primo luogo, che era possibile compierla; ma in secondo luogo e soprattutto, vorrei che vi fosse ben chiara la straordinaria, direi quasi soprannaturale agilità necessaria per effettuarla.

Direte senza dubbio, usando il linguaggio legale, che per provare la mia tesi *a fortiori*, dovrei sottovalutare e non sottolineare l'importanza dell'agilità richiesta dall'impresa. Questa può essere la prassi legale, ma non è il metodo della ragione. Mio obiettivo finale è solo la verità. Mio proposito immediato è condurvi a stabilire un nesso tra la straordinaria agilità di cui ho parlato or ora, e quella voce stranissima, stridula (o aspra) e sconnessa, sulla cui lingua non si trovarono d'accordo neppure due persone, e nei cui suoni non si riuscì a cogliere sillabazione di sorta».

A queste parole mi fluttuò nella mente un'idea - vaga, ancora informe - di quel che intendeva Dupin. Mi pareva di essere alla soglia della comprensione, pur senza la capacità di comprendere, così come a volte gli uomini si trovano alla soglia della memoria, senza riuscire, alla fine, a ricordare. Il mio amico riprese il suo discorso.

«Avrete notato», disse, «che ho spostato il problema dalla via d'uscita alla via d'entrata. Era mia intenzione suggerire l'idea che tanto nell'una che nell'altra la maniera, il percorso siano stati gli stessi. Ma ritorniamo ora all'interno della stanza. Esaminiamone l'aspetto, così come si presentò. Si è detto che i cassetti del bureau sono stati messi sottosopra, e tuttavia numerosi capi di vestiario non erano stati asportati. Una conclusione assurda. È una semplice supposizione, e molto sciocca: nient'altro. Come possiamo sapere se i capi di vestiario trovati nei cassetti non fossero proprio tutto ciò che i cassetti avevano contenuto? Madame L'Espanaye e sua figlia conducevano una vita molto ritirata... non vedevano nessuno... non uscivano che raramente... non avevano bisogno di cambiarsi spesso d'abito. E gli abiti rinvenuti erano, quantomeno, di quella buona qualità che si può presumere possedessero. Se il ladro ne aveva preso qualcuno, perché non aveva preso i migliori? Perché non li aveva presi tutti? Insomma, perché ha abbandonato quattromila franchi in oro per caricarsi di un fagotto di biancheria? Perché l'oro è stato abbandonato, lasciato lì. Quasi tutta la somma menzionata da Monsieur Mignaud, il banchiere, è stata ritrovata nelle borse, sul pavimento. Vorrei pertanto che scacciaste dalla mente l'idea strampalata del movente, spuntata nel cervello degli agenti di polizia, in seguito a quelle deposizioni che parlano di denaro consegnato sulla porta di casa. Coincidenze dieci volte più straordinarie di questa (consegna del denaro e assassinio commesso tre giorni dopo la medesima) accadono a ciascuno di noi in ogni momento della nostra vita, senza che ci facciamo gran caso. In generale, le coincidenze costituiscono un grosso scoglio per quei pensatori che, a causa della loro formazione, nulla sanno della teoria delle probabilità, teoria alla quale le più insigni conquiste della ricerca umana devono le loro delucidazioni più insigni. Nel nostro caso, se l'oro fosse scomparso, il fatto di essere stato consegnato tre giorni prima avrebbe suggerito qualcosa di più di una coincidenza. Avrebbe confermato l'ipotesi del movente. Ma, date le effettive circostanze del caso, se supponiamo che l'oro fosse il movente della strage, dobbiamo anche immaginare che il suo esecutore fosse un idiota indeciso sul da farsi da dimenticare e l'oro e il movente insieme.

Ora, tenendo bene a mente i punti sui quali ho richiamato la vostra attenzione - quella voce strana, l'agilità inconsueta e la stupefacente assenza di movente in un delitto così singolarmente atroce - esaminiamo appunto il massacro. Abbiamo una donna strangolata con le mani, e spinta su per il camino a testa in giù. Gli assassini comuni non usano questi metodi, per uccidere. E meno ancora trattano così il corpo di una persona uccisa. Nel modo in cui il cadavere è stato spinto su per il camino, c'è, lo ammetterete, qualcosa di eccessivamente outré, qualcosa di incompatibile con le nostre consuete idee del modo di agire umano, anche quando supponiamo che si tratti dei più depravati fra gli uomini. Pensate, poi, quanta forza ci deve essere voluta per spingere così brutalmente il corpo su per quell'apertura, così che gli sforzi congiunti di parecchie persone riuscirono, e a fatica, a tirarlo giù!

Passiamo ora agli altri indizi attestanti l'impiego di una forza assolutamente prodigiosa. Sul focolare del camino c'erano ciocche folte - molto folte - di capelli umani grigi. Erano state strappate dalle radici. Sapete bene quanta forza sia necessaria per strappare dalla testa anche venti o trenta capelli in una sola volta. Voi avete veduto, così come le ho vedute io, queste ciocche di capelli. Le radici (vista atroce!) erano impastate con frammenti di carne viva dello scalpo: certo indizio della forza prodigiosa usata per strappare, tutti insieme, forse mezzo milione di capelli. La gola della vecchia signora non era stata solo tagliata: la testa era stata staccata nettamente dal corpo, e l'arma era un semplice rasoio. Vorrei che vi soffermaste anche sulla brutale ferocia di questi atti. Non parlerò delle ecchimosi sul corpo di Madame L'Espanaye. Monsieur Dumas e il suo insigne collega, Monsieur Etienne, hanno affermato che sono state prodotte da qualche arma non puntuta; e fin qui i due signori sono nel vero. Lo strumento non puntuto fu, evidentemente, il selciato del cortile, sul quale la vittima era piombata dalla finestra che, all'interno, dava sul letto. Questa idea, per semplice che possa sembrare ora, sfuggì agli uomini della polizia per la stessa ragione per cui gli sfuggì l'ampiezza delle imposte: perché, per via della faccenda dei chiodi, le loro facoltà percettive restavano ermeticamente chiuse all'ipotesi che le finestre fossero mai state aperte.

Se ora, in aggiunta a tutto ciò, avete debitamente riflettuto sul disordine davvero strano della stanza, siamo arrivati al punto di poter combinare queste idee: agilità stupefacente, forza sovrumana, brutale ferocia, massacro senza movente, grotesquerie di un orrore assolutamente incompatibile con la natura umana, voce di tonalità estranea alle orecchie di uomini di molte nazioni, e priva di qualsiasi sillabazione distinta o intelligibile. Quale risultato ne consegue, dunque? Quale impressione ho fatto sulla vostra immaginazione?».

Mentre Dupin mi poneva questa domanda, un brivido mi corse per tutto il corpo.

«È stato un pazzo a far questo», dissi, «qualche pazzo furioso fuggito da una Maison de Santé delle vicinanze».

«Sotto certi aspetti», replicò, «la vostra idea non è assurda. Ma non risulta che le voci dei pazzi, anche in preda al più sfrenato parossismo si possano paragonare a quella voce peculiare, udita sulle scale. I pazzi hanno pure una nazionalità, e la loro lingua, per quanto incoerente nelle parole, presenta sempre una coerenza di sillabazione. Inoltre, i capelli di un pazzo non sono come quelli che tengo ora in mano. Ho strappato questo piccolo ciuffo dalle dita rigide e contratte di Madame L'Espanaye. Ditemi che cosa ne pensate».

«Dupin!», esclamai, completamente sconvolto, «ma questi non sono capelli, non sono normali... non sono capelli umani».

«Non ho asserito che lo siano», disse; «ma, prima di stabilire questo punto, vorrei che deste un'occhiata allo schizzo che ho tracciato su questo pezzo di carta. È un fac-simile di quanto in una testimonianza viene descritto come *lividi nerastri e marcate incisioni di unghie* sulla gola di Mademoiselle L'Espanaye, e in un'altra (dei signori Dumas e Etienne), come una serie di lividi, evidentemente causati dalla pressione delle dita!».

«Noterete», continuò il mio amico, stendendo il foglio sul tavolo davanti a noi, «che il disegno dà l'idea di una presa forte e continuata. Non c'è segno di momentaneo allentamento.

Ciascun dito ha mantenuto, probabilmente fino alla morte della vittima, la terribile presa nel punto dove, all'inizio, era penetrato. Ora provate a fissare tutte le vostre dita, contemporaneamente, nelle impronte, così come le vedete».

Tentai: invano.

«Forse», disse Dupin, «non stiamo facendo questa prova alla maniera giusta. Il foglio di carta è disteso su una superficie piana, mentre la gola umana è cilindrica. Ecco un piccolo ceppo di legno la cui circonferenza corrisponde più o meno a quella di un collo. Avvolgeteci attorno il disegno, rifate la prova».

Così feci, ma la difficoltà era ancora più evidente di prima.

«Queste», dissi, «non sono impronte di mano umana».

«Ora», riprese Dupin, «leggete questo brano di Cuvier».

Si trattava di una relazione minuziosa, anatomica e descrittiva, del grande orang-outang fulvo delle isole indo-orientali. La statura gigantesca, la forza e l'agilità portentose, la selvaggia ferocia e le capacità imitative di questi mammiferi sono ben note a tutti. Di colpo, intesi a fondo tutto l'orrore del massacro. «La descrizione delle dita», dissi, quando ebbi finito di leggere, «corrisponde esattamente a questo disegno. Nessun animale, tranne l'orang-outang della specie qui menzionata, avrebbe potuto lasciare delle impronte come quelle da voi disegnate. Anche questo ciuffo di peli fulvi è identico al pelame della bestia di Cuvier. Ma non riesco a capire i particolari di questo orrendo mistero. Inoltre, le voci udite nell'alterco erano due, e una di queste era, indi scutibilmente, la voce di un francese».

«Vero; e ricorderete un'espressione attribuita quasi all'unanimità dai testimoni proprio a quella voce: *mon Dieu!*. Queste due parole, date le circostanze, sono state giustamente interpretate da uno dei testimoni (Montani, il pasticciere), come un'espressione di protesta o di supplica. Su queste due parole pertanto ho soprattutto basato le mie speranze di risolvere l'enigma. Un francese sapeva del delitto. È possibile - anzi, e assai più che probabile - che per quanto riguarda i fatti di sangue avvenuti, egli sia innocente; che, cioè, non vi abbia avuto parte. Può darsi che l'orang-outang gli sia sfuggito. Può darsi che lo abbia inseguito fino a quella stanza; ma, nelle terribili circostanze che seguirono, non ha potuto ricatturarlo. La belva è tuttora in libertà. Non insisterò su queste congetture - perché non ho il diritto di chiamarle altrimenti - dal momento che le ombre di riflessione su cui si basano sono così poco consistenti che il mio intelletto riesce a stento a penetrarle, e non posso dunque pretendere di renderle chiaramente comprensibili ad altri.

Chiamiamole dunque congetture, e trattiamole come tali. Se il francese in questione è davvero, come suppongo, innocente di tanta atrocità, questo annuncio che la scorsa notte, mentre tornavamo a casa, ho lasciato alla redazione di *Le Monde*, un giornale che si occupa di questioni marittime e molto letto dai marinai, ce lo porterà a casa nostra».

Mi porse un giornale, e lessi: «CATTURATO.

Nel Bois de Boulogne all'alba del ... corrente [la mattina del delitto], *un grosso orang-outang fulvo della specie del Borneo. Il proprietario, identificato come un marinaio appartenente a una nave maltese, potrà rientrare in possesso dell'animale dopo che lo avrà identificato e avrà rimborsato le spese per la cattura e il mantenimento. Rivolgersi al n. ... Rue..., Faubourg Saint-Germain... terzo piano*».

«Ma come è possibile», chiesi, «che sappiate che si tratta di un marinaio e appartenente a una nave maltese?».

«Non è che lo sappia», disse Dupin, «non ne sono certo. Qui però c'è un pezzo di nastro che, a giudicare dalla forma e dallo strato d'unto che lo ricopre, è stato evidentemente usato per legare i capelli in una di quelle lunghe queues che tanto piacciono ai marinai. Non solo, ma questo è un nodo che pochi, a parte i marinai, sanno fare, e che è caratteristico dei maltesi. Ho trovato il nastro ai piedi del parafulmine. Ora, non poteva appartenere a nessuna delle vittime. E se, dopo tutto, mi fossi sbagliato nel dedurre da questo nastro che il francese era un marinaio appartenente a una nave maltese, non avrei provocato nessun danno dicendo quel che ho detto nell'annuncio. Se sono in errore, si limiterà a supporre che io sia stato sviato da qualche circostanza che non si darà la pena di indagare. Ma se ho ragione, allora è un grosso punto a mio vantaggio. Il francese, che è a conoscenza del delitto, anche se innocente, sarà ovviamente riluttante a rispondere all'annuncio e a richiedere la restituzione dell'orang-outang. Ragionerà a questo modo: "Sono innocente; sono povero; il mio orang-outang è di gran valore - per uno nelle mie condizioni è di per sé una ricchezza - perché dovrei perderlo per paura di un pericolo, una paura magari infondata? È qui, a portata di mano. L'hanno trovato nel Bois de Boulogne, a grandissima distanza dal luogo del massacro. Come si potrebbe mai sospettare che sia stato un animale bruto a commettere un tale delitto? La polizia è disorientata, non e riuscita a trovare il benché minimo indizio. Se anche risalissero fino all'animale, sarebbe impossibile provare che io sono a conoscenza del delitto, o incriminarmi per questo.

Soprattutto, sono conosciuto. Chi ha messo l'annuncio mi indica come il proprietario dell'animale.

Non posso sapere con certezza fino a che punto sappia. Se dovessi rinunciare a rivendicare una proprietà di così grande valore, quando si sa che sono io a possederla, come minimo attirerei i sospetti sull'animale. Non è mio interesse far convergere l'attenzione o su di me o sulla bestia. Risponderò all'annuncio, mi riprenderà l'orang-outang, e lo terrò rinchiuso finché l'interesse per quest'affare non si sia esaurito..."».

In quel momento udimmo un passo per le scale.

«State pronto con le pistole», disse Dupin, «ma non fatene uso, e non mostratele finché non ve ne do il segnale».

Il portone era stato lasciato aperto, il visitatore era entrato senza suonare, e aveva salito qualche gradino della scala. Ora però parve esitare. Subito dopo lo udimmo scendere. Dupin stava dirigendosi rapidamente verso la porta, quando quello riprese a salire. Non tornò indietro, questa volta, ma proseguì con decisione e bussò alla porta della nostra stanza.

«Avanti!», fece Dupin in tono allegro e cordiale.

Entrò un uomo. Era evidentemente un marinaio: un tipo alto,

forte, muscoloso, con una cert'aria spavalda: simpatica, nel complesso. Il viso, abbronzatissimo, era per più di metà nascosto da favoriti e mustachio. Aveva con sé un grosso bastone di legno di quercia, ma non sembrava altrimenti armato. Fece un goffo inchino e disse «buona sera» in francese, con un accento che, sebbene un po' imbastardito, indicava ancora sufficientemente l'origine parigina.

«Sedetevi, amico», disse Dupin. «Suppongo che siate venuto per l'orang-outang. Parola mia, quasi ve lo invidio; uno splendido animale, senza dubbio di gran pregio. Quanti anni credete che abbia?».

Il marinaio trasse un lungo respiro, con l'aria di un uomo che si sia liberato da un peso insopportabile, e poi rispose, con voce fattasi sicura: «Non saprei... ma non può avere più di quattro o cinque anni. L'avete qui?».

«Oh, no; non avevamo un posto adatto per tenerlo qui. Si trova in una scuderia di Rue Dubourg, qui vicino. Potrete riaverlo in mattinata. Naturalmente, siete in grado di comprovarne la proprietà?».

«Certamente, signore».

«Mi dispiacerà separarmene», disse Dupin.

«Non voglio che vi siate preso tutto questo disturbo per niente, signore», disse l'uomo. «Non lo pretenderei mai. Sono dispostissimo a pagare una ricompensa per il ritrovamento dell'animale... voglio dire, una ricompensa ragionevole».

«Bene», replicò il mio amico, «più che giusto, direi. Fatemici pensare! Che cosa mi spetta? Oh, ecco, la mia ricompensa sarà questa. Mi darete tutte le informazioni di cui siete in possesso su quei delitti della Rue Morgue».

Dupin disse queste ultime parole con voce molto bassa, molto calma. E con altrettanta calma, andò alla porta, la chiuse a chiave, e si mise la chiave in tasca. Trasse quindi una pistola di sotto la giacca, e senza la minima agitazione la depose sul tavolo. Il marinaio si fece rosso in volto come se fosse lì lì per soffocare. Balzò in piedi e afferrò quel suo randello; ma dopo un attimo, ricadde a sedere, scosso da un violento tremito, la morte sul volto.

«Amico mio», disse Dupin con voce affabile, «voi vi allarmate senza ragione, ve l'assicuro. Non vogliamo farvi del male. Vi do la mia parola d'onore di gentiluomo e di francese che non intendiamo nuocervi. So benissimo che siete innocente delle atrocità della Rue Morgue. Tuttavia questo non significa che non vi siate in qualche modo implicato. Da quanto vi ho detto, dovete capire che per questa faccenda mi sono valso di mezzi di informazione che mai potreste immaginare. Ora, le cose stanno così. Voi non avete fatto nulla che avreste potuto evitare: nulla, certamente, che vi renda colpevole. Non vi siete nemmeno reso colpevole di furto, quando avreste potuto rubare impunemente. Non avete nulla da nascondere. Non avete motivo di nascondere nulla.

D'altra parte, siete tenuto da ogni principio d'onore a confessare tutto ciò che sapete. Un innocente è ora in prigione, accusato di un delitto di cui voi potete rivelare l'autore».

Mentre Dupin pronunciava queste parole, il marinaio aveva recuperato in gran parte la sua presenza di spirito, ma la sua baldanza iniziale era del tutto svanita.

«Che Dio mi aiuti», disse dopo una breve pausa. «Voglio dirvi tutto ciò che so di quest'affare; ma non mi aspetto che crediate nemmeno la metà di quanto vi dirò; sarei davvero sciocco, se ci sperassi. Eppure, sono innocente, e mi toglierò questo peso dal cuore, anche se ne andasse della mia vita».

Questo è, in sostanza, ciò che disse. Aveva fatto di recente un viaggio nell'Arcipelago Indiano. Un gruppo di marinai, di cui egli faceva parte, era sbarcato a Borneo, e si era inoltrato nell'interno per una gita di piacere. Lui e un suo compagno avevano catturato l'orang-outang. Morto il compagno, l'animale era diventato di sua esclusiva proprietà. Dopo molti guai causati dall'indomabile ferocia del prigioniero durante il viaggio di ritorno, era riuscito alla fine a collocarlo al sicuro nel suo alloggio di Parigi, dove, per non attirare su di sé l'imbarazzante curiosità dei vicini, l'aveva tenuto scrupolosamente segregato, in attesa che guarisse di una ferita al piede causata, a bordo della nave, da una scheggia di legno. Dopodiché, si proponeva di venderlo.

Tornando a casa da una bisboccia di marinai la notte del delitto, o per meglio dire all'alba, trovò che la belva si era insediata nella sua camera da letto, in cui aveva fatto irruzione da uno stanzino attiguo, nel quale l'aveva relegata, ritenendola al sicuro. Con un rasoio in mano e completamente insaponato, l'orang-outang era seduto davanti a uno specchio, e tentava di radersi, come probabilmente aveva visto fare al suo padrone, osservandolo attraverso il buco della serratura dello stanzino. Terrorizzato alla vista di un'arma tanto pericolosa nelle mani di un animale tanto feroce e tanto abile nell'usarla, l'uomo, per qualche momento, era rimasto in dubbio sul da farsi. Si era però abituato a domare la belva, anche nei suoi accessi più furiosi, facendo uso della frusta, e a questa ora fece ricorso. Ma alla vista della frusta, l'orang-outang balzò verso la porta della stanza, si precipitò giù per le scale e di qui, attraverso una finestra malauguratamente aperta, nella strada.

Il francese lo inseguì disperato; la scimmia, sempre col rasoio in mano, di tanto in tanto si fermava a guardare indietro e a far gesti al suo inseguitore, finché questi le era quasi vicino. Poi riprendeva a fuggire. In questo modo l'inseguimento durò per un bel pezzo. Le strade erano immerse in un silenzio profondo, poiché erano quasi le tre del mattino. Sboccando per una stradetta sul retro della Rue Morgue, l'attenzione del fuggiasco fu attratta da una luce accesa che usciva dalla finestra aperta della camera di Madame L'Espanaye, al quarto piano della casa. Si precipitò verso l'edificio, notò il cavo del parafulmine, vi si arrampicò con un'agilità incredibile, afferrò l'imposta che era aperta per intero, fino a toccare il muro, e in questo modo si proiettò all'interno, proprio sopra la testiera del letto.

Tutta quanta la manovra non richiese nemmeno un minuto. L'imposta venne riaperta con un calcio dall'orang-outang quando entrò nella stanza.

Il marinaio, intanto, era insieme contento e perplesso. Ora aveva buone speranze di ricatturare l'animale, poiché difficilmente avrebbe potuto uscire dalla trappola in cui s'era cacciato, se non affidandosi al cavo del parafulmine, dove egli avrebbe potuto intercettarlo quando fosse sceso. D'altra parte, quello che poteva combinare dentro la casa era motivo, e grave, di preoccupazione. Quest'ultima riflessione indusse l'uomo a riprendere l'inseguimento. Non è difficile, specie per un marinaio, salire lungo il cavo di un parafulmine; ma quando egli giunse all'altezza della finestra, che si trovava, piuttosto lontana, sulla sua sinistra, non gli fu possibile proseguire; il massimo che gli riuscì di fare fu sporgersi quanto più poteva, in modo da dare un'occhiata all'interno della stanza. La vista che gli si offrì per poco non gli fece abbandonare la presa, tanto lo empì d'orrore. Fu allora che si levarono nella notte le urla orrende che avevano destato dal sonno gli abitanti della Rue Morgue. Madame L'Espanaye e sua figlia, già abbigliate per la notte, erano evidentemente occupate a riordinare delle carte nella cassaforte di ferro di cui si è parlato, e che era stata spinta in mezzo alla stanza. Era aperta, e il contenuto giaceva lì vicino, sul pavimento. Le vittime dovevano essere sedute dando di spalle alla finestra; e a giudicare dal tempo trascorso dall'ingresso della belva alle urla, pare probabile che di essa non si accorgessero immediatamente. Il rumore dell'imposta che sbatteva l'avevano certo attribuito al vento.

Quando il marinaio guardò dentro la stanza, la bestia gigantesca aveva afferrato Madame L'Espanaye per i capelli (che erano sciolti, perché stava pettinandosi) e le brandiva sul viso il rasoio, imitando i gesti di un barbiere. La figlia giaceva a terra, immobile; era svenuta. Le grida della vecchia signora, il suo dibattersi (e fu allora che i capelli le vennero strappati dalla testa) ebbero come effetto di mutare in furore i propositi probabilmente pacifici dell'orang-outang. Con un solo strappo deciso del suo braccio nerboruto le staccò la testa dal corpo. La vista del sangue mutò il furore in frenesia. Digrignando i denti, con gli occhi fiammeggianti, si buttò sul corpo della figlia, affondandole nella gola i suoi terribili unghioni, e tenendo la presa finché ella non spirò. Il suo sguardo smarrito e feroce cadde in quel momento sulla testiera del letto, dietro la quale si scorgeva, irrigidito dall'orrore, il volto del padrone. La furia della belva, che senza dubbio aveva ancora in mente la temutissima frusta, si tramutò istantaneamente in paura. Consapevole di meritare una punizione, pareva ansioso di nascondere le sanguinose tracce del suo misfatto e balzava qua e là per la stanza in un parossismo di agitazione nervosa, rovesciando e fracassando i mobili mentre si muoveva, e strappando il cassone dal letto. Alla fine, prima afferrò il cadavere della figlia, e lo spinse su per il camino, come venne poi trovato; poi, quello della vecchia signora, che immediatamente scaraventò giù dalla finestra, a capofitto.

Quando la scimmia si avvicinò alla finestra con il suo fardello straziato, il marinaio si ritrasse inorridito verso il cavo e, scivolando giù più che discendendo, fuggì subito a casa, temendo le conseguenze del massacro e, atterrito com'era, felice di abbandonare ogni preoccupazione per il destino dell'orang-outang. Le parole udite dalle persone che salivano le scale erano le esclamazioni d'orrore e di spavento del francese, mescolate ai selvaggi mugolii della belva.

Non ho granché da aggiungere. L'orang-outang deve essere fuggito dalla stanza servendosi del cavo, poco prima che venisse abbattuta la porta. Passando per la finestra, deve averla richiusa.

Venne successivamente catturato dal suo stesso proprietario, che ne ricavò una ragguardevole somma dal jardin des Plantes. Le Bon fu subito rimesso in libertà, quando esponemmo com'erano andate le cose - con l'aggiunta di qualche commento di Dupin - al bureau del Prefetto di Polizia.

Questo funzionario, quantunque ben disposto verso il mio amico, non riuscì a nascondere il suo disappunto per la piega che aveva preso l'affare, e si lasciò andare a qualche sarcasmo sull'opportunità che ciascuno badi ai fatti propri.

«Lasciatelo dire», fece Dupin, che non aveva ritenuto opportuno ribattere. «Lasciatelo chiacchierare: gli servirà ad alleggerirsi la coscienza. Mi basta di averlo battuto sul suo terreno.

Tuttavia, il fatto che non abbia saputo trovare la soluzione di questo mistero non è poi così straordinario come suppone; perché, a dire il vero, il nostro amico Prefetto è un po' troppo scaltro per essere profondo. La sua saggezza manca di stamen. È tutto testa e niente corpo, come le immagini della dea Laverna: o, al più, tutto testa e spalle, come un merluzzo. Ma, in fondo, è un brav'uomo. Mi piace specialmente per quel suo tocco di magistrale ipocrisia grazie al quale si è guadagnata la sua reputazione di uomo geniale. Intendo, quel suo modo *de nier ce qui est, et d'expliquer ce qui n'est pas*».

IL MISTERO DI MARIE ROGÊT

Es giebt eine Reihe idealischer Begebenheiten,
die der Wirklichkeit parallel läuft.
Selten failen sie zusammen.
Menschen und Zufälle modificiren gewnlich
die idealische Begebenheit, so dass
sie unvolikommen erscheint, und ibre Folgen
gleichfalis unvollkommen sind.
So bei der Reformation; statt des
Protestantismus kam das Lutherthum hervor.

C'è tutta una serie di eventi ideali
che si svolgono parallelamente ad eventi reali.
Raramente coincidono.
Uomini e casi solitamente modificano
la sequenza ideale degli eventi, così che essa
appare imperfetta, e parimenti imperfette
risultano le conseguenze.
Così accadde con la Riforma; in luogo del
Protestantesimo, venne il Luteranesimo.

Novalis, *Moralische Ansichten*

Sono pochi, anche fra i pensatori più pacati, coloro che non siano rimasti colpiti da una vaga e tuttavia inquietante semicredenza nel soprannaturale, indotta da coincidenze in apparenza di così straordinaria natura che l'intelletto non può accettarle come mere coincidenze. Simili sentimenti - giacché le semicredenze di cui parlo non posseggono mai il pieno vigore del pensiero - di rado vengono totalmente repressi se non si fa riferimento alla teoria del caso o, come si dice tecnicamente, al Calcolo delle Probabilità. Ora questo calcolo è, nella sua essenza, puramente matematico; e pertanto ci troviamo di fronte a questa anomalia, che la scienza più rigorosamente esatta viene applicata all'ombra e alla non-entità di quanto nella speculazione e meno tangibile.

I dettagli straordinari che sono ora invitato a rendere pubblici formano, come si noterà, riguardo alla sequenza temporale, il filone primario di una serie di coincidenze appena intelligibili, il cui filone secondario o conclusivo sarà individuato da tutti i lettori nel recente assassinio di Mary Cecilia Rogers, a New York.

Quando, in un articolo intitolato I delitti della Rue Morgue, tentai, circa un anno fa, di ritrarre alcune eccezionali qualità intellettuali del mio amico, il Cavaliere C. Auguste Dupin, non pensavo che in seguito mi sarebbe toccato tornare sull'argomento. Mio scopo era stato, per l'appunto, ritrarre un dato personaggio, e tale scopo era stato perfettamente raggiunto riferendo quell'intrico di circostanze che ben esemplificavano l'idiosincrasia di Dupin. Avrei potuto addurre altri esempi, ma non avrei dimostrato niente di più di quel che dimostrai. Fatti recenti, tuttavia, con il loro straordinario svolgimento, mi hanno sollecitato a render noti ulteriori particolari, che avranno l'aria di una confessione estorta. Ma avendo appreso quel che ho appreso di recente, sarebbe davvero strano se mantenessi il silenzio su quanto ho udito e veduto molto tempo fa. Una volta risolto il tragico caso della morte di Madame L'Espanaye e della figlia, il Cavaliere aveva immediatamente cessato di dedicargli la sua attenzione ed era ripiombato nella consueta, insocievole fantasticheria. Incline in ogni momento all'astrazione, mi uniformai senza difficoltà a codesto suo umore e, continuando a occupare le nostre stanze al Faubourg Saint- Germain, e abbandonando il futuro allo scorrere dei venti, ci adagiammo tranquillamente nel sopore del presente, intessendo in una trama di sogni l'uggioso mondo che ci circondava. Non che questi sogni fossero ininterrotti. Come è facile immaginare, la parte avuta dal mio amico nel dramma della Rue Morgue non aveva mancato di colpire la fantasia della polizia parigina. Tra i suoi funzionari, il nome di Dupin era divenuto più che familiare. Poiché la lucida semplicità delle induzioni grazie alle quali egli aveva sbrogliato il mistero non era stata chiarita a nessuno - neppure al Prefetto - ma solo a me, non fa meraviglia che tutta la faccenda fosse considerata poco meno che miracolosa, o che le capacità analitiche del Cavaliere avessero finito col fargli attribuire uno straordinario potere d'intuizione. La sua schiettezza l'avrebbe indotto a disingannare chiunque, indotto da tale pregiudizio, gli avesse fatto domande in proposito; ma il suo umore indolente gli vietava di tornare ad agitarsi per una questione cui da tempo aveva cessato di prendere interesse. Così egli divenne, agli occhi della polizia, una sorta di stella polare, e non furono pochi i casi in cui la Prefettura cercò di assicurarsi la sua collaborazione. Uno dei più notevoli fu quello dell'assassinio di una ragazza di nome Marie Rogêt.

Il fatto accadde circa due anni dopo l'atroce vicenda della Rue Morgue. Marie, il cui nome e cognome attireranno subito l'attenzione per la somiglianza con quelli della sventurata «sigaraia», era figlia unica della vedova Estelle Rogêt. Il padre era morto quando era ancora bambina, e dall'epoca della sua morte fino a meno di diciotto mesi prima dell'assassinio, che è argomento della nostra narrazione, madre e figlia erano vissute insieme nella Rue Pavée Saint-Andrée, dove Madame, con l'aiuto di Marie, teneva una pensione. Le cose continuarono così finché la ragazza non ebbe compiuto i ventidue anni, allorché la sua grande bellezza attrasse l'attenzione di un profumiere, che occupava uno dei negozi a piano terra del Palais Royal, e la cui clientela era costituita principalmente dagli avventurieri senza scrupoli che infestavano quel quartiere. Monsieur Le Blanc intuì i vantaggi che potevano venirgli dalla presenza nel suo negozio della bella Marie; e le sue generose offerte vennero accettate con entusiasmo dalla ragazza, con qualche perplessità da Madame.

Le previsioni del negoziante si avverarono, e il suo locale divenne famoso grazie allo charme della brillante grisette. Marie era da un anno alle dipendenze del profumiere, quando i suoi ammiratori furono sconcertati dalla sua improvvisa scomparsa dal negozio. Monsieur Le Blanc non era in grado di spiegarne l'assenza, e Madame Rogêt era sconvolta dall'ansia e dal terrore. I giornali presero immediatamente a occuparsi della faccenda, e la polizia stava per dare inizio a accurate indagini, quando, una bella mattina, trascorsa una settimana, Marie riapparve dietro il suo banco nel negozio: in buona salute, ma con un'aria alquanto immalinconita. Tutte le indagini, tranne quelle private, vennero naturalmente messe a tacere. Monsieur Le Blanc dichiarò, come in precedenza, di non sapere nulla. Marie, come Madame, rispose, a tutti quelli che glielo chiedevano, d'aver trascorso l'ultima settimana in casa di parenti, in campagna. Così la faccenda perse d'interesse e fu dimenticata dai più; giacché ben presto la ragazza, certo per sottrarsi al fastidio di una curiosità inopportuna, si congedò definitivamente dal profumiere e cercò rifugio nella residenza di sua madre in Rue Pavée Saint-Andrée.

Ma non erano passati cinque mesi dal suo ritorno a casa, che i suoi amici vennero messi in allarme da una seconda, repentina scomparsa. Trascorsero tre giorni, senza che si avesse notizia di lei. Il quarto giorno, il suo cadavere fu trovato a galla sulla Senna, presso la riva dirimpetto al quartiere della Rue Saint-Andrée, in un punto non molto distante dalla poco frequentata Barrière du Roule.

L'atrocità del delitto (giacché fu subito evidente che si trattava di delitto), la giovane età e la bellezza della vittima, e, ancor più, la sua precedente notorietà, contribuirono tutti insieme a produrre una intensa eccitazione nell'animo dei sensibilissimi parigini. Non ricordo alcun evento del genere che producesse un effetto altrettanto generale ed intenso. Per parecchie settimane la discussione di quest'unico, appassionante argomento fece dimenticare anche i più importanti problemi politici del giorno. Il Prefetto ordinò misure straordinarie, e naturalmente tutte le forze della polizia parigina vennero impegnate al massimo.

Quando venne scoperto il cadavere, non si credette che l'assassino sarebbe riuscito ad eludere, fuorché per un breve periodo, l'indagine immediatamente avviata. Solo allo spirare della prima settimana, si ritenne necessario offrire una ricompensa, che tuttavia non superò i mille franchi. Nel frattempo l'investigazione procedeva con vigore, anche se non sempre con discernimento, e numerosi individui vennero interrogati: inutilmente. Intanto, l'assenza totale e prolungata di indizi che portassero alla soluzione del mistero non faceva che accrescere l'eccitazione popolare. Trascorsi dieci giorni, si ritenne opportuno raddoppiare la somma offerta all'inizio; e infine, dopo che fu trascorsa la seconda settimana senza che emergesse niente di nuovo, e dopo che la tradizionale diffidenza dei parigini nei confronti della polizia si fu espressa in diverse violente émeutes, il Prefetto si assunse la responsabilità di offrire la somma di ventimila franchi «per l'identificazione dell'assassino» o, se si fosse provato che più d'uno era implicato nel delitto, «per l'identificazione di uno degli assassini». Nel proclama che offriva questa ricompensa, si prometteva piena indulgenza al complice che deponesse contro il reo; e al manifesto, dovunque fu affisso, ne venne affiancato un altro, privato, di un comitato di cittadini, che offriva diecimila franchi in aggiunta alla somma proposta dalla Prefettura. Così il compenso globale ammontava a trentamila franchi, somma straordinaria, considerando l'umile condizione della giovane e la frequenza, nelle grandi città, di atroci delitti come quello qui descritto.

Ora nessuno dubitava che in breve si sarebbe fatta luce sul mistero. Ma sebbene, in un paio di casi, si procedesse ad arresti da cui ci si attendeva qualche rivelazione, nulla ne risultò che potesse incriminare le persone sospette; e queste vennero subito rilasciate. Per strano che possa sembrare, era trascorsa la terza settimana dal rinvenimento del corpo, e senza che si facesse luce sulla faccenda, e ancora nessuna eco dei fatti che tanto avevano agitato l'opinione pubblica era giunta alle orecchie di Dupin e mie.

Occupati in ricerche che avevano assorbito tutta la nostra attenzione, per circa un mese nessuno di noi due era mai uscito di casa, o aveva ricevuto visite, o dato più che uno sguardo ai più importanti articoli politici di uno dei quotidiani. La prima notizia dell'assassinio ce la portò G... in persona. Venne a trovarci di primo pomeriggio, il tredici di luglio 18..., e rimase con noi fino a tarda notte. Era irritatissimo per il fallimento di tutti i suoi tentativi di scovare gli assassini. Ne andava di mezzo - così si espresse con aria tutta parigina - la sua reputazione. Era in gioco anche il suo onore. Gli occhi del pubblico erano fissi su di lui; e non v'era sacrificio che non fosse disposto a fare purché il mistero fosse risolto. Concluse il suo discorso un po' strambo con un complimento per quello che si compiacque di definire il tatto di Dupin, e arrivò a fargli una proposta specifica, indubbiamente assai liberale, la cui precisa natura non credo di avere il diritto di rivelare, ma che non ha alcun rapporto con quello che è l'argomento della narrazione. Del complimento il mio amico si schermì con la massima fermezza, ma accettò subito la proposta, sebbene i suoi vantaggi fossero totalmente «sotto condizione». Concordato questo punto, il Prefetto passò senza indugio a chiarire diffusamente le proprie vedute, inframmezzandole con prolissi commenti sulle deposizioni, delle quali non eravamo ancora al corrente. Parlò molto e, senza dubbio, molto dottamente, mentre io, di tanto in tanto, azzardavo qualche suggerimento e la notte soporiferamente si consumava. Dupin, che sedeva immobile nella sua solita poltrona, era l'incarnazione stessa dell'attenzione più rispettosa. Per tutta la durata del colloquio, non si tolse mai gli occhiali; e una rapida occhiata sotto le loro lenti verdi bastò a convincermi che, durante le sette-otto ore di piombo che avevano preceduto la partenza del Prefetto, egli aveva dormito: silenziosamente, ma profondamente.

La mattina, mi procurai alla Prefettura un rapporto completo di tutte le testimonianze raccolte e, presso le redazioni dei vari quotidiani, una copia di ogni giornale in cui, dall'inizio alla fine, fossero state pubblicate informazioni rilevanti sulla triste vicenda.

Eliminato tutto ciò che era stato definitivamente smentito, il grosso delle informazioni si riduceva a questo: Marie Rogêt aveva lasciato l'abitazione della madre, in rue Pavée Saint-Andrée, verso le nove del mattino, domenica 22 giugno 18... Uscendo, aveva informato un certo Monsieur Jacques St-Eustache, e lui solo, della sua intenzione di trascorrere la giornata presso una zia che risiedeva in Rue des Drômes. La Rue des Drômes è una via breve, stretta ma affollata, non lontana dalle rive del fiume, e dista un paio di miglia, in linea retta o quasi, dalla pension di Madame Rogêt. St-Eustache era il corteggiatore ufficiale, il pretendente di Marie, e alloggiava, prendendovi anche i pasti, alla pensione. Verso sera, avrebbe dovuto raggiungere la fidanzata, per riaccompagnarla a casa. Ma nel pomeriggio si mise a piovere a dirotto, ed egli, supponendo che la ragazza si sarebbe trattenuta per la notte presso la zia (come in circostanze analoghe aveva fatto altre volte), non ritenne necessario mantenere la promessa. Quando scese la notte, si udì Madame Rogêt (settant'anni, inferma) esprimere il timore che «non avrebbe mai più rivisto Marie»; ma, al momento, la frase non attirò particolare attenzione.

Il lunedì si accertò che la ragazza non si era recata in Rue des Drômes; e quando il giorno fu trascorso senza che di lei si avessero altre notizie, si organizzo una tardiva ricerca in vari punti della città e nel dintorni. Ma fu solo il quarto giorno dopo la sua scomparsa che si ebbero notizie fondate su Marie. Quel giorno (mercoledì 25 giugno), un certo Monsieur Beauvais che insieme a un amico aveva condotto delle ricerche presso la Barrière du Roule, sulla sponda della Senna dirimpetto alla Rue Pavée Saint-Andrée, venne avvertito che alcuni pescatori avevano appena tratto a riva con delle funi un cadavere: l'avevano trovato che galleggiava sul fiume. Alla vista del corpo, Beauvais lo aveva identificato, non senza esitazione, per quello della commessa della profumeria. L'amico lo riconobbe con maggiore sicurezza.

Il volto era cosparso di sangue rappreso, scuro, che in parte usciva dalla bocca. Non si vedeva schiuma, come si nota nel caso di chi muore annegato, ne decolorazione dei tessuti. Intorno alla gola si notavano lividi e impronte di dita. Le braccia erano ripiegate sul petto, e rigide. Serrata la mano destra; un po' aperta la sinistra. Sul polso sinistro v'erano due escoriazioni circolari, evidentemente causate da corde, o da una corda rigirata più volte. Inoltre parte del polso destro presentava abrasioni, e così tutta la schiena, particolarmente le scapole. Per trarre a riva il corpo, i pescatori l'avevano assicurato a una fune, ma non era stata quella a produrre le escoriazioni. La carne del collo era molto enfiata. Non v'erano tagli visibili, né lividi causati da percosse. Venne trovato un pezzo di nastro per guarnizione, così strettamente legato intorno al collo da sfuggire alla vista; era completamente affondato nella carne, e fermato da un nodo proprio sotto l'orecchio sinistro. Da solo sarebbe bastato a causare la morte. L'esame medico-legale attestava senz'ombra di dubbio la virtù della defunta. Era stata vittima, venne detto, di una brutale violenza. Quando era stato rinvenuto, il cadavere era in uno stato tale da rendersi facilmente riconoscibile agli amici della ragazza. Il vestito era lacerato e altrimenti manomesso. Una striscia di stoffa, larga circa un piede, era stata strappata dall'orlo della gonna fin su alla vita, ma non staccata. Era stata avvolta in tre giri attorno alla vita e fermata sulla schiena con una sorta di nodo a fiocco. La sottoveste era di fine mussolina; e con grande precisione, accuratamente, ne era stata strappata una striscia larga diciotto pollici, annodata poi intorno al collo, un po' allentata, ma tenuta ferma da un solido nodo. Da questa striscia di mussola e dalla striscia di merletto pendeva, attaccata per i lacci, una cuffietta. Il nodo che fermava i lacci della cuffietta non era uno di quelli che può fare una donna: un nodo piatto, piuttosto, o nodo da marinaio.

Il cadavere, dopo la ricognizione, non venne portato all'obitorio (formalità ormai superflua) ma sotterrato in fretta non lontano dal punto in cui era stato tratto a riva. Grazie agli sforzi di Beauvais, la faccenda era stata diligentemente messa a tacere, nel limiti del possibile, ed erano già trascorsi parecchi giorni prima che tra la gente si diffondesse una qualche emozione. Ma alla fine un settimanale si occupò dell'argomento; il cadavere venne riesumato, e fu aperta una nuova indagine; ma dall'esame non risultò nulla che non fosse già noto. Comunque, i vestiti vennero ora mostrati alla madre e agli amici della vittima e pienamente identificati come quegli stessi che la ragazza indossava il giorno che si era allontanata da casa.

Intanto, l'agitazione popolare andava aumentando di ora in ora. Parecchie persone vennero arrestate e rilasciate. I sospetti si appuntarono soprattutto su St-Eustache; ed egli, sulle prime, non seppe dare un resoconto intelligibile di quel che avesse fatto e di dove fosse stato la domenica in cui Marie si era allontanata da casa. In seguito, tuttavia, fornì a Monsieur G. testimonianze che fornivano un alibi convincente per ogni ora del giorno in questione. Col passare del tempo, poiché non si scopriva nessun nuovo elemento, presero a circolare mille voci contraddittorie, e i giornalisti si buttarono a far congetture. Fra queste, la più suggestiva fu quella basata sull'idea che Marie Rogêt fosse ancora viva, che il cadavere trovato nella Senna fosse quello di qualche altra sventurata.

Sarà opportuno sottomettere al lettore alcuni passi che si riferiscono a tale congettura. Darò pertanto la traduzione letterale di passi tratti da *L'Etoile*, un giornale generalmente redatto con grande mestiere.

«Mademoiselle Rogêt lasciò la casa della madre domenica mattina, 22 giugno 18.., con il proposito dichiarato di recarsi a far visita alla zia, o altra parente, in Rue des Drômes. Da quel momento, non si ha prova che alcuno l'abbia vista. Di lei non v'è più traccia o notizia... Finora non si è fatto avanti nessuno che l'abbia vista quel giorno, dopo che fu uscita dalla casa della madre.

Ora, non abbiamo prove che Marie Rogêt fosse nel mondo dei vivi dopo le nove di domenica 22 giugno; ma abbiamo la prova che, fino a quell'ora, era viva. Mercoledì a mezzogiorno, alle dodici precise, viene scoperto il corpo di una donna che galleggia sull'acqua, lungo la riva della Barrière du Roule. Dunque, anche supponendo che Marie Rogêt venisse gettata nel fiume tre ore dopo essere uscita di casa, il ritrovamento ha luogo a soli tre giorni di distanza da quel momento: tre giorni esatti al minuto. Ma è follia supporre che il delitto, se mai delitto venne perpetrato su di lei, possa essere stato consumato tanto presto da permettere agli assassini di gettare il corpo nel fiume prima di mezzanotte. Chi è colpevole di crimini così orribili sceglie le tenebre, non la luce... Dunque, se il corpo trovato era quello di Marie Rogêt, sarebbe rimasto in acqua due giorni e mezzo, al massimo tre. Tutte le esperienze dimostrano che occorrono dai sei ai dieci giorni perché i corpi degli annegati o i corpi gettati in acqua subito dopo morte violenta arrivino a uno stato di decomposizione sufficiente a farli risalire alla superficie. Anche quando si spara un colpo di cannone a pelo dell'acqua, sopra il punto in cui presumibilmente si trova il cadavere, e questo riaffiora prima che siano trascorsi almeno cinque o sei giorni dal momento dell'immersione, se lasciato andare, affonda nuovamente. Ora, ci chiediamo, che cosa, in questo caso, avrebbe potuto comportare un'eccezione al corso consueto della natura?... Se il corpo così straziato fosse rimasto fino a martedì notte sulla riva, vi si sarebbe pur trovata qualche traccia degli assassini. È dubbio, inoltre, che il corpo sarebbe tornato a galla così presto, anche se fosse stato gettato in acqua due giorni dopo la morte. E, ancora, è estremamente improbabile che i delinquenti che avessero commesso un delitto quale qui si suppone avrebbero gettato in acqua il corpo senza un qualche peso che lo facesse andare a fondo, quando adottare una simile precauzione era tutt'altro che difficile».

E il redattore avanza a questo punto l'ipotesi che il cadavere sia rimasto in acqua «non solo tre giorni, ma cinque volte tre giorni», giacché era in stato di così avanzata decomposizione che Beauvais ebbe grande difficoltà a riconoscerlo. Quest'ultimo punto fu tuttavia pienamente confutato. Riprendo la traduzione: «Quali sono, dunque, i fatti in base ai quali Monsieur Beauvais afferma di non aver dubbio alcuno che il corpo fosse quello di Marie Rogêt? Egli strappò una manica del vestito, e dice di aver trovato dei segni che lo rendono pienamente certo dell'identità. È opinione generale che tali segni consistessero in qualche sorta di cicatrici. No, egli strofinò il braccio, e vi trovò della peluria - difficile, pensiamo, immaginare qualcosa di meno indicativo: è come trovare un braccio in una manica, più o meno. Monsieur Beauvais non fece ritorno quella sera ma, mercoledì sera, alle sette, mandò a dire a Madame Rogêt che l'inchiesta sulla figlia era ancora in corso. Se noi ammettiamo che per l'età e il dolore Madame Rogêt non fosse in grado di recarsi sul posto (ed è già ammettere anche troppo), doveva pur esserci qualcun altro in grado di pensare che valesse la pena di andarci e di presenziare all'inchiesta, se davvero si riteneva che il corpo fosse quello di Marie. Nessuno si recò sul posto. In Rue Pavée Saint-Andrée nulla si disse né si udì della vicenda che giungesse all'orecchio degli inquilini di quella casa. Monsieur St-Eustache, innamorato e promesso sposo di Marie, che era a pensione presso la madre di lei, depone di non aver sentito parlare del rinvenimento del corpo della fidanzata sino al mattino successivo, quando Monsieur Beauvais entrò nella sua stanza e gli comunicò la notizia. Trattandosi di una notizia di tal genere, sorprende che sia stata accolta con estrema freddezza».

In questo modo il giornale cercava di creare l'impressione che i parenti di Marie avessero dato prova di una certa apatia: apatia incompatibile coll'ipotesi che detti parenti fossero convinti che quello era il cadavere di Marie. E si insinuava dell'altro: che Marie, con la connivenza dei suoi, si era allontanata dalla città per ragioni che implicavano legittimi dubbi sulla sua castità; e che queste persone, alla scoperta di un cadavere nella Senna, un poco somigliante alla ragazza, avevano tratto profitto da quell'occasione per diffondere tra il pubblico la convinzione che fosse morta. Ma *L'Etoile* era stato di nuovo precipitoso. Venne chiaramente provato che, contrariamente a quanto supposto, non vi era stata apatia di sorta; che la vecchia signora era debolissima, e così turbata da essere incapace di attendere a qualsiasi compito; che St-Eustache, lungi dall'accogliere la notizia con freddezza, era sconvolto dal dolore e così fuori di sé che Monsieur Beauvais si vide costretto a insistere presso un amico e un parente affinché si prendessero cura di lui e impedissero che assistesse, dopo l'esumazione, alla ricognizione del cadavere. Inoltre, sebbene *L'Etoile* asserisse che la salma era stata riseppellita a pubbliche spese, che una generosa offerta di sepoltura privata era stata fermamente respinta dalla famiglia, e che nessun membro della famiglia aveva assistito alla cerimonia funebre - sebbene, dicevo, *L'Etoile* asserisse tutto ciò per dar maggior forza all'impressione che intendeva suscitare, tutto ciò venne smentito nel modo più convincente. In un numero successivo il giornale tentò di far cadere i sospetti sullo stesso Beauvais. Scriveva il redattore: «Si presenta ora un nuovo elemento. Abbiamo appreso che in una certa occasione, mentre una certa Madame B... si trovava in casa di Madame Rogêt, Monsieur Beauvais, che si accingeva a uscire, le disse che si attendeva la visita di un gendarme, e che lei, Madame B.... non doveva dire nulla a quel gendarme, finché egli non fosse tornato: che lasciasse tutta la cosa a lui, Monsieur Beauvais... Così come stanno ora le cose, si ha l'impressione che Monsieur Beauvais si tenga ben chiuso in testa tutto ciò che sa. Non si può fare un passo senza Monsieur Beauvais, perché, da qualunque parte vi voltiate, ve lo trovate davanti... Ha deciso, per una ragione tutta sua, che nessuno all'infuori di lui debba occuparsi dell'inchiesta, e ha messo da parte i parenti maschi in un modo che, stando alla loro versione, è davvero singolare. Sembra aver fatto di tutto perché ai parenti non fosse permesso di vedere il corpo».

Il fatto che segue dava un certo colore di verosimiglianza ai sospetti così gettati su Beauvais.

Un tale che andò a cercarlo nel suo ufficio, alcuni giorni prima della scomparsa della ragazza e durante l'assenza di Monsieur Beauvais, aveva notato una rosa infilata nella serratura e il nome «Marie» scritto su una lavagna appesa lì accanto.

L'impressione generale, per quel tanto che potevamo spigolarla dai giornali, sembrava essere che Marie fosse stata vittima di una banda di teppisti, che costoro l'avessero portata sul fiume, seviziata e assassinata. Tuttavia *Le Commerciel*, giornale assai diffuso e autorevole, contrastò risolutamente questa idea popolare. Citò dalle sue colonne un paio di brani: «È nostra convinzione che le ricerche, indirizzandosi verso la Barrière du Roule, abbiano seguito finora una falsa pista. È impossibile che una persona ben nota, come questa giovane donna, a migliaia di persone, abbia potuto passare tre isolati senza che alcuno la vedesse; e chiunque l'avesse vista se ne sarebbe ricordato, giacché suscitava grandi attenzioni. Quando uscì di casa, le strade erano affollate... È impossibile che abbia potuto arrivare fino alla Barrière du Roule o alla Rue des Drômes senza essere riconosciuta da una dozzina di persone; eppure non si è presentato nessuno che l'abbia vista fuori della casa materna, e non c'è prova, tranne le sue dichiarate intenzioni, che sia effettivamente uscita di casa. Il suo vestito era strappato, legato attorno al corpo, e annodato; e il corpo venne trascinato per il vestito come un fagotto. Se il delitto fosse stato commesso alla Barrière du Roule, non ci sarebbe stato bisogno di simili misure.

Il fatto che il corpo venne trovato a galla nel fiume in prossimità della Barrière non ci dice nulla sul luogo da cui fu gettato in acqua... Un pezzo di una delle sottovesti della sventurata giovane, lungo due piedi e largo uno, venne strappato, legato sotto il mento e annodato alla nuca, probabilmente per impedire che gridasse. Chi ha fatto ciò non aveva nemmeno un fazzoletto da tasca o da collo».

Un giorno o due prima che il Prefetto venisse a farci visita, pervenne alla polizia un'informazione che parve demolire, almeno nella parte principale, l'argomentazione di *Le Commerciel*.

Due ragazzini, figli di una certa Madame Deluc, mentre giravano per i boschi in prossimità della Barrière du Roule, si erano addentrati per caso in una folta macchia, nella quale erano tre o quattro grandi pietre, che formavano una specie di sedile, con schienale e poggiapiedi.

Sulla pietra più alta si trovava una sottoveste bianca; sulla seconda, una sciarpa di seta. Vi furono rinvenuti anche un parasole, un paio di guanti, e un fazzoletto. Il fazzoletto portava, ricamato, un nome: «Marie Rogêt». Brandelli di vestito vennero scoperti sui rovi tutt'intorno. La terra era smossa, calpestata, e i cespugli spezzati: v'erano tutti i segni di una colluttazione. Tra la macchia di rovi e il fiume, erano state divelte le staccionate, e le tracce sul terreno indicavano che vi era stato trascinato un pesante fardello. Un settimanale, «Le Soleil», così commentò la scoperta, facendo eco, in sostanza, ai sentimenti dell'intera stampa parigina: «Tutti quegli oggetti erano lì, evidentemente, da almeno tre o quattro settimane: erano completamente ammuffiti per effetto della pioggia, e la muffa li incollava insieme. L'erba era cresciuta intorno a essi: ad alcuni anche sopra. La seta del parasole era resistente, ma all'interno le sue fibre si erano accavallate. La parte superiore, dove la stoffa era rinforzata e arrotolata, era fradicia e ammuffita, e quando il parasole venne aperto, si lacerò... I brandelli del vestito strappati dai rovi erano larghi circa tre pollici e lunghi sei. Uno era l'orlo del vestito, che era stato rammendato; l'altro era un pezzo della gonna, non dell'orlo. Sembravano strisce di tessuto strappate con violenza, e si trovavano sui cespugli, a circa un piede dal suolo... Non c'è dubbio, dunque, che sia stato scoperto il luogo in cui fu commesso questo crimine infame».

In seguito a questa scoperta, si ebbero nuove testimonianze. Madame Deluc dichiarò di gestire una piccola locanda non lontano dalla riva del fiume, di fronte alla Barrière du Roule. Un luogo isolato, molto isolato. È là che alla domenica si danno abitualmente convegno i teppisti della città che attraversano il fiume in barca. Quella domenica, verso le tre del pomeriggio, arrivò alla locanda una ragazza in compagnia di un giovanotto di carnagione scura. I due si trattennero un po' di tempo. Quando se ne andarono, presero la strada che portava a certi fitti boschi nelle vicinanze. Il vestito indossato dalla ragazza attirò l'attenzione di Madame

Deluc, perché assai simile a quello di una parente defunta. Notò in particolare la sciarpa. Subito dopo la partenza della coppia, capitò lì una banda di mascalzoni. Fecero chiasso, mangiarono e bevvero senza pagare, proseguirono per la strada presa dal giovanotto e dalla ragazza, tornarono alla locanda che era quasi il crepuscolo, e riattraversarono il fiume in gran fretta.

Si era appena fatto buio, quella stessa sera, quando Madame Deluc e il figlio maggiore udirono delle grida di donna non lontano dalla locanda: grida violente, ma brevi. Madame D. riconobbe non solo la sciarpa che era stata trovata nel roveto, ma anche il vestito indosso al cadavere. Un conducente di omnibus, Valence, testimoniò a questo punto di aver visto Marie Rogêt attraversare la Senna su di una nave-traghetto, quella domenica, in compagnia di un giovanotto di carnagione scura. Lui, Valence, conosceva Marie, e non poteva essersi sbagliato sulla sua identità.

Gli oggetti rinvenuti nella macchia furono tutti identificati dai parenti di Marie.

Le prove e le informazioni che avevo tratto dalla stampa, seguendo il suggerimento di Dupin, interessavano ancora un punto: ma un punto, pareva, della massima importanza. Risulta dunque che, subito dopo la scoperta degli oggetti personali sopra descritti venne trovato, nelle vicinanze di quella che ormai tutti ritenevano la scena del delitto, il corpo senza vita o quasi di St- Eustache, il fidanzato di Marie. Accanto a lui venne rinvenuta una fiala con l'etichetta «laudano», vuota. Il fiato confermava l'ingestione del veleno. Morì senza dir parola. Addosso gli venne trovata una lettera, in cui brevemente dichiarava il suo amore per Marie e i suoi propositi suicidi.

«Quasi non occorre che vi dica», disse Dupin, come ebbe finito di leggere attentamente i miei appunti, «che questo caso è molto più complicato di quello della Rue Morgue, dal quale differisce per un unico, importante elemento. Questo è un genere di delitto atroce, sì, ma comune.

Non ha nulla di particolarmente outré. Osserverete che proprio per questa ragione il mistero è stato ritenuto di facile soluzione, mentre, proprio, per questa ragione, avrebbe dovuto essere ritenuto difficile a risolversi. Così dapprima non si ritenne neppure opportuno offrire una ricompensa. I mirmidoni di G. erano in grado, immediatamente, di capire come e perché una tale atrocità avrebbe potuto essere commessa. La loro immaginazione riusciva a raffigurarsi un modo - molti modi, - e un movente - molti moventi; e poiché l'uno o l'altro di questi modi o moventi poteva anche essere quello vero, hanno dato per scontato che uno di essi dovesse esserlo. Ma la disinvoltura con cui vennero accolte queste mutevoli fantasticherie e lo stesso carattere di plausibilità che ciascuna di esse assumeva, avrebbero dovuto essere intesi come indizi della difficoltà e non già della facilità che la soluzione comportava. Altra volta osservai che la ragione, nella sua ricerca della verità, trova la sua strada, sempre che la trovi, quando si alza al di sopra delle cose comuni, e che, in casi come l'attuale, la domanda che ci dobbiamo porre non è tanto *cosa è accaduto?* quanto *cosa è accaduto che non sia già accaduto prima?*. Nelle indagini in casa di Madame L'Espanaye, gli agenti di G. furono scoraggiati e disorientati da quanto vi era di insolito: da quanto, cioè, avrebbe fornito a un intelletto bene allenato la più sicura garanzia di successo; mentre un intelletto siffatto sarebbe piombato nella disperazione proprio a causa del carattere comune di tutto ciò che si presentò allo sguardo nel caso della commessa di profumeria, che invece nulla fece presagire ai funzionari della Prefettura se non un facile trionfo.

Nel caso di Madame L'Espanaye e della figlia non vi fu, fin dall'inizio delle indagini, alcun dubbio che fosse stato commesso un assassinio. L'idea del suicidio fu subito esclusa. Anche in questo caso, fin dall'inizio, dobbiamo scartare qualsiasi ipotesi di suicidio. Il corpo rinvenuto alla Barrière du Roule venne rinvenuto in circostanze tali da non lasciare adito a perplessità su questo punto fondamentale. Ma è stato insinuato che il cadavere scoperto non sia quello di Marie Rogêt, ed è per la cattura dell'assassino o degli assassini di costei che è stata proposta una ricompensa: anche il nostro accordo con il Prefetto è valido unicamente per questo caso. Tutti e due conosciamo bene questo signore. Meglio non accordargli eccessiva fiducia. Se, partendo nelle nostre indagini dal rinvenimento del cadavere e mettendoci sulle tracce di un assassino accertiamo tuttavia che il corpo è quello di un'altra persona, e non quello di Marie; o se, prendendo come punto di partenza Marie stessa, quando era ancora viva, noi la troviamo, ma non assassinata, in un caso e nell'altro sarà fatica sprecata, poiché è con Monsieur G. che noi abbiamo a che fare. Nel nostro interesse, se non proprio nell'interesse della giustizia, è dunque indispensabile che il nostro primo passo sia quello di stabilire l'identità del corpo con quello della scomparsa Marie Rogêt.

Presso il pubblico le argomentazioni dell'*Etoile* hanno avuto peso; e che anche il giornale sia convinto della loro importanza risulta da uno degli articoli: "Parecchi quotidiani del mattino, così scrive, parlano dell'articolo conclusivo dell'*Etoile* di lunedì". Per me, questo articolo non porta ad alcuna conclusione, tranne quella che si può trarre sullo zelo di chi l'ha scritto. Dobbiamo tener presente che, in generale, obiettivo dei nostri giornali è quello di far colpo, di *fare il punto*, più che di servire la causa della verità. Il secondo di questi due fini viene perseguito solo quando sembra coincidere col primo. La stampa che si limita a concordare con l'opinione comune (per fondata che sia) non acquista credito presso la folla. La maggioranza giudica profondo solo colui che propone tesi in stridente contraddizione con le opinioni comuni. Nelle argomentazioni, non meno che in letteratura, l'epigramma è il genere che più immediatamente e più universalmente viene apprezzato. Eppure, in entrambi i casi, il suo valore intrinseco è pressoché nullo.

Voglio dire che quel tanto di epigramma - più - melodramma insito nell'idea che Marie Rogêt sia tuttora viva, e non la plausibilità dell'idea, l'ha raccomandata a *L'Etoile* e le ha assicurato una favorevole accoglienza presso il pubblico. Esaminiamo i punti-base dell'argomentazione di questo giornale, cercando di evitare l'incoerenza con cui venne originariamente presentata.

Primo obiettivo di chi ha scritto l'articolo è quello di dimostrare che, considerato il breve intervallo di tempo trascorso tra la scomparsa di Marie e il rinvenimento del cadavere sul fiume, il cadavere non può essere quello di Marie. Una riduzione di tale intervallo al minimo possibile diviene pertanto, immediatamente, essenziale per l'argomentatore. "È follia supporre", scrive, "che il delitto, se mai delitto venne perpetrato su di lei, possa essere stato consumato tanto presto da permettere agli assassini di gettare il corpo nel fiume prima di mezzanotte". Noi domandiamo subito, assai naturalmente, e perché? Perché mai sarebbe follia supporre che il delitto sia stato commesso cinque minuti dopo che la giovane era uscita dalla casa della madre? Perché sarebbe follia supporre che il delitto sia stato commesso in questa o quell'ora del giorno? Di assassini ce ne sono stati a tutte le ore. Ma, se il delitto avesse avuto luogo in un qualunque momento fra le nove di mattina della domenica e mezzanotte meno un quarto, ci sarebbe pur sempre stato abbastanza tempo per "gettare il corpo nel fiume prima di mezzanotte". Il presupposto si riduce dunque esattamente a questo: che il delitto non sia stato affatto commesso quella domenica. E, se concediamo a *L'Etoile* questo presupposto, possiamo concedergli tutte le licenze immaginabili e possibili. Il paragrafo che inizia: "È follia supporre, eccetera", anche se così lo vediamo stampato su *L'Etoile*, possiamo bene immaginare che, nel cervello del compilatore, sia stato concepito come segue: "È follia supporre che il delitto, se mai delitto venne perpetrato su di lei, possa essere stato consumato tanto presto da permettere agli assassini di gettare il corpo nel fiume prima di mezzanotte; è follia, diciamo, supporre tutto ciò, e supporre al tempo stesso (come siamo fermamente decisi a fare) che il corpo non sia stato gettato nel fiume se non dopo mezzanotte": frase in sé abbastanza imprecisa, ma non così totalmente assurda come quella stampata».

«Se io», continuò Dupin, «mi proponessi semplicemente di

confutare questa parte dell'argomentazione di *L'Etoile*, potrei lasciare le cose al punto in cui stanno. Ma non è *L'Etoile* che ci interessa: è la verità. Così come la si legge, la frase in questione ha un solo significato, e questo significato l'ho chiaramente definito; ma è essenziale andare oltre le pure e semplici parole e cercare l'idea che tali parole hanno ovviamente inteso e che non sono riuscite a comunicare. Il giornalista intendeva dire che in qualunque momento di quella domenica, o di giorno o di notte, fosse stato commesso il delitto, è improbabile che gli assassini si sarebbero arrischiati a portare il corpo al fiume prima della mezzanotte. Ed è precisamente questa la supposizione che contesto. Si pretende che il delitto sia stato commesso in un luogo tale, e in tali circostanze, da rendere necessario trasportare il corpo fino al fiume. Ora, l'assassinio avrebbe potuto aver luogo sulla riva del fiume o sul fiume stesso; e in tal caso, si sarebbe potuto ricorrere, non, Importa a quale ora del giorno o della notte, alla soluzione di gettare il corpo in acqua come al metodo più ovvio e immediato per toglierlo di mezzo. Come ben capite, non sostengo nulla che non sia probabile o che coincida con la mia personale opinione. Il mio disegno, fin qui, non ha alcuna relazione con i fatti. Vorrei solo mettervi in guardia contro il tono generale de *L'Etoile*, richiamando la vostra attenzione su quello che, fin dall'inizio, ha tutta l'aria d'essere un partito preso.

Avendo così fissato un limite di tempo conveniente ai suoi preconcetti; avendo stabilito che, se quello era il corpo di Marie, sarebbe potuto rimanere in acqua solo per un periodo assai breve, il giornale prosegue: “Tutte le esperienze dimostrano che occorrono dai sei ai dieci giorni perché i corpi degli annegati o i corpi gettati in acqua subito dopo morte violenta arrivino a uno stato di decomposizione sufficiente a farli risalire alla superficie. Anche quando si spara un colpo di cannone a pelo dell'acqua, sopra il punto in cui presumibilmente si trova il cadavere, e questo riaffiora prima che siano trascorsi almeno cinque o sei giorni dal momento dell'immersione, se lasciato andare, affonda nuovamente”.

Queste asserzioni sono state tacitamente accolte da tutti i giornali parigini, ad eccezione di *Le Moniteur*.» Quest'ultimo cerca di confutare la parte dell'articolo che si riferisce ai *corpi degli annegati*, citando cinque o sei casi in cui i corpi di persone notoriamente annegate vennero rinvenuti a galla sull'acqua dopo un periodo di tempo inferiore a quello fissato da *L'Etoile*. Tuttavia c'è, nel tentativo di *Le Moniteur* di confutare una asserzione generale di *L'Etoile*, citando alcuni esempi particolari che con tale asserzione contrastano, un che di concettualmente inadeguato. Fosse stato possibile addurre cinquanta, anziché cinque, casi di corpi rinvenuti a galla sull'acqua allo scadere di due o tre giorni, questi cinquanta casi si sarebbero pur sempre potuti considerare - e a ragione - semplici eccezioni alla regola di *L'Etoile*, finché la regola stessa non fosse stata confutata. Se si ammette la regola (e *Le Moniteur*, che insiste solo sulle eccezioni, non la smentisce), l'argomentazione di *L'Etoile* resta pienamente valida, giacché tale argomentazione non intende andar oltre a una mera questione di probabilità in relazione al cadavere risalito alla superficie in meno di tre giorni; e tale probabilità confermerà la tesi di *L'Etoile* finché gli esempi così puerilmente addotti non saranno in numero bastevole a stabilire una regola opposta.

Come ben vedete, ogni argomentazione in proposito dovrebbe essere rivolta, se mai, contro la regola in sé. Ora il corpo umano, in generale, non è molto più leggero né molto più pesante dell'acqua della Senna; cioè, in condizioni naturali, il peso del corpo umano è pressoché uguale a quello della massa d'acqua dolce che esso sposta. I corpi delle persone grasse e carnose, con ossa piccole, e in genere i corpi delle donne, sono più leggeri di quelli magri e con ossa grandi, e in genere degli uomini; e il peso proprio dell'acqua di un fiume è in qualche misura influenzato dalla marea. Ma, a prescindere dalla marea, si può dire che, anche nell'acqua dolce, sono ben pochi i corpi umani che vanno a fondo spontaneamente. Chiunque - o quasi - cada in un fiume può restare a galla, se fa si che il peso dell'acqua sia bilanciato da quello del corpo: se, cioè, lascia che l'intera persona si immerga completamente, ad eccezione di una minima parte. La posizione più adatta per chi non sa nuotare è la posizione eretta di chi cammina a terra, la testa rovesciata all'indietro e immersa, lasciando fuori solo la bocca e le narici. In tali condizioni, scopriremo di poter galleggiare senza difficoltà o sforzo. È tuttavia evidente che il peso del corpo e quello dell'acqua spostata si trovano in delicatissimo equilibrio, e basterà un nulla perché prevalga o l'uno o l'altro. Ad esempio, un braccio alzato al di sopra dell'acqua e così privato del suo sostegno sarà un peso extra sufficiente a sommergere la testa intera, mentre basterà l'ausilio accidentale di un pezzo di legno, anche piccolissimo, per consentirci di sollevare la testa e di guardarci intorno. Ora, chi non ha pratica del nuoto si dibatte e immancabilmente alza le braccia tentando contemporaneamente di mantenere la testa nella sua abituale posizione perpendicolare. Ne consegue che bocca e narici vengono sommerse e i tentativi di respirare al di sotto della superficie fanno entrare acqua nei polmoni. Altra acqua finisce nello stomaco, e tutto il corpo si appesantisce a causa della differenza di peso tra l'aria che prima dilatava queste cavità e quello del liquido che ora le riempie. In genere, tale differenza è sufficiente a mandare a fondo un corpo; è invece insufficiente quando si tratta di individui con ossa piccole e una quantità abnorme di tessuti flaccidi o grassi. Questi individui restano a galla anche dopo essere annegati.

Il cadavere, che supponiamo sul fondo del fiume, vi rimarrà finché, in qualche modo, il suo peso sarà ridiventato inferiore a quello della massa d'acqua che sposta. Questo effetto dipende dalla decomposizione, o da altre cause. Risultato della decomposizione è la formazione di gas, che dilata i tessuti cellulari e tutte le cavità, e produce quella specie di enfiagione così orribile a vedersi.

Quando il processo di dilatazione è così avanzato che il cadavere aumenta sensibilmente di volume senza un corrispondente aumento della massa o peso, viene a pesare meno dell'acqua spostata, e di conseguenza il corpo riemerge immediatamente alla superficie.

Ma la decomposizione viene modificata da innumerevoli circostanze, viene accelerata o ritardata da innumerevoli altri fattori: ad esempio, la temperatura esterna, calda o fredda, a seconda della stagione, l'inquinamento da sostanze minerali ovvero la purezza dell'acqua, la sua maggiore o minore profondità, la presenza o meno di correnti, le condizioni del corpo, infetto o immune da malattie prima della morte.

È dunque evidente che non siamo in grado di stabilire con assoluta precisione in quale momento la decomposizione farà riemergere il cadavere. In certe circostanze, ciò può accadere nel giro di un'ora; in certe altre può non accadere affatto. Esistono preparati chimici grazie ai quali il corpo può essere preservato per sempre dalla corruzione. Il bicloruro di mercurio, ad esempio. Ma, a parte la decomposizione, può esservi, e solitamente vi è, una produzione di gas nello stomaco, dovuta alla fermentazione acetica di sostanze vegetali (o, in altre cavità, per altre cause) sufficiente a produrre una dilatazione tale da riportare il corpo alla superficie. Il colpo di cannone produce - ed è questo il suo solo effetto - una certa vibrazione. Questa può liberare il corpo dal fango o dalla melma in cui è immerso, consentendogli di risalire a galla, quando tale effetto è già stato reso possibile da altri fattori; oppure può vincere la resistenza di alcune parti putride dei tessuti cellulari, permettendo alle cavità di dilatarsi sotto l'influenza del gas.

Ora che abbiamo davanti a noi tutto il materiale speculativo sull'argomento, possiamo agevolmente servircene per verificare le affermazioni di *L'Etoile*. "Tutte le esperienze dimostrano", scrive il giornale, "che occorrono dai sei ai dieci giorni perché i corpi degli annegati o i corpi gettati in acqua subito dopo morte violenta arrivino a uno stato di decomposizione sufficiente a farli risalire alla superficie. Anche quando si spara un colpo di cannone a pelo dell'acqua, sopra il punto in cui presumibilmente si trova il cadavere, e questo riaffiora prima che siano trascorsi almeno cinque o sei giorni dal momento dell'immersione, se lasciato andare, affonda nuovamente".

Tutto il passo non può che apparirci, ora, un tessuto di incoerenze e di non sequitur. Tutte le esperienze non dimostrano che occorrono dai sei ai dieci giorni perché i corpi degli annegati arrivino a uno stato di decomposizione sufficiente a farli risalire alla superficie. E la scienza e l'esperienza dimostrano che il momento in cui riaffiorano è, e non può non essere, impossibile a determinarsi. Se, inoltre, un corpo riaffiora dopo che si è sparato un colpo di cannone, non succede che, "se lasciato andare, affondi nuovamente": non succede fino a che la decomposizione non sia giunta a tal punto da consentire la fuoriuscita del gas prodottosi. Ma vorrei richiamare la vostra attenzione sulla distinzione che il giornale fa tra *corpi di annegati* e *corpi gettati in acqua subito dopo morte violenta*. Sebbene chi scrive ammetta tale distinzione, li include tutti nella stessa categoria. Ho mostrato come avviene che il corpo di chi annega diventi nettamente più pesante della massa d'acqua spostata, e che non affonderebbe affatto, se non si dibattesse, alzando le braccia al di sopra della superficie, boccheggiando al di sotto di essa, e in tal modo riempiendo d'acqua lo spazio precedentemente occupato dall'aria nel polmoni. Ma questo dibattersi, questo boccheggiare non si verificherebbero nel caso di un *corpo gettato in acqua subito dopo morte violenta*. Dunque, in questo secondo caso, il corpo, come regola generale, non affonderebbe affatto, cosa che *L'Etoile* evidentemente ignora.

Quando lo stato di decomposizione e estremamente avanzato, quando la carne si è in gran parte staccata dalle ossa, allora, e non prima, il cadavere calerà a fondo.

E ora, che dire dell'argomentazione secondo cui il corpo trovato non può essere quello di Marie Rogêt, perché erano trascorsi solo tre giorni quando esso fu trovato a galla? Se fosse annegata, trattandosi di una donna, avrebbe potuto anche non affondare, o, una volta affondato, avrebbe potuto riemergere dopo ventiquattro ore, o anche meno. Ma nessuno pensa che sia annegata; ed essendo morta prima di venir gettata nel fiume, si sarebbe potuto ritrovarla a galla in qualunque momento successivo alla morte.

"Ma", dice *L'Etoile*, "se il corpo così straziato fosse rimasto fino a martedì notte sulla riva, vi si sarebbe pur trovata qualche traccia degli assassini". E qui, a prima vista, è difficile capire a che miri l'argomentazione. Chi scrive intende prevenire quella che, suppone, potrebbe essere un'oblazione alla sua teoria: che, cioè, il corpo venne lasciato due giorni sulla riva, subendo una rapida decomposizione, più rapida che se fosse rimasto immerso nell'acqua. Egli suppone che, se così fosse avvenuto, il corpo sarebbe potuto ricomparire alla superficie il mercoledì e ritiene che solo in tali circostanze sarebbe potuto ricomparirvi. Pertanto si fa premura di dimostrare che non venne lasciato sulla riva: perché, in tal caso, "vi si sarebbe pur trovata qualche traccia degli assassini". Sorriderete, penso, di questo sequitur. Non riuscite a capire come la semplice permanenza del cadavere sulla riva avrebbe potuto moltiplicare le tracce degli assassini. Neanch'io riesco a capirlo.

"E, ancora, è estremamente improbabile", continua il nostro giornale, "che i delinquenti che avessero commesso un delitto quale qui si suppone avrebbero gettato in acqua il corpo senza un qualche peso che lo facesse andare a fondo, quando adottare una simile precauzione era tutt'altro che difficile". Notate, a questo punto, la risibile confusione di pensieri! Nessuno, nemmeno *L'Etoile*, ha dubbi sul fatto che il corpo ritrovato sia quello di una persona assassinata. Troppo manifesti sono i segni della violenza. Il nostro argomentatore vuole solo dimostrare che Marie non venne assassinata, non che quello non fosse il corpo di una donna assassinata. Tuttavia, la sua osservazione dimostra solo quest'ultimo punto.

Abbiamo un cadavere cui non sono attaccati pesi. Gli assassini, gettandolo in acqua, non avrebbero mancato di attaccargli un peso. Dunque, non fu gettato in acqua dagli assassini. Viene dimostrato questo: nient'altro. Il problema dell'identità non viene nemmeno sfiorato, e *L'Etoile* si è dato un gran da fare solo per smentire ciò che aveva ammesso solo un momento prima: "Siamo perfettamente convinti", dice, "che il corpo ritrovato sia quello di una donna assassinata".

Né è questo il solo caso in cui, nel portare avanti la sua argomentazione, il nostro ragionatore senza avvedersene ragiona contro se stesso. Suo palese obiettivo, l'ho già detto, è ridurre il più possibile l'intervallo di tempo tra la scomparsa di Marie e il rinvenimento del cadavere. Ma ecco che ora insiste sul punto che nessuno ha visto la ragazza dopo che fu uscita dalla casa di sua madre. "Non abbiamo prove", scrive, "che Marie Rogêt fosse nel mondo dei vivi dopo le nove di domenica, 22 giugno". Trattandosi di argomentazione palesemente preconcetta, il nostro avrebbe almeno dovuto evitare di calcar la mano proprio su questo punto; poiché, se si fosse saputo che qualcuno aveva visto Marie, diciamo, lunedì o martedì, l'intervallo in questione si sarebbe notevolmente ridotto e, stando al suo modo di ragionare, sarebbero di molto diminuite le probabilità che il cadavere fosse quello della grisette. Ma è divertente osservare che *L'Etoile* insiste sul suo punto nella piena convinzione che proprio esso valga a sostenere la propria tesi generale.

Rileggete ora la parte che, nell'esposizione di tale tesi, si riferisce all'identificazione della salma ad opera di Beauvais. Per quanto riguarda la peluria sul braccio, *L'Etoile* ha palesemente falsato le cose. Monsieur Beauvais non è un idiota, e non è possibile che abbia insistito, agli effetti dell'identificazione del cadavere, sulla sola presenza di peluria sul braccio. Non esiste braccio privo di peluria. La frase generica di *L'Etoile* altro non è che un'erronea interpretazione delle parole del testimone. Questi, infatti, avrà parlato di qualcosa di peculiare in quella peluria: peculiare per colore, quantità, lunghezza, o posizione.

"Il piede", prosegue il giornale, "era piccolo".

Ma di piedi piccoli ce ne sono a migliaia. La giarrettiera non prova nulla, e neppure la scarpa, perché scarpe e giarrettiere si vendono in serie. Lo stesso può dirsi dei fiori sul cappellino.

Una cosa su cui Monsieur Beauvais insiste è che la fibbia della giarrettiera rinvenuta era stata spostata all'indietro per agganciarla. Questo non significa nulla, perché in genere le signore preferiscono portarsi a casa un paio di giarrettiere e adattarle alla misura degli arti che devono cingere a mo' di laccio, piuttosto che provarle nel negozio dove le acquistano. Qui è difficile prendere sul serio un'argomentazione del genere. Se Monsieur Beauvais, cercando il corpo di Marie, ne avesse trovato uno corrispondente per taglia e aspetto generale a quello della giovane scomparsa, sarebbe stato autorizzato (tralasciando la questione dell'abbigliamento) a convincersi che la sua ricerca aveva raggiunto il proprio scopo. Se, in aggiunta al fatto della taglia e dell'aspetto, avesse riscontrato sul braccio una pelosità peculiare, che già aveva notato su Marie viva, la sua convinzione ne sarebbe stata rafforzata, e con fondamento; e la certezza sarebbe stata accresciuta in diretta proporzione al carattere peculiare, o insolito, della peluria. Se, dato che i piedi di Marie erano piccoli, quelli del cadavere erano piccoli anch'essi, la probabilità che il corpo fosse quello di Marie sarebbe aumentata non in modo meramente aritmetico, ma decisamente geometrico, o cumulativo. Aggiungete a tutto ciò scarpe quali, stando a quel che sapeva, la giovane portava il giorno in cui era scomparsa e, anche se queste scarpe *si vendono in serie*, la probabilità aumenta al punto da sfiorare la certezza. Ciò che, preso in sé, non costituirebbe una prova per l'identificazione, fornisce in questo contesto una prova inconfutabile. Dateci poi fiori sulla cuffietta corrispondenti a quelli che portava la giovane scomparsa, e non avremo bisogno di cercare oltre. Se basta un fiore a non farci cercare oltre, figuriamoci se i fiori sono due o tre, o più! Ogni singola aggiunta equivale a una prova multipla: non una prova aggiunta, ma moltiplicata per cento o per mille. E ora scopriamo, sulla salma, giarrettiere proprio come quelle che Marie usava da viva, e sarebbe follia insistere su questo punto. Ma no, si scopre che queste giarrettiere sono state accorciate spostando indietro un gancio o fibbia, allo stesso modo in cui le aveva accorciate Marie, poco prima di uscire di casa. A questo punto dubitare è pura pazzia o ipocrisia. Quel che dice *L'Etoile*, che questo modo di accorciare le giarrettiere è cosa del tutto consueta, dimostra la sua tenacia nell'errore: solo questo. Il fatto stesso che la giarrettiera sia elastica dimostra che quel modo di accorciarla non è per nulla consueto. Ciò che è fatto in modo da adattarsi da sé solo di rado abbisogna di una correzione esterna. Solo un fatto assolutamente accidentale deve aver reso necessaria l'operazione di accorciare le giarrettiere di Marie come descritto. Quelle giarrettiere bastavano da sole a stabilire l'identità. Solo che il corpo non venne trovato con le giarrettiere della giovane scomparsa, o con le sue scarpe, o la cuffietta, o i fiori sulla cuffietta, o i piedi così e così, o quel segno particolare - peluria - sul braccio, o la sua statura e il suo aspetto - il corpo aveva ciascuno di questi elementi, e tutti quanti insieme. Se si potesse dimostrare che in tali circostanze il direttore di *L'Etoile* continuasse sul serio ad avere dei dubbi, non ci sarebbe bisogno, nel suo caso, di una commissione de lunatico inquirendo. Egli ha creduto di dar prova di sagacia riecheggiando le chiacchiere degli avvocati, i quali, per la maggior parte, si accontentano di riecheggiare le rigide e ottuse ordinanze dei tribunali. Vorrei qui osservare che molto di ciò che un tribunale respinge come prova è per l'intelligenza la prova migliore. Giacché i tribunali, regolandosi in fatto di prove sui principi generali, principi riconosciuti e inscritti nel codice, non sono affatto propensi a scostarsene nei singoli casi. E questa pervicace aderenza al principio, rigorosamente disdegnando ogni eccezione che con esso contrasta, è modo sicuro per conseguire il maximum della verità conseguibile in ogni lunga sequenza temporale. Pertanto il metodo è, en masse, razionale; ma non è meno certo che esso genera gravissimi errori individuali.

«Quanto alle insinuazioni fatte sul conto di Beauvais, le possiamo liquidare immediatamente, e senza difficoltà. Avrete già penetrato il vero carattere di questo brav'uomo. È un po' un ficcanaso, uno che ama darsi da fare, ha molta fantasia e scarso acume. Chi abbia un carattere del genere, in una situazione che come questa susciti una vera emozione, si comporterà automaticamente in modo tale da insospettire e i più acuti e i più diffidenti tra gli osservatori.

Monsieur Beauvais (come risulta dai vostri appunti) ha parlato più di una volta in privato con il direttore di *L'Etoile* e l'ha offeso, osando avanzare l'opinione che il cadavere, a dispetto della teoria del direttore, fosse in effetti quello di Marie. "Egli insiste", dice il giornale, "ad affermare che il cadavere è quello di Marie, ma non è in grado di fornire una sola circostanza, in aggiunta a quelle che già abbiamo commentato, tale da convincere gli altri". Ora, senza tornare sul fatto che mai sarebbe stato possibile addurre prove migliori per *convincere gli altri*, si può osservare che, in un caso del genere, uno può essere convintissimo di una determinata cosa, senza tuttavia essere in grado di produrre una sola ragione atta a convincere gli altri. Nulla è più vago delle impressioni di quella che definiamo entità individuale. Ciascuno è in grado di riconoscere il proprio vicino, e tuttavia sono pochi i casi in cui saprebbe fornire una ragione per tale riconoscimento. Il direttore di *L'Etoile* non aveva il diritto di offendersi per questa non ragionata convinzione di Monsieur Beauvais.

«Le circostanze sospette che giocano contro di lui quadrano assai meglio, si troverà, con la mia ipotesi che si tratti di un fantasioso ficcanaso che non con le insinuazioni di colpevolezza contenute nell'argomentazione del giornalista. Se adottiamo l'interpretazione più indulgente, non avremo difficoltà a comprendere la rosa infilata nella serratura; il nome *Marie* scritto sulla lavagna; il modo in cui ha *messo da parte i parenti maschi*; quel suo aver *fatto di tutto perché ai parenti non fosse permesso di vedere il corpo*; il monito a Madame B... di non dire nulla al gendarme finché egli non fosse tornato; e, infine, la sua palese determinazione che *nessuno all'infuori di lui debba occuparsi dell'inchiesta*. Mi sembra fuor di dubbio che Beauvais fosse un corteggiatore di Marie; che Marie civettasse un po' con lui; e che il fatto che gli altri guardassero a lui come all'intimo amico e al confidente della ragazza lo lusingava enormemente. Non aggiungerò altro su questo punto; e poiché le testimonianze smentiscono nel modo più completo quel che dice *L'Etoile* a proposito dell'*apatia* della madre e degli altri parenti - un'apatia incompatibile con la supposizione che essi credessero che il cadavere fosse quello della giovane commessa - procederemo come se la questione dell'identità fosse chiarita con nostra piena soddisfazione».

«E che cosa pensate», chiesi a questo punto, «dell'opinione di *Le Commerciel*?».

«Che, nello spirito, è assai più meritevole di considerazione di qualsiasi altra opinione avanzata sull'argomento. Le deduzioni cui portano le premesse sono razionali e acute; ma le premesse, almeno in due casi, sono fondate su osservazioni superficiali. *Le Commerciel* sostiene che Marie cadde nelle mani di una banda di volgari delinquenti non lontano dalla casa materna. "È impossibile", afferma, "che una persona ben nota, come questa giovane donna, a migliaia di persone, abbia potuto passare tre isolati senza che alcuno la vedesse". Così può pensare un uomo che da tempo vive a Parigi, un uomo pubblico, le cui deambulazioni, su e giù per la città, si sono per lo più limitate ai quartieri dei pubblici uffici. Egli sa benissimo che di rado gli avviene di allontanarsi di una dozzina di isolati dal suo bureau, senza che lo si riconosca e gli si rivolga la parola. E, avendo presente il gran numero di coloro che egli conosce personalmente, o che lo conoscono personalmente, confronta la propria notorietà con quella della commessa di profumeria, non vi trova gran differenza, e salta alla conclusione che la ragazza, per la strada, sarebbe stata riconoscibile così come lo è lui. Ma ciò potrebbe darsi solo se le passeggiate di lei avessero avuto lo stesso carattere, invariabile e metodico, delle sue; se, come le sue, si fossero svolte entro la stessa area, limitata e specifica. Egli passa e ripassa a intervalli regolari entro un perimetro ben definito, frequentato da individui portati a notare la sua persona da interessi professionali, che sono poi affini ai loro propri interessi. Ma il percorso seguito da Marie nelle sue passeggiate, si può ben supporlo, variava a seconda dei casi. In questo caso particolare, si può ritenere assai probabile che seguisse un itinerario notevolmente diverso da quelli che più le erano consueti. Il parallelo sottinteso da *Le Commerciel* potrebbe reggere solo nel caso di due individui che attraversassero la città da un capo all'altro. Allora, ammettendo che avessero un uguale numero di conoscenze personali, si avrebbero uguali probabilità di incontri con persone note. Per parte mia, ritengo non solo possibile ma più che probabile che Marie abbia percorso, a un'ora qualsiasi, una qualsiasi delle molte strade che dalla sua abitazione vanno a quella della zia, senza incontrare una sola persona di sua conoscenza o che conoscesse lei. Per mettere, come si conviene, il problema in giusta luce, dobbiamo tener presente la grande sproporzione tra le conoscenze personali di un abitante, sia pure tra i più noti, di Parigi, e l'intera popolazione della città.

Quel tanto di convincente che potremmo ancora rinvenire nell'ipotesi di *Le Commerciel* perderà molto della sua forza se prendiamo in considerazione l'ora in cui la giovane uscì di casa. Scrive *Le Commerciel*: "Quando uscì di casa, le strade erano affollate". Niente affatto. Erano le nove del mattino. Ora, alle nove di qualsiasi giorno della settimana, eccettuata la domenica, le strade della città sono effettivamente affollate. Ma alle nove, di domenica, la gente comune se ne sta in casa, e si prepara per andare a messa. Nessuna persona dotata di spirito d'osservazione avrà mancato di notare l'aspetto della città, stranamente deserto, dalle otto circa fino alle dieci del mattino di ogni festività religiosa. Tra le dieci e le undici, le strade sono affollate: non così all'ora indicata.

C'è un altro punto in cui lo spirito d'osservazione di *Le Commerciel* appare inadeguato.

"Un pezzo", scrive, "di una delle sottovesti della sventurata giovane, lungo due piedi e largo uno, venne strappato, legato sotto il mento e annodato alla nuca, probabilmente per impedire che gridasse. Chi ha fatto ciò non aveva nemmeno un fazzoletto da tasca o da collo". Cercheremo di vedere più avanti se questa idea sia più o meno fondata; ma per gente che *non aveva nemmeno un fazzoletto da tasca o da collo* chi scrive intende delinquenti della più bassa specie. Si dà il caso, invece, che proprio gli individui di questa categoria si trovino sempre in possesso di un fazzoletto da collo, anche quando sono senza camicia. Avrete certo osservato come, in questi ultimi anni, il fazzoletto sia divenuto indispensabile alle autentiche canaglie».

«E che dobbiamo pensare», chiesi, «dell'articolo di *Le Soleil*?».

«Che è un gran peccato che il redattore non sia nato pappagallo, nel qual caso sarebbe stato il più illustre pappagallo della sua razza. Non ha fatto altro che ripetere, uno per uno, i passi della versione già resa nota dal giornali; le ha messe insieme, con lodevole diligenza, da questo o quel foglio. "Tutti quegli oggetti", scrive, "erano lì, evidentemente, da almeno tre o quattro settimane...

Non c'è dubbio che sia stato scoperto il luogo in cui fu commesso questo crimine infame". I fatti qui ripetuti da *Le Soleil* sono, in verità, ben lontani dal dissipare i miei personali dubbi in proposito, e in seguito li esamineremo più dettagliatamente, collegandoli a un'altra parte della nostra tesi.

Al momento, dobbiamo occuparci di altre indagini. Non vi sarà sfuggita l'estrema trascuratezza con cui si procedette all'esame del cadavere. Sì, il problema dell'identificazione fu rapidamente risolto, o almeno avrebbe dovuto esserlo; ma vi erano altri punti da chiarire. Il corpo aveva subito spoliazioni? La giovane portava dei gioielli quando era uscita? E, in tal caso, ne aveva quando il suo corpo fu rinvenuto? Sono, questi, problemi importanti che le testimonianze non sfiorano neppure; e ve ne sono altri, di non minore importanza, cui non è stata prestata la minima attenzione. Dobbiamo tentare di risolverli noi, attraverso la nostra indagine. Il caso di St-Eustache va riesaminato. Non che io nutra dei sospetti sul suo conto, ma dobbiamo procedere con metodo.

Accerteremo la validità degli affidavit che davano conto del modo in cui trascorse quella domenica.

Affidadamenti del genere possono essere oggetto di facili manipolazioni. Se però non vi troveremo nulla che non quadri, troncheremo ogni indagine sul conto di St-Eustache. Il suo suicidio, che potrebbe confermare i sospetti nel caso si dovesse scoprire alcun dolo negli affidavit, non sussistendo il dolo, non costituirebbe affatto una circostanza inspiegabile o tale da indurci a deflettere dal procedimento di una normale analisi.

In quella che ora propongo, trascureremo i punti centrali della tragedia, concentrando la nostra attenzione sugli elementi periferici. Uno degli errori che più spesso si commettono in indagini come la presente, e non il meno grave, è quello di restringere la ricerca ai fatti immediati, trascurando totalmente gli eventi collaterali o circostanziali. È mal costume dei tribunali confinare testimonianze e discussione entro i limiti di ciò che è manifestamente rilevante. Eppure l'esperienza ha dimostrato, e ogni speculazione autenticamente razionale dimostrerà sempre, che un'ampia parte della verità, forse la più ampia, scaturisce da ciò che è in apparenza irrilevante. È sulla base dello spirito - se non sulla lettera - di questo principio che la scienza moderna ha risolto di calcolare sull'imprevisto. Ma forse voi non mi seguite. La storia della conoscenza umana ha ininterrottamente mostrato che a eventi collaterali o incidentali o accidentali siamo debitori delle più numerose e più preziose scoperte, così che si è reso infine necessario, in una prospettiva di progresso, tenere in gran conto - anzi, in grandissimo conto - quelle scoperte che nascono dal caso, fuori dei confini di ogni normale previsione. Non è più considerato razionale fondare su ciò che è stato l'idea di ciò che sarà.

L'accidente viene ammesso come parte della sottostruttura. Il caso diviene rigorosamente calcolabile. Sottoponiamo l'imprevisto e l'inimmaginabile alle formule matematiche delle scuole.

Ripeto: è un fatto che la parte più ampia di ogni verità scaturisce da cause collaterali; e in accordo con il principio implicito in questo fatto, vorrei, nel caso presente, dirottare l'indagine dal terreno battuto e finora sterile dell'evento in sé alle circostanze contemporanee e concomitanti.

Mentre voi verificate l'attendibilità degli affidavit, io intendo esaminare i giornali in modo più generico di quel che avete fatto. Finora abbiamo solo perlustrato il terreno dell'indagine, ma sarebbe davvero strano se un esame complessivo dei giornali, quale mi propongo di condurre, non ci offrisse alcuni minuscoli punti capaci di dare all'indagine una direzione precisa».

Obbedendo ai suggerimenti di Dupin, sottoposi a scrupoloso esame tutto quanto il materiale degli affidavit. Il risultato fu una ferma convinzione della loro attendibilità e, di conseguenza, della non colpevolezza di St- Eustache. Nel frattempo, il mio amico si dedicava con una scrupolosità, a mio parere senza scopo, a un esame delle varie raccolte di giornali. Alla fine della settimana, mi sottopose i seguenti estratti: «Circa tre anni e mezzo fa, un'impressione non dissimile dall'attuale venne prodotta dalla scomparsa della medesima Marie Rogêt dalla parfumerie di Monsieur Le Blanc, al Palais Royal.

Trascorsa una settimana, tuttavia, ella ricomparve al suo solito comptoir, in buona salute sempre, se si eccettua un lieve, insolito pallore. Monsieur Le Blanc e la madre della giovane dissero in giro che si era semplicemente recata a far visita a certi parenti in campagna, e la cosa fu subito messa a tacere. Supponiamo che la sua assenza attuale sia dovuta a un capriccio dello stesso genere, e che, di qui a una settimana, o forse un mese, ella sarà di nuovo tra noi». - *La Sera*, lunedì, 23 giugno.

«Un giornale della sera accennava ieri a una precedente, misteriosa scomparsa di Mademoiselle Rogêt. Ora, è risaputo che, durante la settimana della sua assenza dalla parfumerie di Le Blanc, ella fu in compagnia di un giovane ufficiale di marina, noto per i suoi costumi dissoluti.

Un litigio, a quanto si suppone, la indusse provvidenzialmente a far ritorno a casa. Di questo *Lothario*, attualmente in licenza a Parigi, conosciamo il nome, ma per ovvie ragioni ci asteniamo dal renderlo noto». *Le Mercure*, martedì, 24 giugno.

«Un misfatto tra i più atroci venne perpetrato ieri l'altro presso questa città. Un signore, in compagnia della moglie e della figlia, verso sera ingaggiò sei giovanotti che oziosamente remavano su e giù per la Senna, perché li traghettassero con la loro barca sulla riva opposta del fiume. Come vi giunsero, i tre passeggeri scesero a terra e si erano allontanati tanto da perdere di vista la barca, quando la figlia si accorse di avervi dimenticato il parasole. Tornò sui suoi passi per riprenderlo, ma venne afferrata dai criminali, imbavagliata, brutalizzata, e infine condotta a riva in un punto non lontano da quello in cui si era imbarcata insieme ai genitori. Per il momento i delinquenti sono latitanti, ma la polizia è sulle loro tracce, e presto alcuni di loro saranno catturati». - *Il Mattino*, 25 giugno.

«Abbiamo ricevuto un paio di messaggi tendenti a imputare del recente, atroce misfatto Mennais; ma poiché questo signore, sottoposto a inchiesta, è stato prosciolto, e poiché gli argomenti dei corrispondenti ci appaiono più puntigliosi che profondi, non riteniamo opportuno renderli pubblici». - *Il Mattino*, 28 giugno.

«Abbiamo ricevuto, apparentemente da fonti diverse, messaggi che con tono convincente e convinto sostengono come cosa certa che la sventurata Marie Rogêt è stata vittima di una delle numerose bande di teppisti che la domenica infestano i dintorni della città. La nostra opinione personale concorda pienamente con tale ipotesi. Cercheremo in seguito di esporre nel nostro giornale alcuni di queste argomentazioni». - *La Sera*, martedì 31 giugno.

«Lunedì, un battelliere della centrale del dazio notò un'imbarcazione vuota che scendeva lungo la Senna. Le vele si trovavano, ripiegate, sul fondo dell'imbarcazione. Il battelliere la rimorchiò fino all'ufficio navigazione. Il mattino dopo, senza che nessuno dei funzionari se ne accorgesse, la barca venne portata via. Il timone si trova ora all'ufficio navigazione». - *La Diligence*, giovedì 26 giugno.

Quando ebbi letto i vari estratti, non solo mi parvero irrilevanti, ma non riuscii a vedere in che modo potessero avere un qualsiasi rapporto con la questione di cui ci stavamo occupando.

Restai pertanto in attesa di qualche spiegazione da Dupin.

«Per ora», disse Dupin, «non è mia intenzione soffermarmi sui primi due estratti. Li ho trascritti soprattutto per farvi notare l'estrema negligenza della polizia, la quale, per quel che posso capire da ciò che ha detto il Prefetto, non si è minimamente presa la briga di rintracciare e interrogare l'ufficiale di marina cui si allude. E tuttavia sarebbe pura follia affermare che non vi sia un possibile rapporto tra la prima e la seconda scomparsa di Marie. Ammettiamo che la prima fuga si sia conclusa con un litigio tra gli innamorati e col ritorno a casa della ragazza delusa e ingannata.

Saremo allora inclini a considerare una seconda fuga (sempre che si sappia si tratti anche questa volta di fuga) come indizio delle rinnovate avances del seduttore, piuttosto che come conseguenza delle nuove proposte di un altro corteggiatore: saremo, insomma, inclini a vedervi un ritorno - o un tentativo di ritorno - all'antico amour, piuttosto che l'inizio di uno nuovo. Ci sono dieci probabilità contro una che colui che già una volta è fuggito con Marie torni a fare la stessa proposta, piuttosto che la ragazza, cui già un uomo ha proposto la fuga, accetti da un altro la medesima proposta. E qui permettetemi di richiamare la vostra attenzione sul fatto che il periodo intercorso tra la prima fuga, accertata, e la seconda, supposta, supera di alcuni mesi la normale durata delle crociere delle nostre navi da guerra. Forse l'innamorato era stato costretto a interrompere quella sua prima trama di seduzione dalla necessità di imbarcarsi, e poi ha approfittato del primo momento dopo il suo ritorno per rinnovare i suoi ignobili disegni non ancora completamente attuati... o che a lui non era riuscito di attuare completamente? Di tutto ciò non sappiamo nulla.

Ma voi direte che, nel secondo caso, non vi è stata fuga, come si immagina. No, certo; ma possiamo dire che non vi sia stato un piano, poi frustrato? A parte St-Eustache, e forse Beauvais, non abbiamo notizia di alcun altro corteggiatore riconosciuto, ammesso, ufficiale di Marie. Di altri non si dice nulla. Chi è dunque l'innamorato segreto, del quale i parenti (o almeno la maggior parte di essi) non sanno nulla, ma che Marie incontra la domenica mattina, e in cui nutre così piena fiducia, da non esitare a rimaner con lui finché scendono le ombre della sera tra i boschetti solitari della Barriere du Roule? Chi è mai quell'innamorato segreto, chiedo io, del quale almeno la maggior parte dei parenti non sa nulla? E che significa quella singolare profezia di Madame Rogêt, la mattina della partenza di Marie, quel suo timore che non l'avrebbe rivista mai più?

Ma se non possiamo immaginare che Madame Rogêt sia stata messa a parte del progetto di fuga, non possiamo almeno supporre che la ragazza accarezzasse un disegno del genere? Uscendo di casa, lasciò intendere che si accingeva a far visita a sua zia in Rue des Drômes, e St-Eustache fu pregato di raggiungerla verso sera. Ora, a prima vista, questo fatto sembra essere in netto contrasto con la mia ipotesi; ma... riflettiamo un momento. Che Marie abbia incontrato qualcuno, e che in sua compagnia abbia attraversato il fiume, giungendo alla Barrière du Roule a ora così tarda, le tre pomeridiane, è cosa nota. Ma, avendo acconsentito ad accompagnarsi con questo individuo (qualunque ne fosse il motivo, noto o ignoto alla madre), deve pure aver pensato all'intenzione espressa mentre usciva di casa, e alla sorpresa, al sospetto che si sarebbero destati nel cuore del suo corteggiatore e fidanzato, St-Eustache, quando, presentandosi all'ora stabilita in Rue des Drômes, avrebbe scoperto che non vi si era recata, e quando, per di più, ritornato alla pension con tale allarmante notizia, avrebbe saputo della sua prolungata assenza da casa. Deve averci pensato, vi dico. Deve aver previsto il tormento di St-Eustache, i sospetti di tutti. Non può aver pensato di tornare a casa ad affrontare questi sospetti; ma il sospetto diventa per lei una questione di scarsa importanza, se supponiamo che non intendesse ritornare.

Possiamo immaginare che abbia ragionato a questo modo: "Devo incontrare una certa persona per fuggire insieme, o per altri scopi che io sola conosco. È necessario che non vi siano intralci, dobbiamo avere il tempo sufficiente per sfuggire a un inseguimento, farò credere che andrò a far visita alla zia in Rue des Drômes e trascorrerò tutta la giornata con lei - dirò a St-Eustache di non venirmi a prendere prima di sera - così si spiegherà la mia assenza da casa per il periodo più lungo possibile, senza causare sospetti o ansie, e io guadagnerò più tempo che in qualsiasi altro modo. Se chiedo a St-Eustache di venirmi a prendere quando farà sera, certamente non verrà prima; ma se trascuro di chiederglielo, disporrò di meno tempo per la fuga, perché a casa ci si aspetterà che io ritorni più presto, e più presto ci si allarmerà per la mia assenza. Ora, se avessi intenzione di ritornare, se progettassi solo una passeggiata con la persona in questione, non mi converrebbe chiedere a St-Eustache di venirmi a prendere, perché, in tal caso, scoprirebbe inevitabilmente che l'ho ingannato: fatto, questo, di cui potrei tenerlo per sempre all'oscuro, uscendo di casa senza comunicargli le mie intenzioni, ritornando prima di sera, e dicendo poi di essere stata a trovare mia zia in Rue des Drômes. Ma poiché è mia intenzione non far mai ritorno, o solo dopo qualche settimana, o solo dopo aver trovato il modo di nascondere quel che c'è da nascondere, il solo punto che mi deve interessare è guadagnar tempo".

Avete osservato nei vostri appunti che l'opinione più diffusa intorno a tutta questa triste storia è, e fu sin dal principio, che la ragazza sia stata vittima di una banda di teppisti. Ora, a certe condizioni, la pubblica opinione non va sottovalutata. Quando nasce da sé, quando si manifesta in modo assolutamente spontaneo, dovremmo ritenerla analoga a quella intuizione che è l'idiosincrasia dell'uomo di genio. In novantanove casi su cento, io accetterei le sue conclusioni. Ma è importante che non vi siano tracce palpabili di condizionamento. Tale opinione deve essere, rigorosamente, quella del pubblico, una distinzione che spesso è difficile cogliere e sostenere. Nel caso attuale, mi sembra che questa *pubblica opinione*, a proposito di una banda, sia stata influenzata dal fatto collaterale descritto in tutti i suoi particolari nel terzo dei miei estratti. Tutta Parigi è eccitata dalla scoperta del cadavere di Marie, una ragazza giovane, bella, conosciutissima. Il corpo viene ritrovato a galla sul fiume e reca segni di violenza. Ma ecco che si viene a sapere che, nello stesso o all'incirca nello stesso periodo di tempo in cui si suppone che la ragazza sia stata assassinata, un misfatto analogo a quello subito dalla defunta, seppur di minor gravità, venne perpetrato da una banda di giovani teppisti ai danni di un'altra giovane donna. C'è da meravigliarsi che un crimine noto influenzi l'opinione pubblica a proposito di un altro, avvolto nel mistero? L'opinione pubblica attendeva un qualche orientamento, e il crimine noto sembrava per l'appunto fornirlo! Marie fu rinvenuta nel fiume: e non fu su quel fiume che venne commesso l'altro crimine? La connessione tra i due avvenimenti era a tal punto palese che, se mai, ci sarebbe stato da meravigliarsi, se la gente non l'avesse colta e non se ne fosse servita. Ma, in realtà, un'atrocità, commessa nel modo che si conosce, prova, al massimo, che l'altra, commessa in un momento che più o meno coincide, non venne commessa in quel modo. Sarebbe stato davvero un prodigio se, mentre una banda di teppisti, in un dato luogo, perpetrava un misfatto inaudito, proprio allora, in un luogo simile, nella stessa città, nelle stesse circostanze, con gli stessi mezzi e gli stessi sistemi, un'altra banda fosse intenta a perpetrare un misfatto della stessa identica natura, e nello stesso identico periodo di tempo! Eppure l'opinione pubblica, così accidentalmente orientata, in che cosa ci chiede di credere, se non in questa prodigiosa serie di coincidenze?

Prima di procedere, esaminiamo il supposto luogo dell'assassinio, i boschetti nelle vicinanze della Barrière du Roule. La macchia, sebbene fitta, era assai prossima alla pubblica via.

Nel folto erano tre o quattro grandi pietre, che formavano una specie di sedile, con schienale e poggiapiedi. Sulla pietra più alta, si trovava una sottoveste bianca; sulla seconda, una sciarpa di seta. Vi furono rinvenuti anche un parasole, un paio di guanti e un fazzoletto. Il fazzoletto portava, ricamato, un nome: *Marie Rogêt*. Brandelli di vestito vennero scoperti sul rami tutt'intorno. La terra era smossa, calpestata, e i cespugli spezzati: v'erano tutti i segni di una colluttazione.

Nonostante i plausi con cui la scoperta del boschetto venne salutata dalla stampa e il fatto che con unanime supposizione si volle vedere in esso il luogo preciso del delitto, sussistono, e val la pena di notarlo, validi motivi per dubitarne. Che quello fosse il luogo, posso crederlo o meno, ma c'erano serie ragioni per dubitarne. Se il luogo del delitto si fosse trovato, come suggeriva *Le Commerciel*, in prossimità di Rue Pavée Saint-Andrée, coloro che l'avevano perpetrato, supponendo che ancora abitassero a Parigi, sarebbero stati più che naturalmente colti dal terrore al vedere come l'attenzione del pubblico fosse proprio rivolta nella direzione giusta e, con una mentalità come la loro, avrebbero avvertito immediatamente la necessità di far qualcosa per stornare quell'attenzione. Così, poiché i sospetti erano già caduti sul boschetto della Barrière du Roule, avrebbero potuto aver l'idea di collocare i vari oggetti nel luogo dove furono poi rinvenuti. Non vi è alcuna prova, sebbene *Le Soleil* lo supponga, che tali oggetti siano rimasti in quel posto più di qualche giorno; mentre vi sono molte prove circostanziali che essi non avrebbero potuto rimanere lì senza attirare l'attenzione, durante i venti giorni trascorsi tra quella fatale domenica e il pomeriggio in cui vennero scoperti dai ragazzi. "Erano completamente ammuffiti per effetto della pioggia", scrive *Le Soleil*, adottando l'opinione dei predecessori, "e la muffa li incollava insieme. L'erba era cresciuta intorno ad essi: ad alcuni anche sopra. La seta del parasole era resistente, ma all'interno le sue fibre si erano accavallate. La parte superiore, dove la stoffa era rinforzata e arrotolata, era fradicia e ammuffita, e quando il parasole venne aperto, si lacerò". Quanto all'erba cresciuta *intorno* e *sopra*, è evidente che l'asserzione poteva fondarsi solo sulle parole, e quindi sui ricordi, di due ragazzini; i quali ragazzini presero gli oggetti e li portarono a casa prima che altri li vedesse. Ma, specie quando il tempo è caldo e umido (come era nel periodo del delitto), l'erba cresce anche di due o tre pollici in un giorno solo. Un parasole deposto su un terreno messo a prato in una sola settimana può venire nascosto interamente alla vista dall'erba in crescita.

Quanto poi alla muffa, su cui il redattore di *Le Soleil* tanto pertinacemente insiste da usare la parola non meno di tre volte nel passo testé citato, davvero costui non sa niente della natura di questa muffa? E allora bisogna informarlo che si tratta di una delle molte specie di fungus, la cui caratteristica più comune è quella di spuntare, crescere e marcire nel giro di ventiquattr'ore?

Ci basta dunque una sola occhiata per capire che gli argomenti addotti con tono così trionfalistico a sostegno dell'idea che gli oggetti fossero rimasti *almeno tre o quattro settimane* nel boschetto, non hanno, in quanto prove di fatto, nessunissimo valore. D'altra parte, è estremamente difficile credere che quegli oggetti possano essere rimasti nel boschetto per un periodo più lungo di una settimana, da una domenica alla domenica successiva. Chi ha pratica dei dintorni di Parigi, sa quanto sia difficile trovare un luogo appartato, a meno che non ci si porti a grande distanza dai sobborghi. Neppure per un istante possiamo immaginare che esista, in mezzo a boschi e boschetti, un recesso inesplorato o anche poco frequentato. Supponiamo che qualcuno, sinceramente innamorato della natura e tuttavia incatenato dai suoi impegni di lavoro alla polvere e alla calura della metropoli, si provi, anche nei giorni feriali, a placare la sua sete di solitudine tra le bellezze naturali degli scenari che ci circondano così da vicino. Ad ogni passo scoprirà che il loro incanto cresce, ma solo per essere dissolto dalla voce, dalla presenza di qualche canaglia, o di una comitiva di teppisti vocianti. Cercherà la solitudine là dove gli alberi sono più folti: tutto inutile. Sono proprio questi gli angoli invasi dalla gente più sordida, questi i templi più profanati. Con animo nauseato e dolente, il nostro viandante se ne tornerà di corsa alla corrotta Parigi come a una sentina di corruzione meno odiosa perché meno incongrua. Ma se i dintorni della città sono così malfrequentati nei giorni feriali, figurarsi poi in quelli festivi! È appunto allora che, liberatosi dagli obblighi delle quotidiane fatiche, o privato delle consuete occasioni che favoriscono il crimine, il malfattore urbano cerca i dintorni della città, non per amore del paesaggio agreste, che in cuor suo disprezza, ma per sfuggire ai divieti ed alle convenzioni della società. Non è tanto l'aria pura e il verde degli alberi che egli desidera, quanto la completa licenza della campagna. Qui, all'osteria lungo la strada o al riparo del fogliame dei boschi, indulge, senza che altri occhi tranne quelli dei suoi compagni di baldoria lo sorveglino, a tutti gli sfrenati eccessi di una affettata ilarità, frutto del connubio della sregolatezza e del rum. Non aggiungo nulla a ciò che è manifesto ad ogni spassionato osservatore, quando ripeto che, se gli oggetti in questione fossero rimasti inosservati per un periodo più lungo di quello che va da una certa domenica alla domenica successiva, in un qualsiasi boschetto negli immediati dintorni di Parigi, la cosa sarebbe da considerarsi poco meno che miracolosa.

Ma non mancano altri motivi per autorizzare il sospetto che quegli oggetti siano stati collocati nel boschetto allo scopo di distogliere l'attenzione dalla vera scena del delitto. Vorrei anzitutto che notaste la data della scoperta degli oggetti. Confrontatela con la data del quinto dei miei estratti, e vedrete che la scoperta è avvenuta subito - o quasi subito - dopo quei pressanti messaggi inviati a *La Sera*. Tali messaggi, sebbene diversi e in apparenza provenienti da varie fonti, tendevano tutti al medesimo obiettivo: vale a dire, additare all'attenzione del pubblico una qualche banda come colpevole del delitto, e i dintorni della Barrière du Roule come scena del delitto stesso. Ora, naturalmente, non è che gli oggetti siano stati rinvenuti dai ragazzi in conseguenza dei messaggi e della pubblica attenzione da essi orientata; ma si può, e si poteva, sospettare che gli oggetti non siano stati trovati prima dai ragazzi, per la semplice ragione che prima gli oggetti non erano nel boschetto, essendovi stati collocati solo contemporaneamente alla data dei messaggi o subito prima di essa, proprio dai criminali autori dei messaggi stessi.

Il boschetto era singolare, estremamente singolare. Era insolitamente fitto. All'interno della sua naturale recinzione, si trovavano tre o quattro pietre straordinarie, che formavano *una specie di sedile, con schienale e poggiapiedi.* E questo boschetto, così *artificioso*, si trovava nelle immediate vicinanze, pochi passi soltanto, dell'abitazione di Madame Deluc, i cui ragazzi avevano l'abitudine di frugare tra i cespugli in cerca della corteccia del sassofrasso. Sarebbe avventato scommettere, mille contro uno, che mai trascorreva un giorno senza che almeno uno di questi ragazzi andasse a nascondersi in quel salone ombroso e ad assidersi su quel trono naturale? Chi esiterebbe davanti a una scommessa del genere, o non è stato mai ragazzo, o ha dimenticato come sono fatti i ragazzi. Lo ripeto, è estremamente difficile comprendere come quegli oggetti abbiano Potuto rimanere, inosservati, in quel boschetto, per un periodo più lungo di due o tre giorni; e pertanto, malgrado l'ignoranza dogmatica di *Le Soleil*, v'è buon motivo per sospettare che furono collocati a una data relativamente tarda là dove vennero rinvenuti.

Ma vi sono altre ragioni, anche più forti di quelle su cui ho insistito, per credere che siano stati deposti lì a quel modo. E ora vorrei attirare la vostra attenzione sulla disposizione, assolutamente innaturale, degli oggetti. Sulla pietra più alta si trovava una sottoveste bianca; sulla seconda, una sciarpa di seta; sparsi tutt'attorno, un parasole, un paio di guanti, un fazzoletto con il nome *Marie Rogêt*... Ecco un modo di disporre gli oggetti quale poteva naturalmente venire in mente a una persona non proprio superintelligente, che volesse per l'appunto disporre gli oggetti in modo naturale. Ma il modo in cui sono disposti non è affatto naturale. Io mi sarei aspettato di vederli, gli oggetti, tutti sul terreno, e calpestati. Nei limiti angusti del macchione, non sarebbe stato possibile che sottoveste e sciarpa rimanessero in quella posizione sulle pietre, sfiorati o urtati com'erano da più persone impegnate in una rissa. Perché, si è scritto, "v'erano tutti i segni di una colluttazione: la terra era smossa, calpestata, e i cespugli spezzati". Eppure sottoveste e sciarpa vennero rinvenute bellamente disposte, quasi si trovassero sui ripiani di un armadio. "I brandelli del vestito strappati dai rovi erano larghi circa tre pollici e lunghi sei. Uno era l'orlo del vestito, che era stato rammendato... sembravano strisce di tessuto strappate con violenza". Qui, senza farci caso, *Le Soleil* ha adoperato una frase estremamente sospetta. Certo che i brandelli, così descritti, *sembravano strisce di tessuto strappate con violenza*: ma strappate deliberatamente, e con le mani.

È caso fortuito, e assolutamente raro, che una spina riesca a *strappare con violenza* un brandello da un indumento qual è quello in questione. Per la qualità stessa del tessuto, una spina o un chiodo che vi s'impigli provocherà una lacerazione di forma rettangolare: due strappi longitudinali ad angolo retto che si incontrano in un vertice, il punto dove è penetrata la spina; ma è impossibile immaginare che un brandello del genere sia *strappato con violenza*. Io non ho mai visto niente di simile, e voi neppure. Per staccare di netto un pezzo di questo tessuto sarà necessario, quasi sempre, l'intervento di due forze distinte, che agiscano in direzione opposta. Se il tessuto ha due orli - se, ad esempio, si tratta di un fazzoletto e se ne voglia staccare una striscia, allora, e solo allora, potrà bastare l'azione di un'unica forza. Ma nel caso in questione si tratta di un vestito che presenta un solo orlo. Ove le spine fossero più d'una, solo per un miracolo potrebbero staccare un pezzo dalla parte interna di un vestito che non presenta orlo: una spina sola non ci riuscirebbe mai. Ma anche là dove c'è un orlo, saranno necessarie due spine, una delle quali agisca in due diverse direzioni, l'altra in una terza. Questo supponendo che l'orlo non abbia un bordo di passamaneria; perché, se lo ha, la cosa è assolutamente fuori questione. Vediamo così quanto numerosi e grandi siano gli ostacoli che si oppongono alla teoria dei brandelli di tessuto *strappati con violenza* solo per azione delle *spine*; eppure ci si chiede di credere che non un brandello solo, ma molti siano stati strappati in tal modo. Non solo, ma *uno era l'orlo del vestito*! L'altro era *un pezzo della gonna, non l'orlo*, vale a dire che le spine l'avevano strappato dalla parte interna, senza orlo, del vestito! Credo sia perdonabile non credere a cose del genere; e tuttavia, prese tutte insieme, esse offrono motivi di sospetto meno ragionevoli di quanto non sia un'altra, stupefacente circostanza: che questi oggetti, siano stati abbandonati nel boschetto da assassini che avevano avuto la precauzione di rimuovere il cadavere. Se però supponete che io voglia negare che il boschetto sia la scena del delitto, mi avete frainteso. Può ben darsi che qui abbia avuto luogo un misfatto o, più probabilmente, che si sia verificato un incidente in casa di Madame Deluc. Comunque, questo è un punto di secondaria importanza. Non stiamo cercando di scoprire la scena del delitto, ma di individuarne gli autori. Ho addotto i miei argomenti - con una certa pedanteria, lo ammetto - con lo scopo di dimostrare, in primo luogo, quanto fossero assurde le ostinate e avventate asserzioni di *Le Soleil*, e, in secondo luogo, di portarvi, seguendo la via più naturale, a considerare ulteriormente il problema, se questo assassinio sia stato commesso, o meno, da una banda.

Riprenderemo la questione limitandoci ad accennare ai particolari rivoltanti esposti dal chirurgo interrogato nel corso dell'inchiesta. Basterà ricordare che le sue illazioni, pubblicate dai giornali, riguardo al numero dei criminali sono state giustamente ridicolizzate come erronee e assolutamente infondate da tutti i più stimati anatomisti di Parigi. Non voglio dire che le cose non siano andate nel modo che tali illazioni presupponevano: solo che quelle illazioni non avevano alcun fondamento. Ma non c'era forse fondamento sufficiente per trarre altre illazioni?

Riflettiamo ora su quei *segni di colluttazione*. Vi chiedo: che cosa dovrebbero mai dimostrare quei segni? Una banda. Ma non stanno piuttosto a dimostrare l'assenza di una banda?

Quale colluttazione - una colluttazione così violenta e prolungata da lasciare *segni* dovunque - poteva aver luogo tra una giovane donna, debole e indifesa, e la supposta banda di delinquenti?

Bastava la morsa silenziosa di poche braccia forzute, e tutto finiva lì. La vittima deve essere stata alla mercé dell'altrui volere, assolutamente passiva. Tenete presente che gli argomenti avanzati contro la tesi che il boschetto fosse la scena del delitto hanno, in buona parte, una loro validità solo se si suppone che il delitto sia stato commesso da più persone. Se immaginiamo un solo stupratore, allora, e solo allora, possiamo capire una lotta così violenta e ostinata da lasciare *segni* evidenti.

E ancora. Ho già detto quanto sia sospetto il fatto che gli oggetti siano stati abbandonati nel boschetto dove furono rinvenuti. Sembra quasi impossibile che tali prove di colpa siano state lasciate per caso là dove vennero trovate. Dunque, si suppone che il criminale avrebbe avuto tanta presenza di spirito da rimuovere il cadavere; e tuttavia si ammette che egli abbia lasciato sul luogo del delitto una prova più concreta del cadavere stesso (i cui lineamenti sarebbero in breve tempo divenuti irriconoscibili per effetto della putrefazione): la prova, intendo, costituita dal fazzoletto con il nome della vittima. Se ciò è avvenuto per caso, allora non si tratta di una banda. Un caso del genere è ammissibile solo se si tratta di un individuo. Vediamo. Un uomo ha commesso il delitto, da solo. È solo con il fantasma della morta. Ciò che giace immoto davanti a lui lo riempie di terrore. La furia della passione si è spenta, e nel suo cuore v'è spazio bastevole per il naturale orrore dell'atto commesso. Non vi è in lui la baldanza che la presenza di altre persone inevitabilmente ispira. Egli è solo con la morta. Trema, è stravolto. E tuttavia è necessario far sparire il cadavere. Lo porta fino al fiume, e lascia dietro di sé le prove della sua colpa. Il difficile, se non impossibile, portare il fardello in una sola volta, e poi gli sarà facile tornare a prendere quel che è rimasto. Ma durante il faticoso viaggio verso il fiume, i suoi timori si moltiplicano. Da ogni parte i suoni della vita irrompono sul suo sentiero. Più e più volte ode o immagina di udire i passi di qualcuno che lo osserva. Anche le luci della città lo sconvolgono. Tuttavia col tempo, con lunghe e frequenti soste angosciose, raggiunge la riva del fiume, e si sbarazza del suo carico di morte, forse servendosi di una barca. Ma ora, quale tesoro al mondo, quale minaccia di vendetta del mondo tutto potrebbe indurre l'assassino solitario a ritornare per quel sentiero faticoso e pericoloso, fino al boschetto e ai suo, agghiaccianti ricordi? Ed egli non ritorna, qualunque ne sia la conseguenza. Non potrebbe ritornare, anche se lo volesse. Il suo solo pensiero è quello di fuggire, subito. Volge per sempre le spalle a quell'orrendo sterpeto, e fugge come davanti alla collera celeste.

E se invece si fosse trattato di una banda? Il numero avrebbe dato ai suoi membri un senso di sicurezza, sempre che nel petto di un delinquente matricolato non ve ne sia a sufficienza; e le bande, si suppone, sono formate solo da delinquenti matricolati. Il numero, ripeto, avrebbe impedito quello sgomento, quel folle terrore che, come ho immaginato, paralizzerebbe l'uomo solo.

Possiamo, sì, supporre che uno di loro - o due, o tre - abbia commesso un errore di distrazione, ma a questo errore il quarto avrebbe posto rimedio. Non si sarebbero lasciati dietro nulla; il loro numero gli avrebbe consentito di portare tutto in una sola volta. Non ci sarebbe stata alcuna necessità di ritornare.

Considerate ora questa circostanza: quando venne ritrovato il corpo, "una striscia di stoffa, larga circa un piede, era stata strappata dall'orlo della gonna fino su alla vita. Era stata avvolta in tre giri attorno alla vita e fermata sulla schiena con una sorta di nodo a fiocco". Questo venne fatto col palese scopo di ottenere una specie di maniglia con cui sollevare e trasportare il corpo. Ma se gli uomini fossero stati più d'uno, si sarebbero mai sognati di ricorrere a un simile espediente? A tre o quattro uomini le membra del corpo avrebbero offerto una presa non solo sufficiente, ma la migliore possibile. Questo è l'accorgimento ideato da un individuo che operi da solo; il che ci riconduce al fatto che "tra la macchia di rovi e il fiume erano state divelte le staccionate, e le tracce sul terreno indicavano che vi era stato trascinato un pesante fardello!". Ma se gli uomini fossero stati più d'uno, si sarebbero mai imposta la fatica di divellere una staccionata, allo scopo di trascinare un corpo che in un attimo avrebbero potuto sollevare al di là di qualsiasi staccionata? Se gli uomini fossero stati più d'uno, avrebbero mai trascinato un cadavere sul terreno, in modo da lasciarne tracce evidenti?

E qui dobbiamo riferirci a un'osservazione di *Le Commerciel* che ho già, in certa misura, commentata. Scrive il giornale: "Un pezzo di una delle sottovesti della sventurata giovane, lungo due piedi e largo uno, venne strappato, legato sotto il mento e annodato alla nuca, probabilmente per impedire che la vittima gridasse. Chi ha fatto ciò non aveva nemmeno un fazzoletto da tasca o da collo".

Ho già osservato che un'autentica canaglia non è mai sprovvista di fazzoletto. Ma non è questo il punto che ora mi interessa. Non fu per la mancanza di un fazzoletto che, per lo scopo immaginato da *Le Commerciel*, si ricorse a un legaccio come quello: lo dimostra, e in modo evidente, il fazzoletto abbandonato nel boschetto; e che il legaccio non venisse usato *per impedire che la vittima gridasse* risulta anche dal fatto che lo si preferì a qualcosa che assai meglio avrebbe risposto allo scopo. Ma nella testimonianza si dice che la striscia di tessuto, quando venne trovata, era *legata intorno al collo, un po' allentata, ma tenuta ferma da un solido nodo a fiocco*. Parole piuttosto vaghe, ma che differiscono sostanzialmente da quelle di *Le Commerciel*. La striscia era larga diciotto pollici, e quindi, anche se di mussola, avrebbe costituito un legaccio solido, quando fosse stata ripiegata e arrotolata per il lungo. E, quando fu scoperta, era appunto arrotolata in questo modo. La mia conclusione è questa: l'assassino solitario, provenendo o meno dal boschetto, dopo aver trasportato per un certo tratto il corpo, servendosi della striscia legatagli intorno alla vita, si rese conto che, procedendo in quel modo, il peso era troppo grande per le sue forze. Decise così di trascinare il fardello, e le tracce mostrano che fu effettivamente trascinato. In vista di questa soluzione, divenne necessario legare qualcosa di simile a una corda a una delle estremità. Il punto migliore cui legarlo era il collo, giacché la testa avrebbe impedito che scivolasse via. Ed è certo in quel momento che l'assassino si ricordò di quel legaccio attorno al fianchi. Se ne sarebbe servito, non fosse stato per il fatto che girava intorno al corpo, era fermato da quel nodo, e non era stato completamente *strappato* dal vestito. Era più facile staccare un'altra striscia dalla sottoveste. La staccò, l'annodò attorno al collo, e così trascinò la vittima fino alla riva del fiume. Che si ricorresse a questa specie di *legaccio*, la cui confezione richiedeva e fatica e perdita di tempo, e solo imperfettamente rispondeva allo scopo - che si ricorresse al legaccio, dicevo, dimostra che la necessità di tale espediente fu imposta da circostanze sorte in un momento in cui il fazzoletto non era più a portata di mano: vale a dire dopo che l'assassino aveva lasciato il boschetto (sempre che si trattasse dei boschetto), lungo la strada tra il boschetto e il fiume. «Ma, direte, la testimonianza di Madame Deluc (già, parliamone un po'!) fa preciso riferimento alla presenza di una banda nelle vicinanze del boschetto, più o meno all'ora in cui fu commesso il delitto. E ci credo. Il dubbio è se alla Barrière du Roule, o più o meno nelle sue vicinanze, non vi fossero, più o meno all'ora in cui avvenne la tragedia, una dozzina di bande come quella descritta da Madame Deluc. Ma la banda che ha attirato su di sé la specifica attenzione di Madame Deluc e ne ha provocato la testimonianza, a dire il vero alquanto tardiva e assai sospetta, è la sola descritta da questa buona, meticolosa signora, perché i suoi membri hanno mangiato i suoi dolci e tracannato il suo brandy senza darsi la pena di pagare il conto. *Et hinc illae irae*?

Ma qual è la deposizione esatta fornita da Madame Deluc? "Capitò lì una banda di mascalzoni. Fecero chiasso, mangiarono e bevvero senza pagare, proseguirono per la strada presa dal giovanotto e dalla ragazza, tornarono alla locanda che era quasi il crepuscolo, e riattraversarono il fiume in gran fretta".

Ora, questa *gran fretta* molto probabilmente parve ancora più grande agli occhi di Madame Deluc, visto quel suo modo di insistere, lamentosamente, sui suoi dissacrati dolci e liquori: quei dolci e liquori, per i quali forse ancora nutriva una vaga speranza di indennizzo. Perché, altrimenti, se era quasi il crepuscolo, avrebbe insistito tanto sulla fretta? Non v'è certo da stupirsi che una banda di teppisti abbia fretta di tornarsene a casa, quando c'è da attraversare un ampio fiume su piccole imbarcazioni, quando s'annuncia un temporale, e la notte è vicina.

Dico *vicina*, perché ancora non è scesa la notte. Era quasi il crepuscolo, quando l'indecorosa fretta di questi *mascalzoni* offese i timorati occhi di Madame Deluc. Ma ci si dice che quella stessa sera Madame Deluc e il figlio maggiore *udirono delle grida di donna non lontano dalla locanda*. E con quali parole Madame Deluc indica l'ora in cui si udirono quelle grida? *Si era appena fatto buio*, dice. Ma *si era appena fatto buio* significa che era già notte; e *era quasi il crepuscolo* significa, non v'è dubbio, che è ancora giorno. Così è ben chiaro che la banda lasciò la Barrière du Roule prima che Madame Deluc udisse (o credesse di udire?) quelle grida. E sebbene in tutti i numerosi verbali dell'istruttoria le succitate espressioni siano chiaramente e invariabilmente riportate così come le ho riportate io in questa nostra conversazione, nessun giornale, nessuno dei mirmidoni della polizia ha finora rilevato la grossolana contraddizione.

Aggiungerò un unico argomento contro la teoria della banda; ma quest'unico argomento ha, almeno a mio modo di vedere, un peso assolutamente determinante. Date le circostanze - offerta di una generosa ricompensa e condono assicurato a chi denunci i propri complici - non si può immaginare neppure per un momento che un qualche membro della supposta banda di volgari criminali, o di qualsiasi gruppo di individui, non avrebbe già da tempo tradito i suoi compari. In tale situazione, chiunque faccia parte di una banda non è tanto avido di ricompense o ansioso di fuggire, quanto timoroso di essere tradito. E tradisce prontamente, precipitosamente per non essere tradito lui stesso. Che il segreto non sia stato svelato è la miglior prova che si tratta, appunto, di un segreto.

Gli orrori di questa impresa tenebrosa sono noti soltanto a uno, o due, esseri viventi, e a Dio.

Riassumiamo dunque i magri, ma certi frutti della nostra lunga analisi. Abbiamo avanzato l'ipotesi o di un fatale incidente occorso sotto il tetto di Madame Deluc, o di un assassinio perpetrato nel boschetto della Barrière du Roule da un amante, o almeno da un amico intimo e segreto della vittima. Questo amante o amico è un uomo di carnagione scura. Il colorito, il nodo a fiocco che tiene fermo il *legaccio* e il *nodo da marinaio* ai nastri della cuffietta fanno pensare a un marinaio. La sua familiarità con la defunta, ragazza leggera ma non abietta, lascia supporre che fosse di grado più elevato che non un semplice marinaio. Di ciò sembrano dare conferma quei messaggi dal tono convincente e convinto pervenuti alla stampa. La circostanza della prima fuga, così come ne parla *Le Mercure*, tende a fondere l'immagine di questo marinaio con l'altra dell'ufficiale di marina che sarebbe stato il primo a trascinare al male la sventurata.

A questo punto s'impone una considerazione: quella relativa alla prolungata assenza dell'uomo di carnagione scura. Vorrei insistere sul fatto che il colorito di quest'uomo è scuro, abbronzato; e doveva trattarsi di un'abbronzatura non comune, se questo è il solo particolare che sia rimasto impresso nella memoria e di Valence e di Madame Deluc. Ma perché quest'uomo è assente? Venne forse assassinato dalla banda? E in tal caso, perché ci sono solo le tracce della ragazza assassinata? La scena dei due delitti dovrebbe essere la stessa. Ma allora, dov'è il corpo dell'uomo? Forse gli assassini se ne liberarono allo stesso modo. Forse. Ma si può dire anche che quest'uomo è vivo, e che ciò che gli impedisce di farsi avanti è il timore di essere accusato di omicidio. E si potrebbe supporre che questa considerazione abbia peso per lui ora, dopo tanto tempo, giacché esistono le testimonianze di chi lo vide con Marie; ma allora, all'epoca del delitto, non avrebbe dovuto toccarlo minimamente. Primo impulso di un uomo innocente sarebbe stato quello di denunciare il delitto e di collaborare all'identificazione dei colpevoli. Tanto avrebbero suggerito delle pure e semplici ragioni di tattica. Era stato visto con la ragazza. In sua compagnia aveva attraversato il fiume su un traghetto aperto. La denuncia degli assassini sarebbe apparsa, anche a un idiota, il mezzo più sicuro, l'unico, per stornare ogni sospetto. Non possiamo ritenere quest'uomo, la notte di quella fatale domenica, innocente e ignaro del delitto commesso. Eppure solo in tali circostanze è possibile immaginare che egli, sempre che fosse vivo, avrebbe mancato di denunciare gli assassini.

E quali mezzi abbiamo per arrivare alla verità? Scopriremo che questi mezzi si moltiplicano e si definiscono via via che procediamo. Vagliamo fino in fondo la faccenda di quella prima fuga. Cerchiamo di conoscere tutta quanta la storia dell'*ufficiale*, di sapere dove si trova attualmente, e dove si trovava all'ora esatta del delitto. Confrontiamo con cura i vari messaggi inviati a *La Sera*, e il cui scopo era di accusare una banda. Ciò fatto, confrontiamo questi messaggi, per quel che concerne stile e grafia, con quelli inviati precedentemente a *Il Mattino* e che con tanto accanimento insistevano sulla colpevolezza di Mennais. E, fatto tutto ciò, confrontiamo i vari messaggi con scritti autografi dell'ufficiale. Cerchiamo di apprendere, mediante ripetuti interrogatori di Madame Deluc e dei suoi ragazzi, nonché del conducente di omnibus, Valence, qualcosa di più sull'aspetto personale e sul portamento dell'uomo di *carnagione scura*. Le domande, se accortamente dirette, non mancheranno di cavare, da alcuni di costoro, informazioni su questo punto (o su altri), che essi forse ignorano di possedere. Rintracciamo poi l'imbarcazione trovata dal battelliere la mattina di lunedì, 23 giugno, rimorchiata all'ufficio navigazione e portata via di lì, priva del timone, senza che il funzionario di servizio se ne accorgesse, qualche tempo prima della scoperta del cadavere. E, con la dovuta cautela e perseveranza, rintracceremo senza fallo questa imbarcazione: perché non solo può identificarla il battelliere che la trovò, ma il timone è a portata di mano. Il timone di una barca a vela non sarebbe stato abbandonato così, senza effettuare le ricerche del caso, da chi avesse la coscienza tranquilla. E qui vorrei fare una pausa per azzardare una domanda. Non venne data alcuna notizia del rinvenimento di questa barca. Venne portata all'ufficio navigazione senza dir parola a nessuno, e senza dir parola a nessuno venne portata via di lì. Ma come accadde che il proprietario, o chi se n'era servito - come accadde, dico, che costui, già la mattina di martedì, fosse informato, senza che ne fosse data notizia, del posto dove si trovava un'imbarcazione ritrovata il lunedì? O dovremmo supporre che egli abbia qualche rapporto con la marineria, un rapporto personale, continuo, che gli permette di essere a conoscenza degli affari più minuti, delle piccole novità locali?

Parlando del solitario assassino che si trascina quel fardello fino alla riva, ho già accennato alla probabilità che egli si sia servito di una barca. Ora dobbiamo convincerci che Marie Rogêt venne gettata in acqua da una barca. Né le cose possono essere andate diversamente. Il cadavere non poteva essere affidato alle acque, poco profonde, lungo la riva. Quei segni particolari sulla schiena e sulle spalle della vittima indicano proprio il fasciame di fondo di una barca. Anche il fatto che il corpo sia stato trovato senza pesi conferma l'ipotesi. Se fosse stato gettato in acqua dalla riva, certamente gli avrebbero attaccato un peso. Possiamo spiegarne l'assenza solo supponendo che l'assassino abbia trascurato la precauzione di procurarsene uno prima di staccarsi dalla riva. Al momento di affidare il corpo alle acque, senza dubbio si sarà accorto della dimenticanza; ma ormai non aveva più sotto mano nulla che potesse porvi rimedio. Meglio correre qualsiasi rischio, piuttosto che far ritorno a quella sponda maledetta. Liberatosi del suo carico di morte, l'assassino si sarà affrettato a tornare in città. Lì, a qualche oscuro molo, sarà balzato a terra. Ma la barca l'avrà attraccata come si deve? Avrà avuto troppa fretta per farlo. Inoltre, assicurandola al molo, avrà avuto l'impressione di lasciare lì una testimonianza contro se stesso. Suo naturale pensiero sarà stato quello di allontanare da sé, il più possibile, tutto ciò che aveva rapporto col delitto. Non solo se ne sarà fuggito via da quel molo, ma non avrà tollerato che ci rimanesse la barca. Certamente l'avrà abbandonata alla corrente. Continuiamo con le nostre fantasie... Al mattino, lo sciagurato scopre con indicibile orrore che la barca è stata ricuperata e trattenuta in un luogo che egli per quotidiana abitudine frequenta: in un luogo, forse, che necessità di servizio lo costringono a frequentare. La notte dopo, senza avere il coraggio di chiedere il timone, si porta via la barca. Ora, dov'è quella barca senza timone? Cerchiamo di scoprirlo: sarà questo uno dei nostri primi obiettivi. Non appena scorgeremo quella barca, comincerà l'alba del nostro successo. La barca ci guiderà, con una rapidità che stupirà anche noi, a colui che se ne servì la mezzanotte di quella domenica fatale. Le prove si aggiungeranno alle prove, e l'assassino verrà rintracciato.»

(Per ragioni che non specificheremo, ma che a molti dei lettori appariranno ovvie, ci siamo presi la libertà di omettere dai manoscritti che ci furono consegnati alcune parti come quelle ove è descritto nei particolari il seguito delle indagini che furono avviate muovendo dalla traccia, in apparenza così esigua, scoperta da Dupin. Riteniamo opportuno solo comunicare brevemente che il risultato da lui auspicato venne raggiunto; e che il Prefetto tenne puntualmente fede, anche se con riluttanza, ai termini del suo contratto con il Cavaliere. L'articolo di Mr. Poe si conclude con le seguenti parole. - La Redazione).

Ben s'intenderà che parlo di coincidenze, e nient'altro. Basti quanto ho già detto in proposito.

Nella mia anima non alberga fede alcuna nel soprannaturale. Che la Natura e Dio siano due enti distinti, nessun essere pensante vorrà negarlo. Che il secondo, creando la prima, può, di propria volontà, controllarla o modificarla è pure fuori questione. Ho detto *di propria volontà*; giacché si tratta di volontà, e non, come l'insania della logica ha presunto, di potenza. Non che la Divinità non possa modificare le proprie leggi, ma noi la insultiamo supponendo che possa darsi necessità di modifiche. Fin dalla loro origine, queste leggi vennero formulate in modo da poter abbracciare tutte le possibili contingenze future. Per Dio tutto è Presente.

Ripeto, dunque, che parlo di queste cose solo come di coincidenze. E ancora: in quanto riferisco si vedrà chiaramente che tra il destino della infelice Mary Cecilia Rogers, per quel tanto che esso ci è noto, e il destino di una certa Marie Rogêt, fino a un dato punto della sua storia, esiste un parallelo di fronte alla cui sorprendente esattezza la ragione prova turbamento e imbarazzo.

Tutto ciò, ho detto, si vedrà chiaramente. Ma non si supponga che, procedendo nella triste storia di Marie a partire dal punto testé menzionato, e portando al suo dénouement il mistero che l'avvolgeva, sia mio recondito disegno estendere, sia pure in modo allusivo, il parallelo, o magari suggerire che le misure adottate a Parigi per scoprire l'assassino di una grisette, o misure comunque fondate su analogo processo logico, potrebbero condurre ad analoghi risultati.

Infatti, per quanto riguarda il secondo punto di tale supposizione, si dovrebbe tener presente che la più insignificante variazione nel fatti dei due casi può dare origine ai più gravi errori di calcolo, facendo totalmente divergere le due serie di eventi; pressappoco come, in aritmetica, un errore che, preso in sé, può essere trascurabile, alla fine, a forza di moltiplicarsi ad ogni singolo passaggio, produce un risultato che differisce enormemente dal vero. Per quanto riguarda il primo punto, dobbiamo ricordare che proprio quel Calcolo delle Probabilità cui ho accennato vieta ogni ulteriore estensione del parallelo; lo vieta tanto più energicamente ed esplicitamente quanto più a lungo ed esattamente si sia protratto il parallelo stesso. È una di quelle enunciazioni anomale, che apparentemente si rivolgono a una intelligenza totalmente estranea alla matematica, e che tuttavia solo il matematico può pienamente apprezzare. Niente, ad esempio, è più difficile che convincere il comune lettore del fatto che, se un giocatore di dadi fa un sei per due volte consecutive, ciò basta per scommettere, e scommettere forte, che al terzo colpo il sei non uscirà. Di norma l'intelligenza respinge immediatamente tale ipotesi. Non si vede come i due lanci già effettuati, e che ormai giacciono nel passato, possano avere influenza su di un lancio che esiste solo nel futuro. Le probabilità di gettare un sei sembrano essere precisamente le stesse che in un qualunque altro momento: vale a dire, sembrano soggette solo all'influenza di tutti i possibili lanci dei dadi. È questa una considerazione così apparentemente ovvia, che i tentativi di controbatterla vengono accolti più spesso con un sorrisetto di scherno che con un qualcosa di vagamente simile a una rispettosa attenzione. L'errore implicito - errore grossolano, in cui si annusa una trappola maliziosa - non pretendo di chiarirlo entro i limiti qui impostimi; né chi è in grado di pensare razionalmente ha bisogno di chiarimenti. Basterà dire che esso è parte dell'infinita serie di errori in cui la Ragione si imbatte sul suo cammino, a causa della sua propensione a cercare la verità nel particolare.

LA LETTERA RUBATA

Nil sapientiae odiosius acumine nimio.

Seneca

Nel 1811 ero a Parigi. Dopo una triste e tempestosa serata autunnale, potevo godere la doppia voluttà d'un meditativo raccoglimento e d'una pipa di schiuma, in compagnia del mio amico C. Auguste Dupin, nella sua piccola biblioteca - che fungeva anche da studio - al terzo piano del numero *33 della via Dunôt al Faubourg Saint-Germain*. Durante un'ora intera restammo in silenzio, per modo che ciascuno di noi-, al primo venuto, sarebbe apparso profondamente ed esclusivamente compreso delle arricciolate anella di fumo che volteggiavano per la stanza. Per quel che riguardava me, ero immerso a discutere meco stesso attorno a certi punti ch'erano stati oggetto, nella prima parte della serata, della nostra conversazione: voglio dire dell'affare della via Morgue e del mistero relativo all'assassinio di Marie Rogêt. Cercavo di connetter tra loro le coincidenze che potevano riscontrarsi in quei due casi, allorché la porta del nostro appartamento fu aperta e apparve, nel vano, la vecchia conoscenza di Monsieur G., prefetto della polizia parigina. Gli demmo cordialmente il benvenuto, dal momento che, ai suoi lati negativi, facevano pure contrasto alcune positive qualità e, del resto, non lo vedevamo da più di qualche anno. Poiché eravamo seduti al buio, Dupin si levò nell'intento di accendere una lampada: e nondimeno tornò a sedere senza aver compiuta quell'operazione, avendo inteso da Monsieur G. ch'egli era venuto a consultarci, o meglio a chiedere l'opinione del mio amico, circa un affare che gli aveva causato increscioso imbarazzo.

«Ove si tratti d'un caso che richieda della riflessione», osservò Dupin, astenendosi in quel punto dall'accendere la calza, «sarà per noi più conveniente procedere nel nostro esame al buio».

«Ecco ancora una delle vostre bizzarre trovate», disse il prefetto, il quale aveva la mania di chiamare bizzarre tutte le cose al di fuori delle sue capacità di comprendere, e che si trovava in tal modo a vivere in mezzo a una immensa legione di bizzarrie.

«È proprio così», disse Dupin porgendo una pipa al nostro visitatore e spingendo verso di lui una comoda poltrona.

«Qual è dunque questo caso imbarazzante?», chiesi io, a questo punto. «Spero bene che non si tratti, anche questa volta, d'un assassinio».

«Oh, no! Nulla di simile. È un fatto che questo nuovo affare si presenta d'una estrema semplicità. Ed io non metto in dubbio che sapremmo cavarcela da noi, stessi. Se sono accorso a raccontarlo a Dupin è solo perché egli non potrà far di meno che interessarsi, appunto, alla sua bizzarria».

«Semplice e bizzarro insieme», disse Dupin.

«Infatti: e nondimeno tale espressione non è del tutto esatta. L'uno o l'altro, se credete meglio. È un fatto che no, siamo tuttora vittime d'un totale smarrimento, per quel che riguarda tale affare, dal momento che, per quanto sia semplice, non riusciamo ad afferrarne il bandolo».

«È probabile che sia la sua stessa semplicità a indurvi nell'errore», disse il mio amico.

«Quale sciocchezza non vi siete lasciata sfuggire!», replicò il prefetto, ridendo di cuore.

«Forse il vostro mistero non è che troppo chiaro», disse Dupin.

«O cielo! Chi ha mai sentito, prima d'ora, profferire una simile stravaganza?».

«Troppo chiaro, dunque».

«Ah! Ah!... Oh! Oh! ...», strillò il nostro ospite coll'aria di divertirsi un mondo. «Oh, caro il mio Dupin, mi volete far morire dal ridere, voi!».

«Alle corte», dissi io. «Di che si tratta?».

«Me ne sbrigherò», disse il prefetto esalando una lunga, solida e contemplativa boccata di fumo, e accomodandosi a sedere sulla sua poltrona, «me ne sbrigherò in poche parole. Ma prima di cominciare, permettete che vi faccia presente come l'affare richieda il più scrupoloso segreto e come io perderci, con tutta probabilità, il mio impiego ove si venisse a sapere che l'ho sussurrato a chicchessia».

«Cominciate», dissi io.

«Oppure non cominciate», disse Dupin.

«Va bene. Comincio. Sono stato informato personalmente, ed in altissimo loco, che un certo documento, cui è annessa la massima importanza, è stato sottratto dagli appartamenti reali.

L'individuo che ha compiuto il furto ci è noto. Non sussiste, attorno alla sua identità, alcun dubbio: è stato visto nell'istante medesimo in cui si è appropriato del documento. Ed è noto, altresì, che quel documento è tuttora in suo possesso».

«E come si fa a saperlo?», chiese Dupin.

«Si deduce dalla natura del documento stesso e dal non darsi di alcuni fatti che sarebbero immediatamente provocati qualora esso cessasse d'essere, appunto, in possesso del ladro. In altri termini: se esso fosse impiegato in vista dello scopo che il ladro, evidentemente, si propone».

«Spiegatevi meglio», dissi io.

«Ebbene, arriverò a dire che tale documento conferisce, a chi lo detiene, un potere in un certo luogo nel quale il sullodato potere ha un valore inestimabile». E così dicendo il prefetto traboccava del gusto di ostentare il suo pudore ipocrita da diplomatico.

«Eppure io continuo a non capire nulla», disse Dupin.

«Nulla sul serio?... Via! Quel documento, dunque, ove fosse esibito a un terzo personaggio, del quale tacerò il nome, metterebbe in imbarazzo l'onore d'una persona d'altissimo grado... ed eccovi ciò che conferisce, a chi detiene il documento, un ascendente su quella tale illustre persona, della quale l'onore e la sicurezza sono, in tal modo, messi a rischio ...».

«Ma questo ascendente», interruppi io, «dipende soltanto dal fatto che il ladro sappia, o meno, se il derubato è a parte della sua identità... e chi oserebbe?».

«Il ladro», disse Monsieur G., «non è altri che D., il quale osa tutto ciò che è indegno di un uomo, così come non si fa scrupolo d'usare anche ciò che ne è degno. Il metodo con cui è stata condotta la ruberia fu ingegnoso del pari che ardito. Il documento in questione - una lettera, per essere più espliciti - era stato ricevuto da colui che ne fu derubato, mentre questi era solo nell'appartamento reale, ma mentre costui lo stava leggendo, fu interrotto dall'improvviso entrare dell'altro illustre personaggio al quale egli aveva ragioni tutte particolari per nasconderlo. Dopo aver tentato, invano, di gettarlo rapidamente in un cassetto, egli fu obbligato a deporlo, aperto com'era, sul tavolo. La lettera, nondimeno, era rovesciata, coll'indirizzo fuori, e, il suo contenuto rimanendo così nascosto, essa non fu notata. Sopraggiunge, nel frattempo, il ministro D. La carta sul tavolo non sfugge al suo occhio di lince, la calligrafia dell'indirizzo viene riconosciuta, notato l'imbarazzo del destinatario e penetrato, in breve, il suo segreto.

«Dopo aver trattati alcuni affari - in modo spiccio, secondo le sue abitudini - il ministro D. trae di tasca una lettera pressoché identica a quella in questione, fa l'atto di leggerla, e la depone proprio a fianco dell'altra. Quindi riprende a parlare, per un quarto d'ora all'incirca, dei pubblici affari. Prende infine congedo e pone in mano, nell'andarsene, la lettera della quale egli non ha diritto alcuno di porla. La persona derubata se ne accorge ma, naturalmente, non osa attirare, su quella circostanza, l'attenzione del terzo personaggio che gli era a lato. E così il ministro esce dalla stanza lasciando sul tavolo la propria lettera, una lettera - c'è bisogno ch'io lo aggiunga? - senz'alcuna importanza».

«Così», disse Dupin volgendosi a metà dalla mia parte, «si dà perfettamente il caso richiesto perché l'ascendente sia completo: il ladro sa che la persona derubata conosce, appunto, il ladro».

«Già», rispose il prefetto, «senza contare che, per qualche mese, secondo un certo intendimento politico, è stato fatto il debito uso del potere acquisito con un tale stratagemma, e fino a un limite, occorre aggiungere, altamente pericoloso. Il derubato è convinto, ogni giorno di più, dell'assoluta necessità d'avere indietro la sua lettera. E nondimeno ciò non può compiersi apertamente. Spinto, infine, dalla disperazione, egli ha commesso a me il delicato incarico di recuperarla».

«Era infatti impossibile, per quel che so», disse Dupin circonfuso d'una aureola di fumo, «scegliere o, meno ancora, inventare un agente più sagace».

«Voi mi lusingate», replicò il prefetto, «e tuttavia non è impossibile che alcuno abbia concepita, di me, una simile opinione».

«È chiaro», intervenni a dire io, «come, del resto, voi stesso non avete mancato di notare, che la lettera è tuttora nelle mani del ministro; dal momento che soltanto il suo possesso - e non l'uso - è ragione dell'ascendente. Con l'uso, infatti, l'ascendente scompare».

«È così», disse Monsieur G., «ed io ho iniziate le mie indagini, forte, appunto, di tali convincimenti. Mia prima cura e stata, infatti, di operare una minuziosa perquisizione nella casa del ministro: di tale perquisizione il principale imbarazzo consistette nel procurare che gli rimanesse sconosciuta. Io badai, soprattutto, a non dargli motivo di sospettare i nostri disegni».

«Penso che dovreste trovarvi a vostro agio completo», dissi io, «in simile genere di investigazioni. La polizia parigina non è davvero nuova a operazioni consimili».

«Oh, non c'è dubbio! Ed è appunto per questo ch'io nutrivo speranza di raggiungere il mio scopo. Le abitudini del ministro, del resto, mi riuscirono di non poco vantaggio. Egli usa di frequente restare assente da casa sua tutta la notte. I suoi domestici non sono numerosi. Essi dormono a una certa distanza dall'appartamento del loro padrone e poiché sono, dal primo all'ultimo, napoletani, si prestano facilmente a essere ubriacati. Io posseggo - come voi, del resto, sapete - una sorta di grimaldelli coi quali posso aprire le porte di tutte le camere e di tutti i gabinetti di Parigi. Così che, durante tre lunghi mesi, non è trascorsa una sola nottata ch'io non abbia impiegata, nella maggior parte, a frugar di persona nell'abitazione del ministro D... Il mio onore vi è interessato e - per confidarvi un gran segreto - la ricompensa che mi è stata promessa è enorme. Per modo che non ho abbandonato le mie ricerche altro che al momento in cui cominciò a farsi strada, in me, la convinzione che il mio ladro fosse assai più furbo di me. Credo, infatti, d'avere esaminati tutti gli angoli e i possibili nascondigli nei quali era possibile celare il segreto di quella lettera».

«E non sarebb'egli possibile», insinuai io a questo punto, «che la lettera, benché in possesso del ministro (non v'ha dubbio in proposito) sia stata, dallo stesso ministro, nascosta in luogo diverso dalla propria abitazione?».

«No, ciò non è possibile», intervenne a dire il mio amico Dupin. «La situazione particolare dell'attuale momento, a Corte, ed in special modo la natura dell'intrigo nel quale s'è cacciato il ministro D. rendono l'efficacia immediata del documento - il poterlo produrre a tamburo battente - un fattore pressoché importante quanto il suo possesso».

«Il poterlo produrre?», chiesi io.

«O, se più vi aggrada, il poterlo distruggere», disse Dupin.

«È vero», convenni io; «la lettera è senz'altro nell'abitazione del ministro. Quanto alla possibilità che essa si trovi addosso alla stessa persona del ministro, io ritengo che debba considerarsi del tutto fuor di questione».

«Del tutto», disse il prefetto; «io l'ho fatto fermare ben due volte da alcuni agenti camuffati da borsaiuoli e la sua persona è stata scrupolosamente frugata da capo a piedi sotto i miei stessi occhi».

«Avreste potuto risparmiarvene la pena», disse Dupin; «il ministro D. non è per nulla così pazzo, secondo almeno quel ch'io ne so, da non prevedere tali imboscate come incidenti tutt'affatto naturali».

«Egli non è per nulla un pazzo, è vero», disse Monsieur G.; «ciò nondimeno egli è un poeta, il che, secondo il mio parere, non è molto diverso dall'esser pazzo».

«D'accordo», disse Dupin dopo avere a lungo e pensosamente soffiato fuori qualche boccata di fumo dalla sua pipa di schiuma, «benché io stesso mi sia reso colpevole d'un qualche libero verso».

«Al dunque», dissi io, «raccontateci gli esatti particolari delle vostre ricerche».

«Gli è che noi abbiamo cominciato per tempo, così che abbiamo avuto agio di cercare dappertutto. Io posseggo una antica esperienza in siffatto genere di indagini. Abbiamo esaminata la casa per intero, una camera dopo l'altra: e abbiamo consacrato a ciascuna le notti di tutta una settimana. Siamo passati, quindi, a esaminare i mobili di ciascun appartamento, abbiamo aperti tutti i possibili cassetti ed io presumo che voi non ignoriate come, per un agente di polizia quale si deve, un cassetto segreto sia una espressione senza significato. Colui che, in una perquisizione di tal natura, si lasciasse sfuggire un cassetto segreto, è un idiota. E del resto la cosa è facilissima. In ogni vano si trova una certa quantità di volume e di superficie della quale è possibile fare un conto esatto. Noi possediamo regole tutte particolari ed infallibili per questa bisogna. Non potrebbe sfuggirci la quindicesima parte della sezione di un filo. Dopo aver esaminate le stanze, passammo alle sedie. I cuscini furono sondati con dei lunghi aghi affilati dei quali voi già conoscete l'impiego.

I tavoli furono scoperchiati ...».

«E perché?».

«Talvolta s'usa togliere i ripiani dei tavoli o di qualsivoglia altro mobile, e se ne forano i piedi, o comunque i sostegni alla sommità, onde nascondervi l'oggetto che si intende far scomparire.

Compiuta l'operazione, i ripiani vengono posti nuovamente al loro luogo primitivo. Ci si serve allo stesso modo dei montanti del letto ...».

«E non si potrebbe indovinare la presenza della cavità semplicemente tentando le pareti?», obiettai io.

«Nient'affatto, ove si abbia la precauzione, nel depositare l'oggetto incriminato, d'avvolgerlo d'una benda di cotone atta a riempire l'interstizio. Del resto, nel nostro caso, eravamo obbligati a procedere senza fare il minimo rumore».

«Ma voi non avete potuto smontare, non avete potuto disfare tutti i mobili nei quali era possibile nascondere la lettera nel modo che avete indicato. Giacché essa poteva anche essere avvolta in una spirale sottile quanto un ferro da calza, ed essere inserita, così, nel piede d'una seggiola. Avete smontato tutte le seggiole?».

«Nient'affatto. Ma abbiamo fatto di meglio. Abbiamo esaminato le gambe di tutte quelle che si trovavano nella casa, come pure le giunture d'ogni mobile, con l'aiuto d'un potente microscopio.

Se ci fosse stata la minima traccia d'una recente manomissione, questa non sarebbe per certo sfuggita alla nostra indagine. Un solo granello di polvere che potesse essere smosso da un succhiello ci sarebbe apparso grande come una mela. La minima alterazione nella collatura, la più lieve sconnessione tra le giunture ci avrebbe rivelato il nascondiglio».

«Presumo che abbiate esaminato gli specchi nel loro interno e che abbiate frugato i letti e i loro cortinaggi, così come le tende alle finestre e i tappeti».

«Naturalmente. E una volta passati in rivista a questo modo gli oggetti dello stretto ammobiliamento, abbiamo esaminata la casa vera e propria. Ne abbiamo divisa la totalità del volume e della superficie in altrettanti compartimenti che poi abbiamo contraddistinto, da un numero affinché potessimo andar sicuri di non ometterne alcuno. Abbiamo fatto, di ciascuna sezione che ne risultava, l'oggetto d'un nuovo esame microscopico e vi abbiamo anche compreso i due appartamenti adiacenti».

«Due appartamenti adiacenti?», esclamai. «Vi siete dovuti addossare, così, non poco fastidio».

«Non poco, per la verità. Ma la posta, come ho detto, era enorme».

«Vanno compresi anche gl'impiantiti, negli appartamenti?».

«Essi sono tutti a mattonelle. Posso dire che, relativamente al resto, l'esame degli impiantiti è stato una cosa da nulla. Fu sufficiente esaminare l'impasto di polvere tra una mattonella e l'altra: esso era vergine dappertutto».

«E avrete senza dubbio dato un'occhiata anche alle carte del signor ministro... ai libri della sua biblioteca ...».

«Certamente. Abbiamo aperto ogni cartella, scartabellato ogni memoriale. Non abbiamo soltanto aperto i libri ma li abbiamo sfogliati pagina per pagina, senza contentarci d'una scorsa sommaria come purtroppo è nell'uso, ormai invalso, dei nostri ufficiali di polizia. E così abbiamo anche esaminato lo spessore di ciascheduna legatura colla più esatta meticolosità, e ad ognuna abbiamo applicata la gelosa curiosità del microscopio. Ove qualche oggetto fosse stato inserito di recente in una legatura, quell'oggetto non sarebbe potuto sfuggire alla nostra osservazione. Cinque o sei volumi che uscirono, durante quei giorni, dalle stesse mani del legatore, furono passati da parte a parte e accuratamente sondati in senso longitudinale da appositi aghi».

«Avete esplorati gli assiti, sotto i tappeti?».

«Naturalmente. Abbiamo tolti i tappeti uno per uno e abbiamo esaminato i regoli al microscopio».

«E la carta ai muri?».

«Anche quella».

«E le cantine?».

«Abbiamo fatta una visita anche alle cantine».

«Per modo che vi siete accorti d'avere sbagliato strada», dissi io, «e che la lettera non era nella casa del ministro, come avevate supposto in un primo luogo».

«Suppongo che non v'inganniate, su questo punto», rispose il prefetto, e poi, rivolto al mio amico: «Ed ora, signor Dupin, che mi consigliate di fare?».

«Tornate a perquisire completamente la casa».

«È assolutamente inutile», strillò Monsieur G. «Sono sicuro che la lettera non è nell'appartamento, come sono sicuro, in questo momento, di parlare a voi».

«E nondimeno non ho alcun consiglio migliore che questo da darvi», disse Dupin.

«Immagino, comunque, che vi abbiano descritta minutamente codesta lettera».

«Sì, sì», e il prefetto trasse di tasca un suo quadernuccio e si mise a leggerci ad alta voce una minuta descrizione dell'oggetto delle sue ricerche, del suo aspetto interno e di quello esterno. Finita che ebbe la lettura di quel suo promemoria, quell'eccellente individuo prese congedo da noi così depresso di spirito, ch'io non mi ricordavo d'averlo mai visto in quello stato prima d'allora.

A un mese all'incirca da quella conversazione, il degno uomo ci fece una seconda visita e ci trovò occupati, press'a poco, nei medesimi esercizi dell'altra volta. Prese così anch'egli una pipa e una poltrona e cominciò a chiacchierare seco noi del più e del meno.

«E allora? caro Monsieur G. E la vostra lettera rubata? Suppongo che vi siate rassegnato, infine, ad ammettere che non è davvero una bagatella sbaragliare un ministro».

«Che il diavolo se lo porti! Non ch'io non abbia seguito il consiglio di Dupin e perquisito di nuovo l'appartamento, veh! Pure, come prevedevo, fu fatica sprecata».

«A quanto ammonta la ricompensa che v'hanno offerta? Ci avete detto, mi pare ...», chiese Dupin.

«Mah... essa è molto forte... una ricompensa davvero munificentissima... Non sono autorizzato a far cifre... ma questo posso dirvi, e che cioè m'impegnerei a sborsare di mio qualcosa come un cinquantamila franchi a colui che potesse scovarmi la lettera. È un fatto che la cosa diviene di giorno in giorno più urgente. E la ricompensa è stata addirittura raddoppiata negli ultimi giorni. E potrebbero anche triplicarla. Del resto, per quel che riguarda me... non potrei davvero aver compiuto meglio il mio dovere di quanto, in effetti, non l'abbia compiuto».

«Ma... sì ...», disse Dupin strascicando le parole frammezzo alle fumate della sua pipa. «Io credo, a esser sincero... caro Monsieur G., che voi non abbiate fatto tutto il vostro dovere... è impossibile non riconoscere che voi non siete arrivato fino in fondo alla questione... voi potreste fare... un po' di più. Questa è almeno la mia franca opinione. Che ne dite?».

«Come? In che senso?».

«Ma ...» e una fumata, «voi potreste ...» e due fumate, una sull'altra, «voi potreste mettere un po' più d'impegno nell'affare ...» e tre fumate. «Vi rammentate la famosa storia d'Abernethy?».

«Al diavolo il vostro Abernethy!».

«E sia pure, al diavolo! Se ciò vi diverte. Or dunque, una volta, un certo signore, avaro quanto ricco, concepì il disegno di scroccare ad Abernethy un consulto medico. E a questo scopo intavolò secolui, durante un ricevimento, una conversazione ordinaria attraverso la quale sottopose al medico il suo proprio caso, come se si trattasse di quello d'un personaggio immaginario.

"Supponiamo", disse l'avaro, "che i sintomi sian questi e questi. Ed ora, caro dottore, cosa consigliereste al poverino?"

"Cosa consiglierei?", rispose Abernethy, "gli consiglierei d'andare a consigliarsi con un medico. È l'unica cosa da fare"».

«Ma io», disse a questo punto il prefetto, un po' sconcertato, a dire il vero, «non solo sono dispostissimo a prendere consiglio, ma anche a pagarlo. Io darei sul serio i cinquantamila franchi a chiunque mi togliesse d'impiccio».

«In questo caso», disse Dupin aprendo un cassetto della sua scrivania e traendone fuori un libretto di assegni, «voi potete fare una firma per la somma suddetta. Quando l'avrete ben bene vergata, vi rimetterò la vostra lettera».

Io ero al colmo della meraviglia. Quanto al prefetto, sembrava addirittura fulminato. Rimase alcuni istanti immobile e muto guardando il mio amico, con la bocca spalancata e con un residuo d'incredulità negli occhi che sembravano sul punto di schizzargli fuori del capo. Parve, infine, rientrare man mano in sé, prese e intinse una penna, e non senza qualche esitazione, con lo sguardo vuoto, proteso a scrutare misteriose distanze, riempì e firmò un assegno da cinquantamila franchi, e lo porse a Dupin, al di sopra del tavolo. Questi lo esaminò minuziosamente e lo ripose quindi nel suo portafoglio. Indi sollevò una tavoletta dello scrittoio, ne trasse una lettera e la porse al prefetto.

Quel degno funzionario l'agguantò con una sorta di spasimo di felicità, l'aprì colle mani tremanti, buttò un'occhiata al suo contenuto e poi, precipitandosi verso la porta, scomparve, senza altra cerimonia, dalla stanza, senza che avessimo potuto cogliere dal suo labbro una sola sillaba dal momento in cui Dupin l'aveva pregato di firmare l'assegno.

Quand'egli fu fuori, il mio amico consentì a qualche spiegazione.

«La polizia parigina», egli disse, «è estremamente abile e avveduta per ciò che concerne il suo mestiere. I suoi agenti sono perseveranti, ingegnosi, furbi, e posseggono a fondo tutto il bagaglio di nozioni richiesto dal loro specialissimo mandato. Per modo che quando Monsieur G. ci forniva il particolareggiato ragguaglio della sua perquisizione in casa del ministro D., io serbavo una stima totale per il talento di cui dava mostra ed ero perfettamente convinto che egli aveva compiuta una investigazione affatto soddisfacente nei limiti delle sue specialità».

«Nei limiti delle sue specialità?», chiesi io.

«Appunto», disse Dupin. «Le misure adottate non furono soltanto le migliori: esse furono spinte, altresì, ad una perfezione assoluta. Se la lettera fosse stata nascosta nel raggio della loro investigazione, essi l'avrebbero certamente trovata. Su ciò, io non ho il minimo dubbio».

A questo punto, mi contentai di sorridere, ma Dupin aveva l'aria d'aver detta la surriferita proposizione in tutta serietà.

«Le misure, dunque», egli continuò, «erano buone e ammirevolmente poste in funzione.

Esse avevano soltanto il difetto di essere inapplicabili, non solo alla fattispecie del caso, ma soprattutto, all'uomo. V'ha un dispiegamento di mezzi singolarmente ingegnosi che costituiscono, per il signor prefetto, una sorta di letto di Procuste, e sui quali egli adatta e misura tutti i suoi piani.

Ed egli, nondimeno, nel caso particolare del ministro D., è rimasto addietro per un eccesso di perspicacia e insieme di superficialità. Più di uno scolaretto avrebbe ragionato meglio di lui. Ho conosciuto un bimbo di otto anni, nel quale la infallibilità al giuoco di pari e dispari era oggetto d'ammirazione universale. Il giuoco è estremamente semplice: uno dei giocatori tiene in mano un certo numero di palline e domanda all'altro: *Pari o dispari?*. Se l'altro indovina giusto, avrà guadagnato una pallina, s'egli si sarà, invece, ingannato, ne avrà persa ugualmente una. Il bimbo di cui ho detto, vinceva invariabilmente tutte le palline della scuola. Naturalmente egli possedeva una sorta di capacità divinatoria, la quale consisteva nella semplice osservazione e nell'apprezzamento della finezza di penetrazione dei suoi avversari. Supponiamo che il suo avversario sia un grullo completo, e, levando alta la manina chiusa, dica: *Pari o dispari?*. Il nostro scolaro risponde, mettiamo: *Dispari*, e, mettiamo ancora, perde. Ma alla seconda prova egli vincerà perché farà, a se stesso, il seguente ragionamento: lo scioccherello aveva un numero di palline pari, la prima volta; tutta la furberia potrà spingerlo, al massimo, a metterne, la seconda, un numero dispari, e quindi tanto vale dire: *Dispari* ancora una volta. Egli dice *Dispari* e vince. Ma con un avversario meno semplice, egli ragione così: questo qui s'è accorto che lo, la prima volta, ho detto *Dispari* e alla seconda partita diviserà, in un primo momento, di mutare i pari in dispari come ha fatto l'altro, ma in un secondo momento penserà che un cambiamento di quel tipo pecca di eccessiva semplicità, e si deciderà a mettere pari una seconda volta. Io dirò *Pari*, quindi. E il bimbo dice *Pari* e vince. Ora il modo di ragionare del nostro bimbo, che i suoi compagni peraltro chiamano fortuna, che cos'è, in ultima analisi?».

«Esso non è che un processo d'identificazione del nostro intelletto con quello del nostro avversario», risposi io.

«Appunto», disse Dupin. «E come io domandai a quel bimbo

con qual mezzo egli effettuasse quella perfetta identificazione che faceva tutto il suo successo, ne ebbi la risposta seguente: "Quando lo voglio sapere fino a che punto uno sia accorto o sciocco, fino a che punto sia buono o cattivo, o quali siano, in quel punto, i suoi pensieri, cerco d'atteggiare il viso così come lo vedo atteggiarsi in lui, e aspetto di saper quali pensieri e quali sentimenti nascono, in me, compatibili, appunto, con quella fittizia fisionomia che ho assunta". Questa risposta dello scolaro confonde non poco, mi sembra, tutta la sofistica saggezza attribuita a La Rochefoucauld, a La Bruyère, a Machiavelli e a Campanella».

«Per modo che l'identificazione dell'intelletto del ragionatore con quello del suo avversario dipende, se ho ben compreso, dall'esattezza con cui viene valutato l'intelletto, appunto, di quest'ultimo».

«Per ciò che riguarda il valore pratico del procedimento, quella valutazione ne è, in effetti, la condizione principale», replicò Dupin, «e se il prefetto e tutta la sua banda si sono ripetutamente ingannati, l'errore va cercato in quella identificazione che hanno omessa di tentare, e, in secondo luogo, nella valutazione inesatta, o meglio nella non-valutazione della intelligenza con la quale stavano misurandosi. Essi non vedono al di là dei propri ingegnosi ritrovati. E ove si mettano alla ricerca d'un oggetto nascosto, non pensano che ai mezzi che avrebbero usati essi stessi per nasconderlo. Essi hanno tuttavia ragione di ritenere che la loro propria perspicacia è una fedele rappresentazione di quella del volgo. Così, quando sono alle prese con un mariuolo la cui sottigliezza differisce dalla loro, quel mariuolo, naturalmente, riesce a gabbarli. Ciò non manca mai di accadere tutte le volte che l'astuzia di costui è al di sopra della loro, e ciò accade assai spesso anche quando essa è, per contro, al di sotto. Essi non modificano affatto i loro sistemi di investigazione: tutt'al più, quando sono spronati da un qualche caso insolito, ovvero, più esattamente, da una insolita ricompensa, essi esagerano e portano all'esasperazione i loro vecchi espedienti. E nondimeno lasciano immutati i loro principi. Nel caso, ad esempio, del ministro D., che cosa è stato fatto per cambiare il metodo dell'investigazione? A che valgono tutte quelle perforazioni, quei frugamenti, quei sondaggi, quegli esami al microscopio, quella divisione della superficie in sezioni numerate? Che cosa è tutto questo armamentario se non l'esagerazione, nell'applicarli, d'uno o di più principi d'investigazione, basati su un ordine di idee relativo all'ingegno umano ed ai quali il prefetto si è abituato nell'ormai annoso esercizio delle sue funzioni? Non vi accorgete che egli considera un fatto ampiamente dimostrato che tutti gli uomini i quali vogliono nascondere una lettera si servano, se non d'un buco fatto col succhiello nella gamba d'una seggiola, d'un qualsivoglia altro buco o sotterfugio, almeno, tutt'affatto singolare e sempre nell'ordine d'invenzione, però, del solito buco trapanato? E non vi rendete conto, ancora, che nascondigli d'una siffatta originalità, non sono impiegati che in occasioni ordinarie e adottati da intelligenze ordinarie? Giacché in qualsivoglia caso d'oggetto nascosto, tale maniera maliziosa e involuta insieme di nasconderlo, e, nel suo stesso principio, del tutto presumibile e, difatto, presunta? Per modo che la sua scoperta non dipende, in nulla, dalla perspicacia, ma soltanto dalla cura, dalla pazienza, dalla buona volontà, insomma, di coloro che sono incaricati della ricerca. Ma quando il caso riveste un'importanza particolare, ovvero - il che è la medesima cosa, agli occhi della polizia - quando la ricompensa è particolarmente importante, ci s'avvede che tutte queste belle qualità falliscono invariabilmente il loro scopo. Spero che ora abbiate compreso ciò che io intendevo affermando che, ove la lettera rubata fosse stata nascosta nel raggio in cui il signor prefetto organizzò così brillantemente la sua perquisizione, - in altri termini, se il principio ispiratore del nascondiglio fosse stato compreso nella somma dei principi del prefetto - egli l'avrebbe scoperta senza fallo. Ciò nondimeno il nostro funzionario è stato completamente giocato, e la causa principale di questa presa in giro risiede tutta nella supposizione, del prefetto, che il ministro fosse un pazzo dacché s'era fatto una reputazione di poeta. Tutti i pazzi sono poeti, secondo il punto di vista del prefetto, così che egli non è responsabile che d'una non distributio medii deducendo da quella, l'altra proposizione che tutti i poeti sono pazzi».

«Ma si tratta poi veramente del poeta?», chiesi io. «So che sono due fratelli e che entrambi si son fatti una reputazione nel mondo letterario. Ma il ministro, a quel che mi pare di ricordare, deve avere scritto un importante volume sul calcolo differenziale e integrale. Egli dovrebb'essere il matematico, non il poeta».

«Siete in errore: io lo conosco assai bene: egli è poeta e insieme matematico. E come poeta e matematico, ha dovuto ragionare a dovere. Se fosse stato soltanto matematico, non avrebbe fatto che una parte soltanto del ragionamento necessario, e si sarebbe, in tal modo, esposto alla mercé del nostro prefetto».

«Una siffatta opinione», esclamai, «non può non meravigliarmi. Essa è smentita, coralmente, dal buon senso comune. Non avrete l'intenzione, spero, di sottovalutare una idea maturata attraverso i secoli dei secoli. La ragione matematica non è soltanto da ora ritenuta come la ragione per eccellenza».

«*Il y a à parier*», disse Dupin, citando Chamfort, «*que toute idée publique, toute convention reçue, est une sottise, car elle a convenu au plus grand nombre*. I matematici, ve lo accordo, han fatto del loro meglio per propagare il popolare abbaglio di cui avete detto poc'anzi, il quale, benché spacciato per una verità, è, nondimeno, un classico e perfezionato tipo di errore. Per esempio, con carte e sottigliezza degne al certo d'una miglior causa, ci è stato appreso ad applicare il termine analisi alle operazioni algebriche. I francesi sono i primi responsabili d'un siffatto imbroglio scientifico. Ma, ove si convenga che i termini del linguaggio non hanno una loro reale significazione, - se le parole, insomma, traggono la loro ragione e il loro valore solo dal modo convenuto con cui vengono applicate, - concedo che la parola analisi traduca la parola algebra, press'a poco come in latino ambitus traduce *ambizione*, religio, *religione*, e *homines honesti*, sta per la categoria delle persone per bene».

«Mi accorgo», dissi io, «che state impancandovi in una disputa con un buon numero di professori d'algebra di Parigi. Ma non importa: continuate».

«Io contesto la validità e, per conseguenza, i risultati d'un qualsiasi procedimento razionale il quale s'avvalga d'altro principio che la logica astratta. E contesto, in maniera del tutto particolare, i ragionamenti che tengono del procedimento proprio alle dottrine matematiche. Le matematiche sono le scienze attinenti alle forme e alle quantità; il ragionamento matematico altro non è se non la semplice logica applicata alla forma e alla sua quantità. Il grave errore consiste nel ritenere che le verità ritenute puramente algebriche siano delle verità astratte e generali. E questo errore è talmente madornale e gravido di conseguenze, ch'io non posso far di meno che meravigliarmi dell'universalità colla quale, nonostante tutto, esso è accolto. Gli assiomi matematici non pretendono affatto ad assiomi generali. Ciò che è vero per un rapporto di forma o di quantità, è sovente un grossolano errore per ciò che riguarda, mettiamo, il mondo morale. In quest'ultima scienza è troppo comunemente falso che la somma delle frazioni sia eguale all'intero. E così anche nella scienza chimica troviamo che quell'assioma ha torto. Nell'apprezzamento che noi facciamo d'una forza motrice, ad esempio, lo troviamo anche lì, fallace, dal momento che due motori che siano ciascuno d'una data potenza, non posseggono affatto, una volta messa assieme la loro capacità di traino, una potenza eguale alla somma delle loro potenze prese separatamente. E v'ha ancora un'enorme quantità di verità matematiche le quali non sono delle verità che nei limiti del rapporto. E nondimeno il matematico argomenta incorreggibilmente, basandosi su queste verità fisse, come se esse potessero applicarsi in generale e in assoluto; il quale potere, del resto, è falsamente imprestato loro anche dalla gente comune. Bryant, nella sua famosa Mythology, fa menzione d'una analoga sorgente di errori allorché egli rileva che, quantunque nessuno creda alle favole mitiche dei pagani, nondimeno noi usiamo trarne spesso delle conclusioni né più né meno che se esse riguardassero fatti realmente accaduti. E hanno credito, d'altro canto, tra i nostri professori d'algebra, i quali sono ancor essi dei pagani, talune favole pagane dalle quali sono state tratte persino lambiccate congetture, non tanto per difetto di memoria, quanto per un incomprensibile ottenebrarsi delle facoltà mentali. Io non ho mai incontrato dei matematici, per farla breve, nei quali potessi fidare eccetto che per le loro radici quadrate e le loro equazioni; non ne ho mai conosciuto uno solo che non tenesse in cuor suo per articolo di fede che $x^2 + px$ è assolutamente e incondizionatamente eguale a q. Provate a dire a uno di cotesti signori, tanto per fare una prova, che voi credere alla possibilità che $x^2 + px$, non sia affatto eguale a q e quando sarete riuscito a fargli capire che cosa intendere dire, procurate immantinente di mettervi al largo della sua portata, giacché egli, senza dubbio, sarà intenzionato d'accopparvi!

«Voglio dire», continuò Dupin, nel mentre che io facevo credito, con una risata, a queste sue ultime osservazioni, «voglio dire che se il ministro fosse stato soltanto un matematico, il prefetto non si sarebbe trovato nell'alternativa di firmarmi un assegno. Lo conosco, difatto, per un matematico e per un poeta nel contempo, ed io avevo prese le mie misure in ragione della sua capacità, e tenendo conto delle circostanze in cui egli s'era cacciato. Sapevo, così, che egli era un uomo di Corte e un intrigante rotto alle più spregiudicate macchinazioni. Riflettei che un uomo simile doveva essere indubbiamente al corrente di tutti i metodi in pratica presso le stazioni di polizia. Evidentemente egli dovette aver previsto - e gli eventi l'han provato - le imboscate che gli sono state preparate. Sono sicuro, inoltre, che egli aveva previste anche le perquisizioni a domicilio.

Le sue frequenti assenze notturne, che il nostro bravo prefetto aveva salutate con gioia quali positivi pronostici del suo successo, io le tenni come dei semplici trucchi per facilitare le libere ricerche della polizia, e persuaderla, in tal modo, che la lettera non si trovava nell'alloggio. E sentii inoltre che l'intera serie dei ritrovati relativi alla non mai variata azione poliziesca in tema di perquisizioni - i medesimi cioè che vi ho ora sciorinati, e dei quali ho cercato, non senza difficoltà, di mostrarvi la fallacia - sentii, dico, che tutt'intera quella serie aveva dovuto necessariamente dispiegarsi dentro al cervello del ministro. Tutto ciò doveva imperativamente portarlo a sdegnare qualsiasi sorta di nascondiglio volgare. Quell'uomo, io credo, non poteva arrivare a tal punto di ingenuità da non prevedere che il più complicato, il più impensato e profondo nascondiglio della sua casa, non avrebbe saputo serbare il minimo segreto per le occhiate, i sondaggi, i succhielli e i microscopi del prefetto. Da ultimo io decisi che egli si sarebbe necessariamente affidato alla semplicità, seppure non vi dovette essere indotto da un gusto tutt'affatto naturale. Vi rammentate senza dubbio con quali scoppi di risa il prefetto accolse, durante il nostro primo colloquio, la mia opinione secondo la quale, se quel mistero lo sconcertava tanto, era solamente a causa della sua assoluta semplicità».

«Infatti», dissi io, «mi ricordo perfettamente la sua ilarità. Credetti sul serio ch'egli fosse per divenir preda d'un attacco nervoso».

«Il mondo materiale», disse Dupin, «è affatto pieno di sorprendenti analogie con quello immateriale. Da ciò proviene che i dogmi retorici hanno somiglianza colla verità così come una metafora o una similitudine possono rendere più persuasiva un'argomentazione al modo stesso che abbelliscono una descrizione. Il principio della forza d'inerzia ad esempio, sembra aver la stessa portata nelle due nature, quella fisica e quella metafisica; un corpo d'una certa grandezza è messo in moto con maggiore difficoltà che non quello d'una grandezza minore, e la sua quantità di movimento e in proporzione di questa difficoltà. Ed ecco una proposizione analoga altrettanto incontrovertibile: le intelligenze d'una vasta capacità le quali sono nel contempo più impetuose, più costanti e più accidentate nelle loro possibilità dinamiche che le altre d'un grado inferiore sono quelle che si muovono più disagiatamente e che sono le più frastornate d'esitazioni al momento di mettersi in marcia. Altro esempio: avete mai notato quali siano le insegne di bottega che attraggono maggiormente la vostra attenzione?».

«Non ci ho mai pensato, a esser sincero», dissi io.

«Esiste», replicò Dupin, «una sorta di indovinello che s'usa giocare su una carta geografica.

Uno dei giocatori prega qualcun altro di indovinare una data parola: il nome d'una città, ad esempio, d'un fiume, d'uno Stato, d'un impero: una parola qualunque, a farla breve, che sia compresa nella superficie variopinta e imbrogliata della carta. Una persona che sia nuova al giuoco, cerca, in generale, di imbarazzare il suo avversario dandogli a indovinare dei nomi scritti in carattere impercettibile. Ma gli adepti del giuoco scelgono dei nomi scritti a caratteri cubitali, quelli medesimi che si leggono da un capo all'altro della carta. Quei nomi, come pure quelli delle insegne e dei manifesti a lettere troppo grandi, sfuggono all'osservatore a causa dello loro stessa evidenza. E a questo punto dirò che le dimenticanze materiali sono del tutto analoghe alle distrazioni d'ordine morale di uno spirito che si lascia sfuggire le considerazioni che siano troppo palpabili, fino alla noia e alla banalità. E questo è un punto, a quel che sembra, un tantino al di sotto, ovvero al di sopra, dell'intelligenza del prefetto. Egli non ha mai creduto probabile che il ministro avesse deposta la sua lettera proprio sotto il naso di tutti, nel solo intento d'impedire a un individuo qualunque di scorgerla. Ma più io mi perdevo a far congetture sull'audacia, la profondità e lo spirito inventivo del ministro D. - e soprattutto sul fatto ch'egli aveva bisogno di avere il documento sempre a portata di mano perché potesse usarne tempestivamente, e ancora su quell'altra circostanza apertamente dimostrata mercé l'aiuto del nostro prefetto, che cioè la lettera non era stata nascosta in quelli che sono i limiti d'una ordinaria perquisizione foss'anche compiuta a regola d'arte - e più io mi convincevo che il ministro, per nascondere la sua lettera, era ricorso all'espediente più ingegnoso che si possa concepire da mente umana, il quale consisteva addirittura nel non tentare affatto di nasconderla. Forte di questa persuasione, mi aggiustai sul naso un paio d'occhiali verdi e mi presentai, un bel mattino, con l'aria di capitarvi per puro caso, nell'abitazione del ministro. Il signor D. era in casa. Egli girandolava per le sue stanze, sbadigliando e gingillandosi con mille sciocchi argomenti e protestandosi oppresso da una noia mortale. Il ministro D. è, forse, tra i nostri uomini più energici, ma soltanto quando è certo di non essere osservato da nessuno. Per non esser da meno di lui, cominciai anch'io a lamentarmi, e accusai un'improvvisa debolezza alla vista che mi costringeva a portare occhiali verdi. Ma dietro a quelli ispezionavo, con cura e minuzia l'intero appartamento, badando tuttavia a esser sempre presente alla conversazione del mio ospite.

Concentrai, dapprima, tutta la mia attenzione su una grande scrivania presso la quale egli era seduto, e sulla quale giacevano, mescolate disordinatamente, alcune lettere ed altre carte, assieme a qualche volume e uno o due strumenti musicali. Dopo un esame piuttosto prolungato, fatto con tutto mio agio, non vi scorsi, però, nulla che potesse giustificare i miei sospetti. Ma i miei sguardi, a lungo andare, dopo aver fatto un completo ed accurato giro della camera, caddero su un qualsiasi portacarte adorno di lustrini, e sospeso a mezzo d'un nastro scolorito a un piccolo bottone di metallo dorato proprio al centro della cappa d'un caminetto. Quel portacarte era diviso in tre o quattro compartimenti, e lasciava vedere, oltre a cinque o sei piccoli biglietti da visita, una lettera. Questa era piuttosto sudicia e spiegazzata. Ed era come divisa in due pezzi da uno strappo nel mezzo, il quale denotava l'intenzione, in un primo momento, di stracciarla come se si trattasse d'un oggetto di nessun valore. Essa recava un largo sigillo nero colla cifra D., bene evidente, ed era indirizzata allo stesso ministro. L'indirizzo era stato tracciato da mano femminile, con una calligrafia molto sottile ed elegante. Era stata gettata negligentemente, ed anche, a quanto sembrava, con un certo sdegno, in uno degli scomparti superiori del portacarte. Fin dal primo colpo d'occhio, ch'io posai su quella lettera, non ebbi alcun dubbio che fosse proprio quella che stavo cercando. Essa era, nell'aspetto esteriore, del tutto differente da quella di cui il prefetto ci aveva letta una tanto minuta descrizione.

In questa del portacarte, il sigillo era largo, nero e recava la lettera D., mentre in quella descritta nel promemoria del prefetto, il sigillo era piccolo e rosso, con suvvi lo stemma ducale della famiglia S.

In questa l'indirizzo era di mano femminile, in quella l'indirizzo - d'un personaggio regale - era stato tracciato da una mano ardita e decisa. Le due lettere non si rassomigliavano, insomma, che in un sol punto: nella dimensione. Ma lo stesso carattere d'esagerazione di quelle differenze, fondamentali, insomma, - la sudiceria, lo stato deplorevole della carta, spiegazzata e lacerata, in perfetto contrasto con le abitudini, invece, del ministro, universalmente noto per il suo ordine e la sua metodicità - di quelle differenze che denunciavano chiaramente l'intenzione di sviare un'indagine indiscreta offrendo tutta l'apparenza d'un documento senza valore - tutto questo, coll'aggiunta della impudente ostentazione del documento messo addirittura in mostra perché lo potesse veder bene chiunque fosse passato nella stanza, la quale ostentazione si trovava a esser pienamente d'accordo con le mie conclusioni suesposte - tutto questo, mi dissi, è combinato in tal modo da corroborare i sospetti di qualcuno venuto, appunto, col partito preso d'un sospetto. Prolungai la mia visita il più possibile, e nel mentre che sostenevo una vivacissima discussione col ministro, su un argomento che conoscevo per essergli sempre gradito, non distraevo la mia attenzione dalla lettera. Nel corso di quell'esame, mi posi a riflettere sul suo aspetto esteriore e sul modo nel quale era stata collocata nel portacarte, fintanto che non pervenni a una scoperta, la quale disperse pure l'ultimo impercettibile dubbio che poteva essermi rimasto. Osservando i bordi della carta, notai che essi erano più logorati che non comportasse un uso naturale. Infatti, presentavano le caratteristiche di logorio d'un cartoncino che sia stato ripiegato nel senso inverso, ma lungo la medesima piegatura. Questa scoperta mi era più che sufficiente. Era chiaro che la lettera era stata rovesciata, come un guanto, ripiegata e nuovamente sigillata. Augurai il buon giorno al ministro e presi congedo da lui, non senza aver dimenticata, a bella posta, una tabacchiera d'oro sul suo tavolo. Il mattino di poi tornai a cercar la tabacchiera, e colsi l'occasione per riprendere, vivacissimamente anche stavolta, la conversazione del giorno innanzi. Ma nel mentre che la discussione era al massimo del suo interesse, una detonazione fortissima, come una revolverata, si fece sentire sotto alle finestre della casa, ben presto seguita dalle urla e dalle vociferazioni d'una folla spaurita. Il ministro D. si precipitò a una finestra, l'aprì e si sporse a guardare al basso. Nello stesso istante io filai diritto al portacarte, presi la lettera, l'intascai e la sostituii con un'altra, una sorta di facsimile - quanto all'apparenza esteriore - che avevo preparato con cura, a casa, contraffacendo la lettera D. del sigillo con un mollica di pane. Il tumulto nella strada era stato motivato dal capriccio inconsulto d'un individuo armato di fucile. Egli aveva scaricata la sua arma davanti a una folla di donne e di bimbi. Ma poiché essa era caricata soltanto a salve, quell'originale fu lasciato continuare il suo cammino, una volta riconosciuto per innocuo, e il suo gesto fu attribuito ad avere egli alzato il gomito. Quando fu partito, il ministro D. si ritirò dalla finestra dove io l'avevo immediatamente seguito dopo essermi assicurata la preziosa lettera. Pochi istanti appresso mi congedavo nuovamente. Il preteso pazzo della sparatoria era stato pagato da me per far quella parte».

«Ma qual è lo scopo», domandai io, «che vi ha indotto a sostituire la lettera con una sua contraffazione? Non sarebbe stato più semplice, fin dalla vostra prima visita, d'impadronirvi della lettera, senza altre precauzioni, e di filare?».

«Il ministro D.», replicò Dupin, «è capace di tutto, ed è un uomo dai nervi a posto. Inoltre dispone, nel suo stesso alloggio, checché ne dica il prefetto, di servi devotissimi. Se io avessi osato attuare lo stravagante tentativo cui avete accennato, non sarei uscito vivo dalla sua casa. I buoni parigini non avrebbero più sentito parlare di me. Ma, a parte queste considerazioni, avevo una mira particolare. Voi siete a parte delle mie simpatie politiche. In tale affare io ho la parte del partigiano della dama in questione. Sono diciotto mesi che il ministro la tiene in suo pugno. Ed essa è, per contro, ora a tener lui, dal momento che egli ignora che la lettera non è più a casa sua ed è sempre sulle mosse di ricattare. Egli, dunque, andrà incontro, da se stesso, alla sua rovina politica, e in un colpo solo. La sua caduta non sarà meno precipitosa che ridicola. Si parla con molta sicumera di un *facilis descensus Averni*, e nondimeno, in materia di scalate, si può ripetere ciò che Catalani diceva a proposito del canto: è più facile salire che discendere. Nel caso presente, io non ho veruna simpatia, inclinazione, o pietà, per colui che sta per discendere. Il ministro D. è il vero *monstrum orrendum*, un uomo di genio senza alcun principio. Vi confesso tuttavia che non mi dispiacerebbe affatto di conoscere l'esatta natura dei suoi pensieri, al momento in cui, sfidato da quella che il nostro prefetto chiama una certa persona, egli sarà costretto ad aprire la lettera che io ho lasciato, per lui, nel suo portacarte».

«Come? Gli ci avete messo, forse, qualcosa di particolare?».

«Ah, no! Mi sarebbe apparso affatto sconveniente lasciargli l'interno in bianco. Avrebbe avuta l'aria d'un insulto. Una volta, a Vienna, il ministro D. mi ha giocato un brutto tiro, ed io gli dissi, in quell'occasione, e in tono tutt'altro che di scherzo, che me ne sarei ricordato. Per modo che, prevedendo la sua curiosità relativa alla persona che l'ha gabbato, ho pensato che sarebbe stato un vero peccato di privarlo d'un qualunque indizio. Egli conosce benissimo la mia calligrafia, ed io ho copiato, proprio in mezzo alla candida pagina, questi versi:

...Un dessein si funeste
S'il n'est digne d'Atrèe, est digne de Thyeste.

Li troverete nell'*Atrée* di Crebillon».

IL GATTO NERO

Alla storia che mi accingo a mettere per iscritto, storia demenziale e tuttavia quanto mai domestica, non mi attendo né pretendo si dia credito. Pazzo sarei davvero ad aspettarmelo, in un caso in cui i miei stessi sensi respingono la loro propria testimonianza. E tuttavia, non sono pazzo e, certissimamente, non sto sognando. Ma domani muoio, e oggi vorrei sgravarmi l'anima. Mio proposito immediato è di porre davanti al mondo, in modo semplice e succinto, una serie di puri eventi familiari. Le conseguenze di tali eventi mi hanno atterrito, torturato, annientato. Ma non cercherò di spiegarli. Per me non sono stati altro che orrore; a molti sembreranno più baroques che terribili. Nel tempi a venire, forse, si troverà un intelletto capace di ridurre i miei fantasmi a luogo comune: qualche intelletto più calmo, più logico, e assai meno eccitabile del mio, che nelle circostanze da me descritte con terrore non vedrà nulla di più di un'ordinaria successione di cause ed effetti naturalissimi. Fin dall'infanzia, mi distingueva l'indole docile e umana. Avevo un cuore tenero, così tenero da fare di me lo zimbello dei miei compagni. Soprattutto prediligevo gli animali, e i miei genitori mi assecondavano donandomi in gran numero quelli che preferivo. Con questi trascorrevo la maggior parte del mio tempo, e mai ero così felice come quando li nutrivo e li vezzeggiavo. Crebbi, e con me crebbe questo tratto peculiare del mio carattere e, da adulto, divenne per me una delle principali fonti di piacere. A chi abbia provato affetto per un cane fedele e intelligente, non occorre certo che io stia a spiegare la natura o l'intensità delle intime gioie che ne derivano.

C'è qualcosa, nell'amore generoso e paziente di un animale, che va direttamente al cuore di colui che ha avuto frequente occasione di sperimentare la meschina amicizia e la tenue fedeltà - tenue come tela di ragno - di chi è solo un Uomo.

Mi sposai giovane, e fui felice di trovare in mia moglie una indole congeniale alla mia.

Osservando la mia predilezione per gli animali domestici, non perdeva occasione di procurarmi quelli delle specie più piacevoli. Avevamo uccelli, pesci dorati, un bellissimo cane, conigli, una scimmietta e un gatto.

Quest'ultimo era un animale eccezionalmente forte e bello, tutto nero, e straordinariamente sagace. Quando parlava della sua intelligenza, mia moglie, che in cuor suo era non poco imbevuta di superstizione, alludeva spesso all'antica credenza popolare che considerava tutti i gatti neri streghe travestite. Non che ne parlasse seriamente: se accenno alla cosa, è solo perché proprio ora mi è capitato di rammentarmene.

Pluto - era questo il nome del gatto - era il mio beniamino, il mio compagno di giochi. Io solo gli davo da mangiare, e in casa lui mi seguiva dovunque andassi, Anzi, a fatica riuscivo a impedirgli di accompagnarmi per la strada.

La nostra amicizia durò a questo modo per parecchi anni, durante i quali il mio temperamento, il mio carattere (arrossisco a confessarlo) avevano subìto, ad opera del demone dell'Intemperanza, un radicale peggioramento. Giorno dopo giorno divenni più lunatico, più irritabile, più indifferente ai sentimenti altrui. Mi lasciai andare al punto di usare con mia moglie un linguaggio brutale. Alla fine, arrivai anche a picchiarla. I miei animali, naturalmente, risentirono di questo mutamento d'umore. Non solo li trascurai, ma li maltrattai. Per Pluto, tuttavia, conservavo ancora quel tanto di riguardo che bastava a impedirmi di malmenarlo come, senza scrupolo alcuno, malmenavo i conigli, la scimmia o anche il cane, quando per caso o per affetto mi venivano tra i piedi. Ma la mia malattia mi divorava sempre più (e quale malattia è paragonabile all'alcool?), e alla fine anche Pluto, che si faceva vecchio e di conseguenza un po' fastidioso - anche Pluto cominciò a provare gli effetti del mio malumore.

Una notte, tornando a casa, ubriaco fradicio, da uno dei ritrovi che frequentavo in città, ebbi l'impressione che il gatto evitasse la mia presenza. Lo afferrai; e allora, impaurito dalla mia violenza, coi denti mi ferì lievemente alla mano. Subito la furia di un demone si impadronì di me.

Non mi conoscevo più. Sembrava che di colpo la mia anima originaria fosse fuggita via dal mio corpo; e una malignità più che diabolica, alimentata dal gin, eccitava ogni fibra del mio essere.

Trassi dal taschino del panciotto un temperino, lo aprii, afferrai la povera bestia per la gola, e deliberatamente con la lama le cavai un occhio dall'orbita! Arrossisco, brucio, rabbrividisco nello scrivere di quest'infame atrocità.

Quando, al mattino, ritornò la ragione - svaporati nel sonno i fumi dell'orgia notturna - provai un sentimento in parte d'orrore, in parte di rimorso per il delitto di cui m'ero reso colpevole; ma era tutt'al più un sentimento debole ed equivoco, e l'anima non ne fu toccata. Di nuovo mi diedi agli stravizi, e ben presto affogai nel vino ogni ricordo del mio atto.

Nel frattempo, il gatto lentamente guarì. L'orbita dell'occhio perduto era, è vero, spaventosa a vedersi, ma pareva che non ne soffrisse più. Girava per la casa come al solito ma, come ben mi potevo aspettare, fuggiva in preda al terrore ogniqualvolta mi avvicinavo. Tanto m'era rimasto ancora del mio vecchio cuore, che dapprincipio mi afflisse quell'evidente ripugnanza da parte di una creatura che una volta mi aveva tanto amato. Ma a questo sentimento subentrò ben presto l'irritazione. E poi, a mia definitiva e irrevocabile rovina, sopraggiunse lo spirito della PERVERSITÀ. Di tale spirito la filosofia non tiene conto. E tuttavia, così come sono certo che la mia anima vive, sono certo che la perversità è uno degli impulsi primitivi del cuore umano, una delle indivisibili facoltà primarie, o sentimenti, che danno un indirizzo al carattere dell'Uomo. Chi non si è sorpreso cento volte nell'atto di commettere un'azione spregevole o stolta per la sola ragione che sapeva di non doverla commettere? Non abbiamo forse, a dispetto del nostro miglior consiglio, una perpetua inclinazione a violare ciò che è Legge, solo perché la riconosciamo come tale? A mia definitiva rovina, ripeto, sopraggiunse questo spirito di perversità. Fu questa insondabile brama dell'anima di tormentare se stessa, di far violenza alla propria natura, di fare il male per puro amore del male, che mi spinse a continuare e infine a consumare l'offesa che avevo inflitto all'inoffensiva bestiola. Una mattina, a sangue freddo, le infilai un cappio al collo e la appesi al ramo d'un albero; l'impiccai con gli occhi colmi di lacrime e col più amaro rimorso nel cuore; l'impiccai perché sapevo che mi aveva amato, e perché sentivo che non mi aveva dato ragione alcuna per farle del male; l'impiccai perché sapevo che così facendo commettevo un peccato, un peccato mortale che avrebbe compromesso la mia anima immortale al punto da porla - se ciò fosse possibile - al di là della misericordia senza fine di un Dio infinitamente pietoso e terribile.

La notte che seguì il giorno in cui fu commesso quell'atto crudele, mi destò dal sonno il grido «Al fuoco!». Le cortine del mio letto erano in fiamme. Tutta la casa ardeva. Con grande difficoltà sfuggimmo all'incendio: mia moglie, un domestico, e io. La distruzione fu completa. Tutte le mie ricchezze terrene vennero divorate dal fuoco, e da allora mi abbandonai alla disperazione.

Non cerco di stabilire un rapporto di causa ed effetto tra il sinistro e l'atrocità: sono superiore a queste debolezze. Ma ora sto descrivendo una catena di eventi, e non voglio che nessun anello risulti imperfetto. All'indomani dell'incendio, ispezionai le rovine. Con una sola eccezione, i muri erano crollati. L'eccezione riguardava un muro divisorio, non molto spesso, che stava, più o meno, nel mezzo della casa, e contro il quale prima poggiava la testata del mio letto. Qui l'intonaco aveva resistito in gran parte all'azione del fuoco, giacché - a questo attribuii il fatto - era stato steso di recente. Intorno a questo muro si era raccolta una fitta folla, e molte persone sembravano esaminare una certa parte con minuziosa e viva attenzione. Le parole «strano!» «singolare!» e altre espressioni analoghe destarono la mia curiosità. Mi avvicinai e vidi, come scolpita a bassorilievo sulla superficie bianca, la figura di un gigantesco gatto. L'immagine era resa con stupefacente esattezza.

Intorno al collo dell'animale, c'era una corda.

Dapprima, al vedere questa apparizione - poiché non potevo considerarla che tale - estremo fu il mio stupore, e il mio terrore. Ma infine mi soccorse la riflessione. Il gatto, ricordavo, era stato impiccato in un giardino adiacente alla casa. All'allarme dell'incendio, il giardino era stato subito invaso dalla folla, e qualcuno doveva aver staccato l'animale dall'albero per gettarlo, attraverso una finestra aperta, in camera mia. Ciò, probabilmente, allo scopo di destarmi dal sonno. Il crollo degli altri muri aveva compresso la vittima della mia crudeltà dentro la sostanza dell'intonaco fresco; poi la calce e l'azione combinata delle fiamme e dell'ammoniaca della carogna avevano creato l'immagine così come ora la vedevo.

Sebbene in tal modo tranquillizzassi prontamente la mia ragione, se non proprio la mia coscienza, a proposito del fatto strabiliante testé descritto, esso non mancò di fare un'impressione profonda sulla mia fantasia. Per mesi e mesi non potei liberarmi dal fantasma del gatto; e in questo periodo si insinuò nuovamente nel mio spirito un vago sentimento che sembrava, ma non era, rimorso. Giunsi a rimpiangere la perdita dell'animale e a guardarmi intorno, nelle miserabili bettole che ora abitualmente frequentavo, in cerca di un altro gatto della medesima razza da tenere al posto dell'altro.

Una notte, mentre sedevo semistordito in un covo peggio che infame, la mia attenzione fu improvvisamente attratta da qualcosa di nero che stava in cima a una delle gigantesche botti di gin, o rum che fosse, che costituivano il principale arredamento del locale. Da qualche minuto fissavo il coperchio della botte, e ciò che ora mi sorprese fu di non aver notato prima quel qualcosa che vi stava sopra. Mi avvicinai e lo sfiorai con la mano. Era un gatto nero, un bel gatto grosso: grosso quasi come Pluto, e a lui somigliantissimo, tranne per un particolare. Su tutto il corpo, Pluto non aveva un solo pelo bianco; questo gatto, invece, aveva una larga, sebbene indefinita, chiazza bianca che gli copriva il petto quasi per intero.

Non appena lo toccai, si alzò, prese a farmi le fusa, mi si strofinò contro la mano, e parve tutto contento della mia attenzione. Era proprio questa, dunque, la creatura che andavo cercando.

Subito proposi al padrone del locale di acquistarlo; ma costui non ne rivendicò la proprietà - non ne sapeva nulla - non l'aveva mai visto prima di allora.

Continuavo ad accarezzarlo, e quando mi accinsi a rincasare, l'animale si mostrò desideroso di accompagnarmi. Acconsentii, e per la strada di tanto in tanto mi chinavo a fargli una carezza.

Una volta a casa, si ambientò immediatamente, e subito divenne il beniamino di mia moglie.

Per parte mia, ben presto sentii nascere dentro di me una viva antipatia nei suoi confronti.

Era proprio il contrario di quel che avevo previsto; ma - non so come e perché avvenisse - il suo evidente affetto per me non faceva che disturbarmi e irritarmi. A poco a poco questi sentimenti, disgusto e fastidio, crebbero fino a mutarsi nell'asprezza e nell'odio. Evitavo quell'animale; tuttavia un certo senso di vergogna e il ricordo del mio precedente atto di crudeltà mi impedivano di fargli del male. Per qualche settimana, non lo colpii né gli arrecai in altro modo violenza; ma gradualmente, insensibilmente, presi a guardarlo con inesprimibile ribrezzo e a rifuggirne in silenzio l'odiosa presenza, come un fiato di peste.

Ciò che senza dubbio contribuì ad accrescere la mia avversione per l'animale fu la scoperta, la mattina dopo che l'ebbi portato a casa, che, come a Pluto, anche a lui era stato cavato un occhio.

Tale circostanza, tuttavia, non fece che renderlo più caro a mia moglie, la quale, come ho già detto, possedeva in alto grado quell'umanità di sentimenti che era stata un tempo il mio tratto caratteristico e la fonte dei miei piaceri più semplici e puri.

Ma come cresceva la mia avversione per questo gatto, sembrava aumentare la sua predilezione per me. Seguiva i miei passi con un'insistenza che mi sarebbe difficile far comprendere al lettore. Ogniqualvolta mi sedevo, si accoccolava sotto alla mia seggiola o mi saltava sulle ginocchia, coprendomi delle sue repulsive carezze. Se mi alzavo per camminare, mi si metteva tra i piedi, e quasi mi faceva cadere; oppure, afferrandosi ai miei vestiti con le unghie lunghe e aguzze, mi si arrampicava in questo modo fino al petto. In questi momenti, sebbene avessi voglia di finirlo con un sol colpo, mi trattenevo dal farlo, in parte per il ricordo di quel mio primo delitto, ma soprattutto - voglio confessarlo, subito - per il mio assoluto terrore della bestia.

Non era proprio terrore del male fisico: e tuttavia non saprei come definirlo altrimenti. Quasi mi vergogno di ammettere - sì, anche in questa cella di criminale - che il terrore e l'orrore suscitati in me dall'animale erano stati esasperati da una delle più assurde chimere che sia dato immaginare.

Più di una volta mia moglie aveva richiamato la mia attenzione sull'aspetto della chiazza di peli bianchi di cui ho parlato, e che costituiva l'unica differenza visibile tra la strana bestia e l'altra che avevo ucciso. Il lettore ricorderà che questa chiazza, sebbene larga, era all'inizio del tutto indefinita.

Ma lentamente, così lentamente che per lungo tempo la mia ragione lottò contro quella che sembrava pura fantasia, aveva finito per assumere una rigorosa nitidezza di contorni. Era adesso l'immagine di un oggetto che rabbrividisco a nominare - e per questo soprattutto provavo ripugnanza e terrore, e avrei voluto sbarazzarmi di quel mostro se avessi osato - era adesso, dico, l'immagine di una cosa orrida, di una cosa sinistra: la FORCA! Oh, luttuosa e terribile macchina dell'orrore e del delitto, dell'agonia e della morte!

E adesso ero davvero disperato, al di là d'ogni possibile disperazione umana. E che un animale, un bruto, il cui simile avevo disprezzato e ucciso - che un animale, un bruto, infliggesse a me - a me, uomo fatto a immagine di Dio, così grande e intollerabile miseria! Ahimè! Né di giorno né di notte conobbi più la benedizione del riposo! Durante il giorno, l'animale non mi lasciava solo un istante; e durante la notte mi destavo di soprassalto, ogni ora, da sogni di indicibile paura, per trovare sulla mia faccia il fiato caldo della cosa e il suo peso immane - incubo incarnato che non avevo la forza di scuotermi di dosso, e sempre, sempre gravava sul mio cuore!

Sotto l'oppressione continua di tormenti come questi, l'esiguo residuo di bene che era in me finì col soccombere. Pensieri malvagi - i pensieri più tenebrosi e malvagi - divennero i miei soli, assidui compagni. Il mio abituale umor tetro si accentuò fino a mutarsi in odio di tutto e di tutta l'umanità; mentre dei subiti, frequenti e incontrollabili accessi di una furia alla quale ora ciecamente mi abbandonavo, mia moglie, che mai si lamentava, era, ahimè, la vittima più consueta e paziente.

Un giorno mi accompagnò, per qualche faccenda domestica, nella cantina del vecchio edificio che la povertà ci costringeva ad abitare. Il gatto mi seguì per i ripidi gradini e, avendomi quasi fatto cadere a testa ingiù, mi esasperò alla follia. Brandendo un'ascia, e dimenticando nella mia furia il puerile timore che fino a quel momento aveva frenato la mia mano, vibrai all'animale un colpo che, se fosse calato come volevo, gli sarebbe certo riuscito fatale. Ma il colpo fu arrestato dalla mano di mia moglie. Questo suo intervento scatenò in me una rabbia più che demoniaca: liberai il braccio dalla sua presa e le affondai l'ascia nel cervello. Cadde morta all'istante, senza un gemito.

Compiuto questo orrendo assassinio, subito, e in piena lucidità, mi disposi a occultare il cadavere. Sapevo di non poterlo trasportare fuori della casa, né di giorno né di notte, senza correre il rischio di essere osservato dai vicini. Presi in considerazione molti piani. A un certo punto, pensai di tagliare il cadavere in minuti frammenti e di distruggerli col fuoco. Poi decisi di scavargli una fossa nel pavimento della cantina. Poi, ancora, esaminai la possibilità di imballarlo in una cassa come fosse una merce qualsiasi, con le solite formalità, e di farlo portar via da un facchino. Infine, trovai un espediente che mi parve migliore di questi. Decisi di murarlo nella cantina, come si tramanda che nel medioevo i monaci murassero le loro vittime.

A tale scopo la cantina era quanto mai adatta. I muri erano poco compatti, e di recente erano stati ricoperti per intero di un ruvido intonaco che a causa dell'umidità dell'atmosfera non aveva potuto indurirsi. Inoltre, in uno dei muri c'era una sporgenza, dovuta a un falso camino o focolare, che era stata riempita così da non presentare differenze rispetto al resto della cantina. Non avevo dubbi di potere agevolmente rimuovere i mattoni in quel punto per poi introdurvi il cadavere e murare tutto come prima così che nessun occhio scoprisse alcunché di sospetto.

E in questo mio calcolo non mi sbagliai. Con una grossa leva di ferro spostai i mattoni con tutta facilità e, collocato con cura il corpo contro la parete interna, lo puntellai in quella posizione; poi, con poca fatica, rifeci l'ammattonato così come era prima. Mi procurai calcina, sabbia e setole e, usando ogni possibile precauzione, preparai un intonaco che non era possibile distinguere dal vecchio e lo stesi accuratamente sul muro nuovo. Quando ebbi finito, constatai soddisfatto che tutto era a posto. Non v'era segno nel muro che esso fosse stato manomesso. Con la massima cura rimossi da terra i calcinacci. Mi guardai attorno trionfante, e mi dissi: «Qui, almeno, non ho lavorato invano».

Il passo successivo fu di cercare la bestia che era stata la causa di tanta sciagura: poiché infine ero fermamente deciso a metterla a morte. Se mi fosse riuscito di trovarla allora, sul suo destino non avrebbero potuto esservi dubbi; ma, a quel che pareva, lo scaltro animale, allarmato dalla violenza della mia collera recente, si guardava bene dal mostrarmisi nell'umore in cui mi trovavo. È impossibile descrivere, o immaginare, la profonda, beata sensazione di sollievo che l'assenza dell'aborrito animale fece nascere in me. Non comparve durante la notte, e così, per una notte almeno da che m'era entrato in casa, dormii d'un sonno profondo e tranquillo; sì, dormii, pur col peso dell'assassinio sull'anima!

Passò il secondo giorno, il terzo, e ancora il mio tormentatore non si vedeva. Di nuovo respirai come un uomo libero. Il mostro, atterrito, era fuggito per sempre dalla mia casa! Non l'avrei veduto mai più! Ero al colmo della felicità! Ben poco mi turbava la colpa della mia azione delittuosa. V'erano state indagini, ma le mie pronte risposte le avevano sviate. Si era proceduto anche a una perquisizione, ma non si era scoperto nulla, naturalmente. Guardavo alla mia felicità futura come a una certezza assoluta.

Il quarto giorno dopo l'assassinio, del tutto inaspettatamente, si presentarono in casa mia alcuni agenti di polizia e procedettero a un nuovo, minuzioso esame dell'edificio. Ma, sicuro com'ero dell'irreperibilità del mio nascondiglio, non provai il minimo imbarazzo. Gli agenti mi ordinarono di accompagnarli nella perquisizione. Non lasciarono inesplorato nessun angolo, nessun recesso. Alla fine, per la terza o quarta volta, scesero in cantina. Non mi tremava un muscolo. Il cuore mi batteva calmo come quello di chi dorma un sonno innocente. Percorsi la cantina da un capo all'altro. Camminai avanti e indietro con fare disinvolto, le braccia conserte. Quelli della polizia erano pienamente soddisfatti e si disponevano ad andarsene. L'esultanza del mio cuore era troppo forte perché potessi frenarla. Smaniavo dalla voglia di dire una parola, una sola, in segno di trionfo, e rendere doppiamente certa la loro certezza della mia innocenza.

«Signori», dissi alla fine, mentre il gruppo risaliva le scale, «sono lieto di aver placato i vostri sospetti. Auguro a tutti voi buona salute, e un po' più di cortesia. Tra parentesi, signori miei, questa - questa è una casa molto ben costruita» (nella smania di parlare con disinvoltura, quasi non sapevo quel che mi usciva di bocca), «potrei anzi dire costruita in modo eccellente. Questi muri - ve ne andate, signori? - questi muri sono solidamente fabbricati»; e qui, da nient'altro spinto che dal desiderio frenetico di fare una bravata, picchiai forte con un bastone che tenevo in mano proprio su quella parte dell'ammattonato dietro al quale stava il cadavere della mia diletta sposa. Ma possa Dio proteggermi e salvarmi dalle zanne del Grande Nemico! Non appena l'eco dei miei colpi si smorzò nel silenzio, mi rispose una voce dall'interno della tomba! Un lamento, dapprima soffocato e rotto come un singhiozzo di un bimbo, e che in breve salì di tono, divenne un grido lungo, altissimo, ininterrotto, assolutamente innaturale, disumano: un ululato, uno strido lamentoso, metà d'orrore e metà di trionfo, quale avrebbe potuto levarsi solo dall'inferno, dalle gole dei dannati nelle loro torture, e insieme dalle gole dei demoni che esultano nella dannazione.

Dei miei pensieri è follia parlare. Mi sentii mancare, barcollai verso il muro opposto. Per un istante, gli uomini sulle scale restarono immobili: attoniti, atterriti. Un istante dopo, una dozzina di solide braccia lavoravano al muro. Cadde di schianto. Il cadavere, già putrefatto in gran parte e imbrattato di grumi di sangue, apparve, ritto in piedi, agli occhi degli spettatori. Sulla sua testa, la bocca rossa spalancata e l'unico occhio di fiamma, stava appollaiata la bestia orrenda, le cui arti mi avevano sedotto all'assassinio, e la cui voce accusatrice mi consegnava al boia. Avevo murato il mostro dentro la tomba!

COLLOQUIO DI MONOS E UNA

Μέλλουτα ταύτα
Queste cose sono in futuro vicino.

Sofocle, *Antigone*

Una: «Nato di nuovo?».

Monos: Sì, mia bellissima, mia adorata Una, «nato di nuovo». Tali erano le parole sul cui mistico significato avevo tanto a lungo meditato, rifiutando le spiegazioni dei sacerdoti, sinché alla fine la Morte stessa non mi rivelò il segreto.

Una: La Morte!

Monos: In che modo strano, mia dolce Una, fai eco alle mie parole! Osservo, anche, un vacillare nel tuo passo, una gioiosa irrequietezza nei tuoi occhi. Sei confusa, sopraffatta dalla maestosa novità della Vita Eterna. Sì, è della Morte che ho parlato. E qui, in quale modo singolare suona la parola che nei tempi andati soleva recar terrore a tutti i cuori e macchiare di nera ruggine la messe d'ogni nostro piacere!

Una: Ah, la Morte, spettro assiso a ogni nostro banchetto. Quanto spesso, Monos, ci smarrimmo in speculazioni sulla sua natura! In quale modo misterioso imponeva un freno all'umana letizia intimandole: «fin qui e non oltre!». E quel fervido, reciproco amore, o mio Monos, che ci ardeva in seno quanto vanamente ci lusingammo, sentendoci felici al suo nascere, che la sua forza avrebbe rafforzato la nostra felicità! Ahimè! Via via che cresceva, cresceva nei nostri cuori il terrore di quella mala ora che incalzava a separarci per sempre! In questo modo, col tempo, amare divenne dolore. L'odio sarebbe stato misericordia, allora.

Monos: Non parlare, qui, di quelle pene, mia diletta Una, ora mia per sempre!

Una: Ma la memoria del dolore passato - non è forse nostra gioia presente? Molto ho da dire ancora delle cose che sono state. Soprattutto, ardo dal desiderio di conoscere gli eventi del tuo viaggio attraverso la Valle oscura e l'Ombra.

Monos: E quando mai la radiosa Una interrogò invano il suo Monos? Ti dirò tutto, minutamente - ma in qual punto comincerà la storia arcana?

Una: In qual punto?

Monos: Tu l'hai detto.

Una: Ti intendo, Monos. Nella Morte entrambi abbiamo appreso la vocazione dell'uomo a definire l'indefinibile. Non dirò pertanto: inizia dal momento in cui la vita venne a cessare. No, inizia da quel triste, tristissimo istante in cui la febbre ti abbandonò, e tu sprofondasti in un torpore senza respiro, senza moto, ed io ti chiusi le palpebre pallide con le dita appassionate dell'amore.

Monos: Prima, o mia Una, lascia ch'io parli brevemente della condizione generale dell'uomo a quel tempo. Rammenterai che uno o due dei saggi fra i nostri progenitori - saggi veramente, anche se non tali nella stima del mondo - avevano osato mettere in dubbio la legittimità del termine «miglioramento», applicato al corso della nostra civiltà. Vi furono momenti, in ciascuno dei cinque o sei secoli che precedettero immediatamente la nostra dissoluzione, in cui sorsero intelletti vigorosi, che audacemente si batterono per quei principi la cui verità alla nostra ragione riscattata appare ora del tutto ovvia; princìpi che avrebbero dovuto apprendere alla nostra razza a sottomettersi alla guida delle leggi naturali, anziché tentarne il controllo. A lunghi intervalli apparivano menti sovrane che guardavano a ogni avanzamento nelle scienze come a un regresso in quella che era la loro vera utilità. Talora lo spirito poetico - quello spirito che, ora lo sappiamo, è da sempre fra tutti sublime - giacché le verità che avevano per noi più duratura importanza potevano essere conseguite solo mediante l'analogia che con voce inconfutabile parla alla sola immaginazione e per la nuda ragione non ha peso alcuno - talora, dicevo, questo spirito poetico sopravanzava il pensiero filosofico nel suo incerto procedere, e nella mistica parabola che narra dell'albero della conoscenza e del suo frutto proibito, apportatore di morte, scopriva, chiaro monito, che la conoscenza non si addiceva all'uomo, nella infantile condizione della sua anima. E questi uomini, i poeti, che vivono e periscono fra il dispregio degli «utilitaristi», rozzi pedanti, i quali si arrogano un titolo che propriamente spetterebbe solo ai dispregiati - questi uomini, i poeti, meditano con rimpianto ma non senza saggezza su quei giorni antichi in cui i nostri bisogni erano semplici quanto intensi i nostri diletti - giorni in cui la parola gaudio era sconosciuta, tanto solenne e profonda era la musica della felicità - giorni sacri, augusti e beati, quando azzurri fiumi scorrevano liberi dagli argini tra colline intatte, inoltrandosi nelle remote solitudini di foreste primeve, fragranti e inesplorate.

E tuttavia queste nobili eccezioni al malcostume generale non servirono, ad esso opponendosi, che a rafforzarlo. Ahimè! eravamo caduti nel più gramo dei nostri grami giorni. Il grande «movimento» - perché così era chiamato nel gergo d'allora - proseguiva: morbosa perturbazione dell'anima e del corpo. L'Arte, gli artefici, ascesero supremi e, una volta insediatisi sul trono, gettarono in catene l'intelletto che li aveva elevati al potere. L'uomo, non potendo non riconoscere la maestà della natura, s'abbandonò a puerile esultanza per l'acquisito e sempre crescente dominio sugli elementi. Proprio mentre incedeva, un Dio nella sua propria immaginazione, lo colse un'infantile fiacchezza di mente. Come l'origine del suo male ben lasciava supporre, fu preso dal contagio di sistemi e astrazioni. Si impelagò nelle generalizzazioni. Fra altre idee stravaganti, guadagnò terreno quella dell'uguaglianza universale: e a dispetto dell'analogia e di Dio - contro il chiaro monito delle leggi della gradazione che tanto visibilmente pervadevano ogni cosa sulla Terra e nel Cielo - si fecero demenziali tentativi di instaurare una Democrazia totale.

Eppure questo male non poteva non scaturire dal male primo: la Conoscenza. L'uomo non poteva conoscere e insieme sopravvivere. Sorsero frattanto enormi, fumiganti città, innumerevoli. Le foglie verdi avvizzirono al fiato delle fornaci. Il bel volto della Natura venne sfigurato come dalle devastazioni di un morbo ripugnante. E, mia dolce Una, io credo che forse il nostro senso, torpido di quanto è innaturale e forzato, poteva farci fermare qui. Ma è chiaro ormai che avevamo precipitato la nostra stessa distruzione pervertendo il nostro gusto, o piuttosto ciecamente trascurando di coltivarlo nelle scuole. Giacché, in verità, era in questa crisi che il gusto - la facoltà che, in quanto via media tra il puro intelletto e il senso morale, mai si può ignorare senza rischio - il gusto soltanto avrebbe potuto gradualmente riportarci alla Bellezza, alla Natura, alla Vita. Ahimè, puro spirito contemplativo e sublime intuizione di Platone! Ahi, quella *musica*, che egli, a ragione, considerava bastevole educazione dell'anima! L'uno e l'altra dimenticati o spregiati, proprio quando d'entrambi v'era più disperato bisogno!

Pascal, filosofo che tu ed io amiamo, ha detto, con quanta verità!, «*que tout notre raisonnement se réduit à céder au sentiment*»; e non è impossibile che il sentimento del naturale, se il tempo lo avesse consentito, avrebbe alla fine riconquistato il suo antico predominio sulla cruda ragione matematica delle scuole. Ma ciò non doveva essere. Precocemente sollecitata dagli eccessi della conoscenza, la vecchiaia del mondo s'appressava. La massa dell'umanità non se ne avvide o, vivendo una vita fatta di interessi voluttuari, eppure infelice, finse di non avvedersene. Quanto a me, la documentata storia della Terra mi aveva insegnato ad attendermi la più vasta rovina come prezzo della più alta civiltà. Avevo attinto il presentimento del nostro Fato paragonando la Cina, semplice e paziente, con l'Assiria degli architetti, l'Egitto degli astrologi, e la Nubia, d'essi più ingegnosa, turbolenta madre di tutti gli artefici. Nella storia di queste terre incontrai un raggio del Futuro. Le artificiose specializzazioni delle ultime tre nazioni erano malattie di quei particolari luoghi della Terra, e nella loro scomparsa avevamo veduto l'applicazione di rimedi puramente locali; ma per il mondo infetto, in ogni sua parte, non potevo vedere altra rigenerazione che la Morte. Perché l'uomo, in quanto razza, non si estinguesse, capivo che egli doveva «nascere di nuovo».

E fu allora, mia bellissima, mia carissima, che quotidianamente avvolgemmo i nostri spiriti nei sogni. Fu allora che, nel crepuscolo, discorremmo dei giorni a venire, quando la superficie della Terra, deturpata dall'artificio, dopo aver subito quella purificazione che sola poteva abolire le sue rettangolari oscenità, si sarebbe rivestita nuovamente di verzura e declivi montani e radiose acque di Paradiso, e sarebbe stata finalmente dimora adatta all'uomo: all'uomo mondato dalla morte - all'uomo per il cui intelletto ora sublimato la conoscenza non avrebbe più avuto veleni - all'uomo redento, rigenerato, beatificato e ormai immortale, ma pur sempre corporeo.

Una: Ben rammento, carissimo Monos, queste conversazioni; ma l'epoca della distruzione ad opera del fuoco non era così prossima come noi credevamo, e come la corruzione di cui parli ben ci autorizzava a credere. Gli Uomini vissero; e i singoli morivano. Anche tu ti ammalasti, e andasti alla tomba; e là prontamente ti seguì la tua fedele Una. E sebbene il secolo che da allora è trascorso e che, concludendosi, ancora una volta a questo modo ci congiunge, non abbia torturato d'impazienza per così lungo durare i nostri sensi assopiti, pure, mio Monos, fu sempre un secolo.

Monos: Di', piuttosto, un punto nel vago infinito. Indubbiamente, sono morto quando la terra era giunta allo stadio estremo della sua stolida vecchiezza. Il cuore esausto d'angoscia per lo sconvolgimento e il decadimento generale, soccombetti alla febbre divorante.

Dopo alcuni giorni di sofferenza, e molti di sogni deliranti, di estasi incontenibili, le cui manifestazioni tu scambiavi per sofferenza, mentre anelavo a disingannarti, e tuttavia non ne avevo la forza - dopo alcuni giorni mi colse, come hai detto, un torpore senza respiro, senza moto; e coloro che mi stavano attorno lo chiamarono Morte.

Le parole sono cose vaghe. Il mio stato non mi privava della sensibilità. Non mi sembrava gran che dissimile dall'estrema quiete di chi, dopo aver dormito a lungo, profondamente, immoto, prostrato dal sole meridiano, lentamente, sazio ormai di sonno e senza esser destato da alcuna molestia esterna, riemerge alla coscienza.

Non respiravo più. Le pulsazioni erano cessate. Il cuore non batteva più. La volizione, sebbene non del tutto scomparsa, era incapace di estrinsecarsi. I sensi erano insolitamente acuti, ma in modo bizzarro, e spesso l'uno assumeva le funzioni dell'altro, a caso. Gusto e odorato erano inestricabilmente mescolati, erano divenuti un unico sentimento, anomalo e intenso. L'acqua di rose di cui la tua tenerezza fino all'ultimo mi inumidì le labbra, suscitò in me soavi fantasie di fiori: fiori fantastici, assai più belli d'ogni fiore della vecchia Terra, i cui modelli vediamo sbocciare qui intorno a noi. Le palpebre, trasparenti ed esangui, non impedivano completamente la vista. Poiché la volizione era come sospesa, gli occhi non potevano roteare nelle orbite, ma tutti gli oggetti situati entro l'ambito del campo visivo si potevano scorgere - quale più, quale meno - distintamente; i raggi che colpivano la retina periferica o la cornea producevano un effetto più vivido di quelli che ne colpivano la parte frontale o superficie anteriore. Eppure, nel primo caso, l'effetto era a tal punto anomalo che potevo sentirlo solo come suono: suono soave o discorde a seconda che gli oggetti che mi si presentavano a lato fossero di colore chiaro o scuro, di contorni curvi o angolari. Nello stesso tempo l'udito, sebbene in qualche misura eccitato, non funzionava in modo irregolare: anzi, percepiva i suoni reali con strana precisione e sensibilità. Il tatto aveva subito una trasformazione più peculiare. Riceveva le impressioni con lentezza, ma le riteneva ostinatamente, producendo sempre il più alto piacere fisico. Così la pressione delle tue dolci dita sulle mie palpebre, dapprima riconosciuta solo grazie alla vista, alla fine, molto tempo dopo che dalle palpebre esse si erano staccate, colmò tutto quanto il mio essere di un incommensurabile diletto dei sensi. Ho detto diletto dei sensi. Tutte le mie percezioni erano puramente sensoriali. La materia che i sensi trasmettevano al cervello passivo non veniva in alcun modo elaborata, composta in forma dal mio morto intelletto.

Poco il dolore, molto il piacere; mai, comunque, dolore o piacere dello spirito. Così, i tuoi singhiozzi sfrenati fluivano con tutte le loro meste cadenze alle mie orecchie che ne gustavano ogni melanconica modulazione; ma erano dolci musiche, e null'altro; alla ragione estinta nulla suggerivano della sofferenza che le generava; mentre le grosse lacrime che ininterrottamente mi cadevano sul volto e che ai presenti dicevano di un cuore infranto facevano vibrare ogni fibra del mio corpo d'estasi soltanto. E quella era in verità la Morte, di cui i presenti parlavano con reverenza, in sommessi bisbigli - e tu, una dolcissima, anelante, con alte grida.

Mi vestirono per la bara - tre o quattro figure buie che senza posa mi svolavano attorno.

Quando attraversavano direttamente il mio campo visivo, mi si rivelavano come forme: ma quando passavano al mio fianco, le loro immagini evocavano in me l'idea di urla e gemiti e altre lugubri espressioni di terrore, di orrore, o di cordoglio. Tu sola, vestita della tua veste bianca, dovunque muovessi attorno a me, eri musica: sempre.

Smoriva il giorno; e, via via che la sua luce svaniva, si impadronì di me un senso di vago smarrimento - un'ansia, quale avverte il dormiente, quando i tristi orrori del reale ininterrottamente penetrano il suo orecchio: fiochi, remoti rintocchi di campane, solenni, a intervalli lunghi ma uguali, mescolati a sogni malinconici. Giunse la Notte; e, con le sue ombre, un greve sconforto.

M'opprimeva le membra con l'oppressione di un peso sordo; era palpabile. E v'era un suono lamentoso, come eco lontana di flutti, eppure più continuo e che, iniziando col primo crepuscolo, col buio si era fatto più forte. Lumi vennero portati nella stanza, improvvisamente, e subito quell'eco si interruppe in scoppi frequenti, ineguali, dello stesso suono, ma meno tetro e meno nitido. S'alleviò in gran misura il senso di ponderosa oppressione; e, scaturendo dalla fiamma di ciascuna lampada (poiché molte ve n'erano) fluì al mio orecchio, dolcissima, ininterrotta, l'onda di una monodia. E quando, mia diletta Una, accostandoti al letto su cui giacevo, soavemente sedesti al mio fianco, e premesti le tue labbra dolceodorose sulla mia fronte, tremante mi si levò in petto, mescolato alle sensazioni puramente fisiche suscitate dalle circostanze, qualcosa di affine al sentimento, qualcosa che in parte sentiva, in parte rispondeva al tuo profondo amore, al tuo dolore; ma tale sentimento non mise radici nel cuore inerte; e pareva invero più ombra che realtà e rapidamente si dissolse, dapprima in estrema quiete, e poi, come per l'innanzi, in mero piacere dei sensi.

E ora, dal naufragio e dal caos dei sensi consueti, parve che in me ne sorgesse un sesto, assolutamente perfetto. Nell'esercitarlo, provai un diletto strano, e pur sempre un piacere dei sensi, giacché in esso l'intelletto non aveva parte. Nella mia struttura animale era cessato ogni moto. Non un muscolo guizzava; non un nervo vibrava; non pulsava un'arteria. Ma dentro il cervello pareva fosse scaturito ciò di cui nessuna parola potrebbe dare una sia pur vaga idea a un intelletto meramente umano: la definirò una pendolare pulsazione mentale.

Era il concretizzarsi, dentro la mente, dell'idea astratta che l'uomo ha del Tempo. Sulla compensazione perfetta di quel movimento - o di altro ad esso simile - erano state regolate le orbite dei globi celesti. Grazie ad esso misurai le inesattezze della pendola sopra il caminetto e degli orologi degli assistenti. Il loro ticchettio mi giungeva sonoro alle orecchie. La menoma deviazione - e tali deviazioni erano continue - mi feriva così come, sulla terra, le violazioni di una verità astratta sogliono ferire il senso morale. Sebbene non uno degli orologi che erano nella stanza scandisse i secondi esattamente e insieme, non avevo difficoltà a tenere a mente i suoni e i rispettivi, minimi scarti di ciascuno. E questo - questo senso della durata, acuto, autonomo e perfetto - questo senso che esisteva (come l'uomo mai avrebbe potuto concepire) indipendentemente da ogni successione di eventi - questa idea - questo sesto senso che scaturiva dalle ceneri degli altri, fu il primo passo evidente, decisivo dell'anima atemporale sulla soglia della Eternità temporale.

Era mezzanotte, e tu sedevi ancora al mio fianco. Tutti gli altri avevano abbandonato la camera della morte. Mi avevano deposto nella bara. Tremule ardevano le lampade: me ne accorgevo dal vibrato che interrompeva il fluire uguale dei suoni. Ma improvvisamente i suoni diminuirono di nettezza e volume. Infine cessarono. Svanì nelle mie narici il profumo. Le forme si dileguarono alla mia vista. L'oppressione della Tenebra si levò dal mio petto. Mi corse per tutto il corpo una scossa come di elettricità, sorda, opaca, seguita dalla perdita totale dell'idea di contatto. Tutto ciò che l'uomo definisce senso si dissolse nella sola consapevolezza dell'essere in quell'unico, permanente sentimento di durata. Il corpo mortale era stato alla fine colpito dalla mano del disfacimento di morte.

E tuttavia la sensibilità non era completamente scomparsa; una letargica intuizione permetteva alla coscienza e al sentimento residui di adempiere ancora ad alcune delle loro funzioni.

Percepivo ora lo spaventevole mutamento che si andava operando nella mia carne, e, come colui che sogna è talora consapevole della presenza corporea di qualcuno che si china su di lui, così, dolce Una, sentivo, ancora sordamente, che tu sedevi al mio fianco. E così, quando venne il mezzodì del secondo giorno, non fui inconsapevole dei gesti che ti staccarono da me, che mi imprigionarono nella bara, che mi deposero nel feretro, che mi trasportarono alla tomba, che in essa mi calarono, che greve ammassarono la terra smossa sopra di me, e che così mi abbandonarono nel buio e nella putredine al mio triste e solenne sonno in compagnia del verme.

E lì, nel carcere che pochi segreti ha da svelare, trascorse l'onda dei giorni e delle settimane e dei mesi; e l'anima scrutava intenta ciascun secondo che s'involava, e senza sforzo registrava quel suo volo: senza sforzo e senza scopo.

Passò un anno. La consapevolezza di essere si era fatta d'ora in ora più indistinta e il suo posto era stato in gran parte usurpato da quella dello spazio. L'idea di entità si dissolveva in quella di luogo. Lo spazio angusto che circondava quel che era stato il corpo stava ora diventando il corpo stesso. Alla fine, come spesso accade a chi dorme (poiché il sonno soltanto, e il suo mondo, è immagine della Morte) - alla fine, come spesso accadeva sulla Terra a chi, immerso in un sonno profondo, trasaliva, a metà destandosi, al guizzare d'una luce, eppure restava a metà avvolto nei sogni, - così a me, stretto nell'abbraccio dell'Ombra, venne quella luce che sola avrebbe potuto scuotermi: la luce dell'Amore eterno. Uomini faticavano alla tomba in cui io giacevo, buio nel buio.

Smossero la terra umida. Sulle mie ossa infradicite discese la bara di Una.

E di nuovo fu il vuoto. Quella luce nebulosa si era spenta. Quel tenue brivido aveva vibrato, si era placato. Molti lustri si susseguirono. La polvere era tornata alla polvere. Il verme non aveva più cibo. Ogni senso dell'essere era alfine completamente sparito, e in vece sua - in vece di tutte le cose - regnavano - assoluti, perpetui - gli autocrati *Spazio* e *Tempo*. Per ciò che non era - per ciò che non aveva forma - per ciò che non aveva pensiero - per ciò che non aveva sensibilità - per ciò che era senz'anima e di cui tuttavia la materia non era parte - per tutto questo niente, e tutta questa immortalità, la tomba era una casa, ancora e sempre, e le ore che tutto corrodono amiche e sodali.

UNA DISCESA NEL MAELSTRÖM

Le vie di Dio nella Natura, e così
nella Provvidenza, non sono come le nostre;
né i modelli che noi ce ne foggiamo sono in
alcun modo commensurabili alla vastità,
altezza, e imperscrutabilità delle Sue opere,
che hanno in sé una profondità ben più grande
di quella del pozzo di Democrito.

Joseph Glanvill

Avevamo raggiunto la sommità della rupe più alta. Per qualche minuto il vecchio parve troppo esausto per parlare.

«Non molto tempo fa», disse infine, «avrei potuto farvi da guida per questa via, non meno bene del più giovane dei miei figli; ma circa tre anni or sono mi è accaduto qualcosa che mai prima accadde ad essere mortale - o almeno che mai nessuno sopravvisse a raccontare - e quelle sei ore di micidiale terrore che allora sopportai mi hanno fatto a pezzi, corpo e anima. Voi mi credete vecchio, molto vecchio; ma non è così. È bastato meno di un giorno per mutare in bianco il nero lucente dei miei capelli, e fiaccarmi le membra, e sfibrarmi i nervi, così che il minimo sforzo mi fa tremare e un'ombra mi spaventa. Sapete che quasi non posso guardar giù da questa piccola balza senza essere preso dalle vertigini?».

La «piccola balza», sul cui orlo si era disteso a riposare con tanta noncuranza che la parte più pesante del corpo ne sporgeva, e solo lo tratteneva dal cadere la presa del gomito contro lo spigolo scivoloso - quella «piccola balza», una parete di lucida roccia nera, liscia, scoscesa, che si levava a millecinquecento, milleseicento piedi sulla distesa di macigni sottostanti. Nulla mi avrebbe indotto ad avventurarmi a sei yarde dall'orlo. In verità, ero così impressionato dalla posizione temeraria del mio compagno, che mi lasciai cadere a terra lungo disteso afferrandomi agli arbusti più vicini, senza neppure osare di alzare lo sguardo verso il cielo, mentre invano lottavo per liberarmi dall'idea che la furia del vento scuotesse le stesse fondamenta della montagna. Passò molto tempo prima che la ragione mi ispirasse sufficiente coraggio per mettermi a sedere e lasciare che l'occhio spaziasse lontano.

«Dovete vincere queste fisime», disse la guida, «giacché vi ho condotto qui, perché possiate dominare nel miglior modo possibile la scena stessa del fatto di cui vi parlavo - e per raccontarvi tutta la storia, mentre il punto in cui esso si svolse è sotto i vostri occhi».

«Siamo ora», continuò con quell'insistenza sui particolari che gli era propria, «siamo ora vicinissimi alla costa norvegese, a sessantotto gradi di latitudine nord, nella grande provincia di Norland, nello squallido distretto di Lofoden. La montagna in vetta alla quale ci troviamo è Helseggen, la Nuvolosa. Ora sollevatevi un poco - tenetevi all'erba se vi dà il capogiro - ecco, così - e guardate il mare aperto, oltre la fascia di nebbia sotto di noi».

Guardai, in preda alla vertigine, e scorsi una vasta distesa d'oceano, le cui acque erano di così scuro colore, nero d'inchiostro, da richiamarmi subito alla mente la descrizione che il geografo nubiano fece del *Mare Tenebrarum*. Paesaggio più squallidamente desolato l'immaginazione umana non può concepire. A destra e a sinistra, fin dove giungeva l'occhio, si allungavano, baluardi del mondo, le linee di una scogliera strapiombante, orridamente nera, e a quel suo negrore dava ancor più violento risalto lo spumeggiare dei marosi che vi si levavano contro in candenti creste spettrali, ininterrottamente mugghiando e ululando. Proprio di fronte al promontorio sulla punta del quale ci trovavamo, cinque o sei miglia al largo, si scorgeva un isolotto deserto; o meglio, si riusciva a individuarne la posizione attraverso il tumulto dei frangenti che l'avvolgevano. Più vicino, a circa due miglia dalla terraferma, sorgeva un altro isolotto, più piccolo, di nude rocce scoscese, circondato da gruppi di neri scogli, isolati. L'aspetto dell'oceano, nello spazio tra l'isola più distante e la costa, aveva qualcosa di singolare. Sebbene in quel momento soffiasse verso terra un vento così forte che in lontananza un brigantino stava alla cappa con la vela con due mani di terzaroli, sicché lo scafo spariva continuamente alla vista, non c'era una costante onda lunga, ma solo un breve, rapido, furibondo incrociarsi di onde che venivano sia dalla stessa direzione del vento che da altre direzioni. Pochissima la spuma, tranne che nelle immediate vicinanze degli scogli.

«L'isola più lontana», riprese il vecchio, «i norvegesi la chiamano Vurrgh. Quella a metà strada è Moskoe. Quella un miglio a nord è Ambaaren. Laggiù sono Islensen, Hoeyholm, Kieldholm, Suarven e Buckholm. Più lontano, tra Moskoe e Vurrgh, ci sono Otterholm, Flimen, Sandflesen, e Skarholm. Tali sono i veri nomi di questi luoghi, ma perché si sia ritenuto necessario dargli un nome è più di quanto voi ed io possiamo capire. Udite qualcosa? Vedete qualche cambiamento nell'acqua?».

Eravamo ormai da una decina di minuti in cima all'Helseggen, su cui eravamo saliti dall'interno del distretto di Lofoden, così che non avevamo potuto scorgere il mare finché, giunti in vetta, improvvisamente ci si spalancò dinnanzi. Mentre il vecchio parlava, avvertii un suono forte e via via crescente, come il mugghiare di una sterminata mandria di bufali in una prateria americana; e contemporaneamente notai che quella che i marinai chiamano maretta andava rapidamente mutandosi, nell'oceano sottostante, in una corrente che puntava a est. Proprio mentre guardavo, questa corrente acquistò una velocità mostruosa. Ogni istante ne accresceva la rapidità, l'impeto sfrenato. Entro cinque minuti tutto il mare fino a Vurrgh venne sferzato in incontenibile furia; ma era soprattutto tra Moskoe e la costa che si scatenava il tumulto. Qui il vasto letto delle acque, solcato e lacerato in mille bracci contrastanti, esplose d'un tratto in una frenetica convulsione - sollevandosi, ribollendo, sibilando - ruotando in giganteschi, innumerevoli vortici, turbinando e scagliandosi verso est con una velocità che l'acqua mai raggiunge altrove se non giù per precipiti balze.

Pochi minuti, e la scena subì ancora un'alterazione radicale. L'intera superficie divenne in certo modo più liscia, e ad uno ad uno scomparvero i vortici, mentre enormi cordoni di schiuma apparivano là dove prima non se n'era veduta alcuna. Infine queste schiume si estesero fino a grande distanza e, mescolandosi, assunsero il moto rotatorio dei vortici che si erano placati e parvero formarne in germe un altro, più vasto. A un tratto - tutt'a un tratto - esso si materializzò: nitido, definito, un cerchio del diametro di più di mezzo miglio. L'orlo del vortice era segnato da una larga fascia di spume balenanti; ma di esse non una bolla scivolava giù per la bocca del terribile imbuto, il cui interno, fin dove l'occhio giungeva a sondarlo, era un muro d'acqua liscio, lucido, nerissimo, inclinato sull'orizzonte ad un angolo di circa quarantacinque gradi, che roteava a velocità vertiginosa con moto discontinuo e tumultuoso e che levava ai venti un'orrenda voce, ululo e ruggito, quale neppure le possenti cascate del Niagara nel loro spasimo lanciano verso il cielo.

La montagna tremava fino alle radici, la roccia oscillava. In preda a un'agitazione incontrollabile, mi gettai bocconi, aggrappandomi agli stenti ciuffi d'erba.

«Questo», dissi infine al vecchio, «questo non può essere che il grande vortice del Maelström».

«Così lo chiamano a volte», disse lui. «Noi norvegesi lo chiamiamo Moskoe-ström, dall'isola di Moskoe, che si trova a mezza strada».

Le note descrizioni di questo vortice non mi avevano affatto preparato a ciò che vidi. Quella di Jonas Ramus, che è forse la più circostanziata di tutte, non può dare la più vaga idea della magnificenza o dell'orrore della scena, o del selvaggio, sconvolgente senso di mai veduto che confonde lo spettatore. Non so con certezza da quale punto di vista lo osservasse lo scrittore in questione; ma sicuramente non poté essere né dalla cima dell'Helseggen, né durante una tempesta.

Nella sua descrizione, tuttavia, vi sono passi che val la pena di citare per i loro particolari, anche se il loro effetto cumulativo è del tutto inadeguato a dare una qualche impressione dello spettacolo.

«Tra Lofoden e Moskoe», egli dice, «l'acqua è fonda da trentasei a quaranta tese; ma sull'altro lato, verso Ver (Vurrgh), la profondità diminuisce al punto che un bastimento non vi potrebbe passare senza correre il rischio di infrangersi contro gli scogli, cosa che avviene anche col tempo più calmo. Quando è in flusso, la corrente si avventa nel tratto tra Lofoden e Moskoe con impeto tumultuoso; ma il rombo del suo tempestoso riflusso forse non è uguagliato da quello delle cascate più fragorose e spaventevoli; poiché il rumore si ode a parecchie leghe di distanza, e i vortici sono di tale ampiezza e profondità che se una nave entra nel loro campo d'attrazione viene inevitabilmente risucchiata e trascinata sul fondo, e lì fracassata contro le rocce; e quando le acque si placano, ne vengono ributtati a galla i frammenti. Ma questi intervalli di tregua si hanno solo tra flusso e riflusso, con tempo calmo, e durano non più di un quarto d'ora, dopo di che a poco a poco le acque riprendono la primitiva violenza. Quando la corrente è più tumultuosa e una tempesta ne accresce il furore, è pericoloso accostarvisi anche di un miglio norvegese. Barche, battelli e navi ne sono stati travolti per non essersene guardati prima di trovarsi nel suo campo d'attrazione. Così pure accade spesso che le balene si avvicinino troppo alla corrente e vengano sopraffatte dalla sua violenza; e allora è impossibile descrivere le loro urla e i muggiti, mentre vanamente si sforzano di sottrarsi. Una volta un orso, che tentava di passare a nuoto da Lofoden a Moskoe, venne afferrato dalla corrente e trascinato a fondo, e ruggiva così terribilmente che lo si poteva udire fino a riva.

Grandi cataste di pini e di abeti, risucchiati dalla corrente, ne riemergono coi tronchi smembrati e scheggiati tanto da sembrare irti di setole. Ciò dimostra chiaramente che il fondo è fatto di spuntoni di roccia tra i quali il legname rotola e cozza. La corrente è regolata dal flusso e riflusso del mare, e ogni sei ore, invariabilmente, si alternano alta e bassa marea. Nell'anno 1645, all'alba della domenica di Sessagesima, infuriò con tale impeto e fragore che perfino le pietre delle case sulla costa caddero al suolo».

Quanto alla profondità dell'acqua, non capivo come si fosse potuto misurarla nelle immediate vicinanze del vortice. Le «quaranta tese» devono riferirsi solo a parti del tratto di mare vicino alla riva di Moskoe o Lofoden. Nel centro del Moskoeström la profondità deve essere incommensurabilmente più grande; e di ciò non occorre miglior prova dello sguardo obliquo che, dalla più alta rupe dell'Helseggen, si riesce a gettare nell'abisso del gorgo. Guardando da questa cima il rombante Flegetonte, laggiù in basso, non potei non sorridere dell'ingenuità con cui il buon Jonas Ramus registra, come cosa difficile a credersi, gli aneddoti d'orsi e di balene, poiché in verità mi appariva evidentissimo che i più grandi bastimenti del mondo, una volta entrati nel raggio di quel mortale risucchio, avrebbero potuto resistergli quanto una piuma a un uragano, e sarebbero andati a fondo, di colpo e senza scampo.

I tentativi per spiegare il fenomeno - alcuni dei quali, ricordo, alla lettura mi sembravano abbastanza plausibili - assumevano ora un aspetto assai diverso e insoddisfacente. L'interpretazione generalmente accettata è che questo, come i tre vortici minori fra le isole Faerøer, «non hanno altra causa se non l'urto delle onde che al flusso e al riflusso si alzano e ricadono contro la cresta di banchi e barriere di scogli affioranti, che argina l'acqua facendola precipitare come una cateratta; e così più s'alza la marea, più profonda è la caduta, e il risultato naturale è un gorgo o vortice, il cui portentoso risucchio è attestato a sufficienza da più ridotti esperimenti». Sono, queste, le parole dell'Enciclopedia Britannica. Kircher e altri immaginano che nel centro del braccio di mare del Maelström si trovi un abisso che penetra nel globo e ne fuoriesce in qualche parte remota: qualcuno fa esplicitamente il nome del Golfo di Botnia. E fu a questa congettura, di per sé oziosa, che, mentre guardavo, la mia immaginazione assentì più prontamente; ne accennai alla mia guida, e fui non poco sorpreso di sentirgli dire che, sebbene quella fosse la convinzione quasi universalmente accolta dai norvegesi, non era però la sua. Quanto alla prima interpretazione, confessò che non riusciva a capirla; e qui mi dissi d'accordo con lui, perché, se sulla carta essa appare convincente, diviene del tutto incomprensibile, per non dire assurda, di fronte al fragore dell'abisso.

«Adesso il vortice l'avete visto bene», disse il vecchio, «e se volete spostarvi piano piano e girare intorno a questo masso in modo da mettervi al riparo dal vento e smorzare il rombo delle acque, vi racconterò una storia che vi convincerà che del Moskoe-ström io dovrei ben saperne qualcosa».

Andai a mettermi dove aveva indicato, e riprese a parlare.

«Io e i miei due fratelli eravamo una volta proprietari di un'imbarcazione con alberatura da goletta, settanta tonnellate di stazza, con la quale avevamo l'abitudine di andare a pescare tra le isole oltre Moskoe, fin quasi a Vurrgh. In mare, in tutti i gorghi violenti, c'è buona pesca al momento giusto, se uno ha il coraggio di tentare; ma di tutti i rivieraschi delle Lofodenti noi tre eravamo i soli che, come vi ho detto, si spingessero fino alle isole. I banchi di pesca abituali si trovano molto più a sud. Lì il pesce lo si può prendere a tutte le ore senza gran rischio, e quindi quei posti sono i preferiti. Ma i punti migliori qui tra gli scogli non solo offrono le varietà più fini, ma anche in ben maggiore abbondanza; così che spesso in un solo giorno noi prendevamo quanto gli altri del mestiere, più timidi di noi, riuscivano faticosamente a mettere insieme in una settimana. In verità, ne facemmo una specie di speculazione disperata: il rischio della vita invece della lunga fatica, e il coraggio come capitale.

Tenevamo il peschereccio in un'insenatura cinque miglia più su di qui; e col bel tempo era nostra abitudine approfittare dei cinque minuti di calma per spingerci attraverso il braccio principale del Moskoe-ström, molto più su del gorgo, e poi gettare l'ancora da qualche parte presso Otterholm, o Sandflesen, dove i vortici sono meno violenti che altrove. Qui poi rimanevamo, pressappoco fino all'ora in cui la marea ricominciava a decrescere: allora levavamo le ancore e ce ne tornavamo a casa. Non partivamo mai per questa spedizione senza un costante vento di fianco, tanto all'andata che al ritorno - un vento di cui potevamo essere sicuri fino al rientro - e di rado commettevamo in proposito errori di calcolo. Due volte in sei anni fummo costretti a rimanere alla fonda tutta una notte a causa di una gran bonaccia, che da queste parti è una cosa davvero rara; e una volta ci toccò restare sui banchi di pesca per quasi una settimana, mezzi morti di fame, per una bufera che si scatenò subito dopo il nostro arrivo e sconvolse a tal punto il braccio di mare da rendere inconcepibile la traversata. In quell'occasione saremmo stati comunque spinti al largo (poiché i mulinelli ci facevano girare e rigirare con tanta violenza che alla fine l'ancora si imbrogliò, e dovemmo trascinarcela appresso), se non fosse stato che, capitati in una delle innumerevoli correnti trasverse che oggi ci sono e domani no, fummo sospinti al riparo, verso Flimen, dove per fortuna potemmo ancorarci.

Non saprei dirvi la ventesima parte delle difficoltà che incontravamo sui banchi di pesca - gran brutto posto per trovarcisi, anche col tempo buono - ma riuscimmo sempre a sfidare il Moskoeström senza incidenti; sebbene a volte mi sentissi il cuore in gola, quando ci accadeva di essere in anticipo o in ritardo di un minuto sul momento di stanca. Talora il vento non era così forte come pensavamo alla partenza, e allora facevamo meno strada di quanto avremmo desiderato, mentre la corrente rendeva il peschereccio ingovernabile. Il maggiore dei miei fratelli aveva un figlio di diciotto anni, e io due bei ragazzoni. Sarebbero stati di grande aiuto in quei casi, coi remi lunghi, e anche dopo, nella pesca; ma, sebbene noi affrontassimo il rischio, non avevamo cuore di esporre quei giovani al pericolo, poiché era davvero un pericolo orribile: così stavano le cose.

Fra pochi giorni saranno tre anni da quando avvenne ciò che sto per raccontarvi. Era il 10 luglio del 18..., un giorno che la gente di queste parti non dimenticherà mai, perché allora infuriò il più tremendo uragano che mai si scatenasse dai cieli. Eppure per l'intera mattinata, e anzi fino a pomeriggio inoltrato, ci fu una brezza leggera e costante da sud-ovest, e il sole splendeva, così che il più vecchio tra noi uomini di mare non avrebbe potuto prevedere quel che doveva seguire.

Noi tre - i miei due fratelli ed io - avevamo attraversato il braccio di mare giungendo alle isole verso le due pomeridiane, e in breve facemmo quasi carico completo: pesce fino e, come notammo tutti, più abbondante che mai per il passato. Erano le sette in punto secondo il mio orologio, quando levammo le ancore e prendemmo la via del ritorno, così da affrontare il tratto peggiore dello Ström in fase di acqua calma; il che, sapevamo, sarebbe avvenuto alle otto.

Partimmo con un buon vento di tribordo, e per qualche tempo filammo a tutta velocità, senza mai sognarci di potere incontrare pericoli, giacché veramente non vedevamo nessuna ragione di temerne. D'improvviso ci sorprese una brezza che tirava dalla parte dell'Helseggen. La cosa era veramente insolita - non ci era mai accaduta prima - e cominciai a sentirmi un po' inquieto, senza sapere esattamente perché. Mettemmo il battello controvento, ma per via dei mulinelli ci era impossibile procedere, e io stavo per proporre di tornarcene all'ancoraggio, quando, da poppa, vedemmo l'orizzonte tutto coperto da una singolare nube color rame, che si levava a velocità incredibile.

Frattanto la brezza che ci aveva sconcertati cadde, e ci trovammo in piena bonaccia, con le correnti che da tutte le parti ci spingevano alla deriva. Quella situazione, comunque, non durò tanto da darci il tempo di riflettere. In meno di un minuto, la tempesta fu su di noi; in meno di due, il cielo fu tutto coperto, e tra questo e i violenti spruzzi di schiuma, si fece di colpo così buio che a bordo non riuscivamo più a vederci l'un l'altro.

È follia tentare di descrivere un uragano come quello che allora ci investì. Il più vecchio marinaio di Norvegia non ha mai sperimentato niente di simile. Avevamo ammainato le vele giusto prima che ci fosse addosso; alla prima raffica entrambi gli alberi finirono fuori bordo, come fossero stati segati, e quello di maestra si portò con sé il più giovane dei miei fratelli, che vi si era legato per maggior sicurezza.

Era una gran barca, la nostra: una piuma, quanto di più leggero avesse mai preso il mare.

Aveva il ponte tutto liscio a livello, con solo un piccolo boccaporto verso prua, e questo boccaporto lo chiudevamo sempre ermeticamente quando stavamo per attraversare lo Ström, come precauzione contro la maretta. Non fosse stato per questa circostanza, saremmo andati subito a fondo, poiché per qualche istante rimanemmo sepolti nell'acqua. Come mio fratello, il maggiore, riuscisse a sfuggire alla morte, non saprei dirlo, perché mai ebbi modo di appurarlo. Per parte mia, non appena mollata la vela di trinchetto, mi buttai lungo disteso sul ponte, coi piedi contro lo stretto parapetto di prua e stringendomi con le mani a un cavicchio ad anello al piede dell'albero di trinchetto. Fu l'istinto, nient'altro, che mi spinse a far ciò - ed era indubbiamente la cosa migliore che potessi fare - perché ero troppo stravolto per pensare.

Per qualche istante rimanemmo sepolti nell'acqua, come dicevo, e per tutto il tempo io trattenni il fiato, senza mollare il cavicchio. Quando non ce la feci più, mi alzai sulle ginocchia, sempre tenendo la presa con tutt'e due le mani, e così sollevai la testa fuori dell'acqua. Subito dopo, la nostra piccola imbarcazione diede uno scrollone, proprio come fa un cane che esca dall'acqua, e così si liberò in parte dai marosi. Stavo ora cercando di uscire dallo stordimento che mi aveva preso, e di raccogliere le idee per vedere il da farsi, quando mi sentii afferrare il braccio. Era il fratello maggiore, e il cuore mi balzò di gioia, perché ero convinto che fosse finito in mare; ma un attimo dopo tutta questa gioia si mutò in orrore, perché lui mi accostò la bocca all'orecchio, e urlò la parola *Moskoe-ström!*».

«Nessuno saprà mai quel che provai in quel momento. Tremavo dalla testa ai piedi, come in preda al più violento accesso di terzana. Sapevo anche troppo bene che cosa intendesse con quell'unica parola - che cosa volesse farmi capire. Col vento che adesso ci spingeva, eravamo diretti verso il gorgo dello Ström, e nulla poteva salvarci!

«Vedete, quando attraversavamo il canale dello Ström, ci tenevamo sempre molto più su del gorgo, anche col tempo più calmo, e poi dovevamo aspettare e vigilare, pronti a cogliere il momento di stanca; ma adesso andavamo diritti verso l'abisso, e in un uragano come quello!»

«Certo», pensai, «arriveremo là proprio al momento di stanca: qualche piccola speranza c'è». Ma un attimo dopo mi maledissi per essere stato tanto sciocco da sognare una qualche speranza. Sapevo benissimo che eravamo condannati, anche se la nostra barca fosse stata dieci volte più grande di una nave da novanta cannoni.

«Intanto la prima furia della tempesta si era esaurita, o forse non la sentivamo tanto, data la velocità con cui navigavamo sospinti dalle raffiche, ma in ogni caso le acque, che prima erano state come premute dal vento e si stendevano piatte e schiumanti, si levavano adesso in vere montagne.

Anche nei cieli era sopravvenuto un singolare mutamento. Tutt'intorno, in ogni direzione, era ancora un buio di pece, ma quasi sopra di noi s'aprì di colpo uno squarcio circolare di sereno - sereno come non vidi mai - e d'un azzurro fondo, luminoso: e attraverso quello squarcio splendeva la luna piena con un fulgore che non le conoscevo. Illuminava ogni cosa attorno a noi con la massima nitidezza - ma, Dio mio, quale spettacolo illuminava!

Una, due volte tentai di parlare a mio fratello ma, non capivo come e perché, il fragore era talmente aumentato che non riuscii a fargli intendere una sola parola, sebbene gli urlassi all'orecchio con quanta voce avevo. Un attimo, e scosse il capo, pallido come un morto, e levò un dito come dire: *ascolta!*.

Dapprima non capii cosa volesse dire, ma ben presto mi balenò un pensiero orribile. Trassi dal taschino l'orologio. Era fermo. Alla luce della luna guardai il quadrante, poi scoppiai in lacrime e lo scagliai nell'oceano. Si era fermato alle sette! Eravamo in ritardo sul momento di stanca, e il vortice dello Ström era al massimo della sua furia!

Quando una barca è ben costruita, attrezzata come si deve e non sovraccarica, con un forte vento in poppa, le onde sembrano scivolarle via di sotto, cosa che può parere ben strana a un uomo di terraferma; noi, gente di mare, lo chiamiamo nel nostro gergo *cavalcare le onde*.

Bene, finora avevamo *cavalcato* i flutti del tutto agevolmente, ma ecco che un'ondata gigantesca ci colse proprio sotto la volta di poppa e sollevandosi ci trascinò con sé, su, su, quasi in cielo. Mai avrei creduto che un'onda potesse levarsi così in alto. E poi giù, con un balzo, una scivolata, un tuffo che mi diedero nausea e vertigini, come se in sogno cadessi dall'altissima vetta di una montagna. Ma mentre eravamo su in alto, avevo dato un rapido sguardo intorno, e quello sguardo mi bastò. In un attimo vidi la nostra esatta posizione. Il vortice del Moskoe-ström era giusto davanti a noi, a un quarto di miglio, ma somigliava al Moskoe-ström d'ogni giorno quanto quel gorgo, così come lo vedete adesso, somiglia al risucchio d'un mulino. Se non avessi saputo dove eravamo e che cosa ci aspettava, non avrei affatto riconosciuto il posto. Così com'era, involontariamente chiusi gli occhi dall'orrore. Le palpebre mi si serrarono come in uno spasimo.

Potevano essere passati due minuti, non di più, quando improvvisamente sentimmo i flutti placarsi, e fummo avvolti nella spuma. L'imbarcazione fece un brusco mezzo giro verso babordo, e poi si scagliò come un fulmine nella nuova direzione. Nello stesso momento il rombo delle acque venne completamente sommerso da una specie di urlo stridulo: come se le condutture di mille e mille piroscafi scaricassero il vapore tutte assieme. Ci trovavamo ora nella fascia di spuma che sempre circonda il vortice; e naturalmente pensavo che l'attimo seguente ci avrebbe sprofondati nell'abisso, dentro il quale potevamo vedere solo in modo confuso, a causa della velocità incredibile con cui eravamo trascinati. Si aveva l'impressione che la barca non affondasse nelle onde, ma che, come una bolla d'aria, sfiorasse la superficie delle acque. A tribordo era vicinissima al gorgo, e a babordo si ergeva il mondo dell'oceano che avevamo appena lasciato, immensa, turbinosa muraglia tra noi e l'orizzonte.

Può sembrare strano, ma ora, quando eravamo proprio nella gola del baratro, mi sentivo più calmo di quando ci stavamo solo avvicinando. Risoluto a non sperare più, mi liberai di gran parte di quel terrore che sulle prime mi aveva annientato. Fu la disperazione, suppongo, a ricaricare i miei nervi.

Può sembrare una vanteria, ma quello che vi dico è la verità: cominciai a pensare quale magnifica cosa fosse morire a quel modo, e come fosse sciocco da parte mia dar così gran peso a una misera cosa come la mia vita di individuo, di fronte a tanto mirabile manifestazione della potenza divina. Sono certo che arrossii di vergogna quando quest'idea mi passò per la mente. Dopo qualche tempo mi prese la più acuta curiosità riguardo al vortice stesso. Avvertii addirittura il desiderio di esplorarne le profondità, anche a costo del sacrificio che stavo per fare; e mio primo rammarico era che mai avrei potuto parlare ai miei vecchi compagni a riva dei misteri che avrei veduto. Strane davvero erano queste fantasie per la mente di un uomo che si trovava in un simile frangente: e in seguito ho spesso pensato che quel girare e girare della barca intorno all'abisso mi avesse alquanto frastornato.

«Un'altra circostanza contribuiva a farmi ritrovare il mio autocontrollo: il fatto che il vento era caduto e nella posizione in cui ci trovavamo non poteva raggiungerci poiché - l'avete visto voi stesso - la fascia di spuma è molto più bassa del livello generale dell'oceano, e questo ora torreggiava sopra di noi: alto, nero crinale montano. Se non vi siete mai trovato in mare durante una gran tempesta, non potete farvi un'idea della confusione che creano nella mente vento e schiuma assieme. Accecano, assordano, strozzano, tolgono ogni capacità di agire o di riflettere. Ma ora eravamo in gran parte esenti da questi tormenti, proprio come ai criminali condannati a morte si concedono in carcere alcune piccole agevolazioni, vietate finché la loro sorte è ancora incerta.

«Quante volte facessimo il giro della fascia di spuma, è impossibile dire. Ruotammo e ruotammo velocissimi per forse un'ora, volando più che navigando, via via avvicinandoci al centro dei flutti in tumulto, e poi sempre più all'orribile orlo interno. Per tutto questo tempo non avevo mai lasciato andare il cavicchio. Mio fratello stava a poppa, e si teneva a un barile d'acqua, vuoto, che era stato saldamente legato sotto la volta di poppa ed era la sola cosa sul ponte che non fosse stata spazzata fuori bordo quando la bufera ci aveva investiti. Come ci avvicinavamo all'orlo della voragine, egli lasciò la presa e si gettò sul mio anello cercando, fuori di sé dal terrore, di strapparmelo di mano, perché non era abbastanza grosso da offrire un appiglio sicuro ad entrambi.

Mai sentii dolore più profondo che quando gli vidi tentare quest'atto, anche se sapevo che era un folle ad agire così, che il terrore ne aveva fatto un pazzo furioso. Ma non cercai di contrastarlo.

Sapevo che poco importava chi di noi due restasse attaccato all'anello; così glielo lasciai, e mi portai a poppa, verso il barile. Vi riuscii senza grandi difficoltà, poiché la barca nel suo vorticare manteneva una certa stabilità, la chiglia in equilibrio, solo oscillando sotto le spinte immani e i ribollimenti del gorgo. Mi ero appena sistemato nella mia nuova posizione, quando demmo una violenta sbandata a tribordo, e precipitammo giù nell'abisso. Mormorai una frettolosa preghiera a Dio, e pensai che tutto era finito.

«Mentre cedevo alla nausea di quel moto discendente, spiraliforme, avevo istintivamente stretto la presa sul barile, e avevo chiuso gli occhi. Per qualche secondo non osai aprirli, mentre mi attendevo una fine immediata, e mi stupivo di non aver già ingaggiato l'ultima lotta mortale con l'acqua. Ma passò un momento, poi un altro. Vivevo ancora. Il senso di caduta era cessato; e il moto della barca pareva più o meno lo stesso di prima, quando si trovava nella fascia di spuma: solo che ora procedeva più inclinata. Mi feci coraggio e ancora una volta volsi lo sguardo alla scena.

«Mai dimenticherò le sensazioni di terrore, orrore e ammirazione con cui mi guardai intorno.

L'imbarcazione sembrava sospesa, come per magia, a metà della discesa, sulla superficie interna di un imbuto di enorme circonferenza e profondità prodigiosa, i cui fianchi, perfettamente lisci, si sarebbero potuti scambiare per ebano, non fosse stato per la sbalorditiva rapidità con cui ruotavano e la balenante, spettrale luminosità che da essi sprigionava sotto i raggi della luna piena che, da quello squarcio circolare fra le nubi, spiovevano in aureo splendore lungo le nere muraglie e dentro i più fondi recessi dell'abisso.

«Sulle prime ero troppo frastornato per osservare alcunché con attenzione. Tutto ciò che vidi fu il deflagrare di una terribile grandezza. Quando mi ripresi un poco, tuttavia, il mio sguardo si volse istintivamente verso il fondo. In quella direzione la mia vista poteva spaziare senza ostacolo alcuno, giacché la barca stava sospesa sulla superficie inclinata del gorgo. Era in perfetto equilibrio: ossia, il piano del ponte era parallelo a quello dell'acqua, ma poiché il piano dell'acqua era inclinato di oltre quarantacinque gradi, si aveva l'impressione di essere coricati su un fianco. Tuttavia non potei non notare che in quella posizione mantenere e la presa e l'equilibrio non mi era molto più difficile che se ci fossimo trovati su un piano orizzontale; e questo, suppongo, dipendeva dalla velocità con cui ruotavamo.

«I raggi della luna sembravano frugare le profondità dell'abisso senza fine; ma ancora non riuscivo a distinguere nulla chiaramente, per via di una fitta nebbia che tutto avvolgeva e sulla quale si librava uno splendido arcobaleno, simile a quell'angusto ponte sospeso che, dicono i Musulmani, è il solo sentiero tra il Tempo e l'Eternità. Questa nebbia, o vapore, era senza dubbio causata dallo scontrarsi delle grandi pareti dell'imbuto là dove si congiungevano sul fondo, ma l'urlo che da quella nebbia saliva al cielo, non oso tentare di descriverlo.

«L'abbrivo iniziale, quando eravamo scivolati dentro l'abisso dalla fascia di spuma sovrastante, ci aveva portato a grande distanza giù per il pendio; ma il resto della discesa non fu affatto in proporzione. Facevamo giri su giri, velocissimi, ma non con moto uniforme: a strappi, con sussulti vertiginosi, che a volte ci buttavano avanti di poche centinaia di yarde soltanto, a volte per quasi tutto il circuito del gorgo. Ad ogni giro, ci avvicinavamo al fondo, lentamente ma sensibilmente.

«Guardandomi attorno in quel vasto deserto di liquido ebano che così ci portava, notai che la nostra barca non era il solo oggetto finito nella morsa del vortice. Tanto al di sopra che al di sotto di noi si vedevano rottami di vascelli, grandi masse di legname da costruzione e tronchi d'albero, e oggetti più piccoli, come pezzi di mobili, casse sfondate, barili e doghe di botte. Già ho descritto l'innaturale curiosità che aveva preso il posto dei miei terrori iniziali. Ora sembrava crescere a misura che mi avvicinavo al mio terribile destino. E ora cominciai a osservare con strano interesse le molte cose che galleggiavano in nostra compagnia. Dovevo essere in preda al delirio, perché trovavo una sorta di divertimento nel calcolare le relative velocità con cui esse scendevano verso la schiuma del fondo. «Questo abete», mi sorpresi a dire a un certo punto, «sarà certo il primo a fare il tremendo tuffo e a sparire», - e poi vidi con disappunto che il relitto di un mercantile olandese lo raggiungeva e andava a fondo per primo. Infine, dopo aver fatto parecchie congetture del genere, sbagliandomi sempre, la cosa - il fatto, intendo, del mio immancabile errore di calcolo - mi portò a una serie di riflessioni che mi fece di nuovo tremare le membra e battere più forte il cuore.

«Non era un nuovo terrore a turbarmi così, ma l'alba di una suggestiva speranza. Questa speranza nasceva in parte dalla memoria, in parte da quel che andavo osservando. Mi rammentai della grande varietà di relitti disseminati lungo la costa delle Lofoden, dopo essere stati risucchiati e ributtati a galla dal Moskoe-ström. Queste cose erano per la maggior parte indicibilmente sconquassate - raschiate e scorticate a tal punto da sembrare irte di schegge - ma ricordavo anche distintamente che alcune non erano affatto sfregiate. Ora, non potevo spiegarmi la differenza se non supponendo che i rottami scorticati fossero i soli che erano stati risucchiati fin sul fondo del gorgo, e che gli altri vi fossero entrati a marea così avanzata o, per una qualche ragione, fossero discesi così lentamente dopo esservi entrati e non avessero ancora toccato il fondo quando era sopravvenuto il flusso o il riflusso, secondo il caso. In entrambe le circostanze, ritenni comunque possibile che fossero stati risospinti dal moto vorticoso delle acque alla superficie dell'oceano senza subire il destino di ciò che era stato trascinato giù prima o inghiottito più rapidamente. Feci inoltre tre importanti osservazioni. Primo: come regola generale, quanto più grossi erano i corpi, tanto più rapida era la loro discesa; secondo: tra due masse di uguale dimensione, l'una sferica e l'altra di qualsiasi altra forma, era la sfera ad aver maggior celerità di discesa; terzo: tra due masse di eguale dimensione, l'una cilindrica e l'altra di qualsiasi altra forma, era il cilindro ad essere risucchiato più lentamente.

Dopo che ne scampai, ho avuto sull'argomento parecchie conversazioni con un vecchio maestro di scuola del distretto; ed è da lui che ho imparato l'uso delle parole *cilindro* e *sfera*. Mi spiegò - anche se la spiegazione l'ho dimenticata - come quello che avevo osservato fosse effettivamente la conseguenza naturale della forma dei rottami galleggianti, e mi dimostrò come avvenisse che un cilindro ruotante in un vortice offriva maggior resistenza al risucchio e ne era attratto con maggior difficoltà di un corpo di ugual mole ma di qualsiasi altra forma.

V'era poi una circostanza davvero singolare che molto contribuì a confermare queste osservazioni, rendendomi ansioso di metterle alla prova, e cioè che, ad ogni giro, sorpassavamo qualcosa di simile a un barile o al tronco di un pennone o di un albero di nave, mentre molti degli oggetti che erano al nostro livello quando avevo aperto per la prima volta gli occhi sulle meraviglie del vortice si trovavano ora più in alto, sopra di noi, e sembravano essersi spostati assai poco dalla posizione iniziale.

Non esitai sul da farsi. Decisi di legarmi saldamente al barile cui mi tenevo, di tagliarne la fune che lo assicurava alla volta di poppa e di buttarmi in acqua assieme ad esso. A forza di segni attirai l'attenzione di mio fratello, gli additai i barili che galleggiando ci passavano vicini e mi sforzai come meglio potevo di fargli capire che cosa stavo per fare. Alla fine, mi parve, comprese il mio piano ma, l'avesse compreso o meno, scosse la testa scoraggiato e si rifiutò di lasciare il suo posto, presso il cavicchio. Impossibile smuoverlo; ma la situazione non ammetteva indugi; e così, con amara riluttanza, lo lasciai al suo destino, mi legai al barile con la fune che lo teneva saldamente legato alla volta di poppa, e con esso mi buttai in mare, senza esitare un istante.

Il risultato fu precisamente quello che avevo sperato. Poiché sono io che ora vi racconto questa storia - poiché, come vedete, mi salvai, e poiché già sapete in che modo ci riuscissi e già potete immaginare tutto quello che ancora avrei da dire, andrò dritto alla conclusione. Poteva essere passata un'ora, più o meno, dal momento in cui avevo lasciato la nostra barca, quando essa, scesa a grande distanza sotto di me, compì in rapida successione tre o quattro giri velocissimi, pazzeschi, e portandosi con sé il mio amato fratello, piombò a capofitto nel caos di spuma sottostante, di colpo e per sempre. Il barile cui ero legato scese poco oltre la metà della distanza tra il fondo dell'abisso e il punto in cui m'ero gettato fuori bordo, quando nell'aspetto del vortice si verificò un grande mutamento. L'inclinazione delle pareti del vasto imbuto si fece via via sempre meno ripida. Le rotazioni del gorgo divennero sempre meno violente. A poco a poco, scomparvero foschia e arcobaleno, e il fondo dell'abisso parve lentamente risalire. Il cielo era limpido, il vento era caduto, e la luna piena tramontava fulgida a ponente, quando mi trovai alla superficie dell'oceano, in vista delle coste delle Lofoden e sopra il punto in cui prima era stato il vortice del Moskoe-ström. Era il momento di stanca, ma per effetto dell'uragano il mare si gonfiava ancora in onde enormi, alte come montagne. Venni trascinato violentemente nel braccio di mare dello Ström, e in pochi minuti spinto lungo la costa nei terreni di pesca. Una barca mi raccolse, stremato dalla fatica e, ora che il pericolo era scomparso, reso muto dal ricordo dei suoi orrori. Quelli che mi issarono a bordo erano miei vecchi compagni e amici d'ogni giorno, ma non mi riconobbero più di quanto avrebbero riconosciuto un viaggiatore tornato dal mondo degli spiriti. I miei capelli, d'un nero corvino fino al giorno prima, erano bianchi come li vedete adesso. Dicono anche che l'espressione del mio volto era completamente cambiata. Raccontai loro la mia storia, non mi credettero. Ora la racconto a voi, e non posso aspettarmi che vi prestiate più fede di quanta ne abbiano prestata gli allegri pescatori delle Lofoden».

L'UOMO DELLA FOLLA

Ce grand malheur de ne pouvoir être seul!

La Bruyère

È stato detto, molto opportunamente, d'un libro tedesco: «*Es läßt sich nicht lesen*», e cioè che esso non si lascia leggere. Vi sono, difatto, dei segreti che non consentono a rivelarsi. Taluni uomini muoiono, a notte, nel loro letto, torcendo le mani agli spettri cui si confessano e riguardandoli pietosamente coi loro occhi smarriti... e v'è chi muore disperato con la gola strozzata dalle convulsioni per l'orrore dei misteri che non vogliono svelarsi. Troppo spesso, ahimè, l'umana coscienza porta seco un tale fardello d'orrore che non riesce a sbarazzarsene se non nella tomba.

E in tal modo, l'essenza di tutti i delitti rimane impenetrabile. Non molto addietro, in sul finire d'una sera d'autunno, me ne stavo seduto davanti alla grande vetrata del caffè D., a Londra. Ero stato ammalato per lunghi mesi e, allora, appena convalescente, mentre man mano mi tornavano le forze, ero in una di quelle beate disposizioni dell'animo che hanno le caratteristiche opposte a quelle della noia, quando cioè gli appetiti morali sono ben tesi, e il velo che annebbia la mente è squarciato - l'άχλύςήτφìν έτήευ - nel mentre che l'intelletto, come elettrizzato, supera di molto le sue giornaliere capacità, al modo medesimo che il nitido razionalismo di Leibniz vince sulla stolida e melliflua oratoria di Gorgia. Lo stesso respiro m'era un godimento senza pari. E persino le innumeri origini dei miei malanni, in quel momento, non mi davano che gioia. Provavo un sereno e pur profondo interesse in qualsiasi oggetto. Con un sigaro in bocca e una gazzetta sulle ginocchia, mi ero divertito ora a leggere gli avvisi economici, ora ad esaminare la promiscua clientela del caffè, ora a guardare al di là dei vetri appannati dal fumo della strada.

Quest'ultima era una delle principali arterie della città ed era stata affollata l'intero dì. La calca s'era ispessita all'imbrunire, ogni istante di più, sino a che, all'accendersi dei becchi, cominciò a fluire in due opposte direzioni dense e continue. Non mi ero mai trovato, in quel particolare momento della sera, nella disposizione d'animo in cui mi trovavo allora, e il mareggiare in tumulto di quella folla di teste umane mi empiva d'una deliziosa e fresca emozione. Per modo ch'io cessai affatto di prendere un qualsiasi interesse a ciò che accadeva nel caffè e mi concentrai, per contro, su quel che vedevo accadere di fuori.

Le mie osservazioni furono, da principio, astratte e generiche. Cominciai col considerare i passanti sotto il loro aspetto di massa e avendo la mente solo ai loro rapporti collettivi. Ma venni dipoi, e gradualmente, ai particolari e m'applicai in un minuto esame allo scopo di vagliare la diversità dei tipi dai loro vestiti, dall'aspetto, dall'andatura, dai volti e dall'espressione, infine, delle loro fisionomie.

Eran, la maggior parte, uomini dall'aria soddisfatta e pacifica di chi fa professione d'affari e sembravano occupati a null'altro che ad aprirsi un varco tra la ressa. Colle sopracciglia aggrottate, movevano qua e là gli occhi, vivacemente, e se accadeva che qualcuno li urtasse, senza tuttavia impazientirsi, si raggiustavano i panni e tiravano innanzi. Altri, anch'essi in gran numero, avanzavano inquieti, col volto paonazzo e, in mezzo a ogni sorta di gesticolazioni, parlavan tra sé come se fosse proprio quella infinita moltitudine a farli sentir soli con loro stessi. E qualora accadeva loro di doversi fermare per un qualche inciampo, smettevano all'istante di borbottare ma raddoppiavano, per contro, i loro gesti e, con sulla faccia un distratto riso ed esorbitante, al certo, la loro effettiva allegria, attendevan che gli altri, sul cammino dei quali s'erano inseriti, continuassero la loro strada. Se poi accadeva che venissero urtati, si profondevano subito in iscuse ed inchini, dando atto della più profonda costernazione. Coteste due numerosissime categorie di persone, oltre ciò che ho detto, non presentavano nient'altro di notevole. I loro abiti appartenevano a quel genere di indumenti che sono oltremodo ben definiti dall'aggettivo decente. Dubbi sulla loro condizione non ce ne potevano essere. Nobili erano, o mercanti, o magistrati, o provveditori, o agenti di borsa - cupatridi e plebe - sia che vivessero di rendita, sia che trafficassero sulla propria o sull'altrui responsabilità. Essi non attrassero troppo la mia attenzione.

Passai, così, alla massa degli impiegati che potevano, ancor essi, essere distinti in due categorie. Quelli che appartenevano alle piccole ditte, innanzi tutto, i quali eran giovanotti dagli abiti attillati, dai capelli grassi di pomata, dagli stivali ben lustri e dal labbro insolente, e ancora avevano andatura baldanzosa, che io non saprei definire meglio che con la parola impiegatizia, e mi sembrò che si comportassero secondo quella che, soltanto un anno o un anno e mezzo innanzi, era stata la perfezione del bon ton. Essi sfoggiavano le loro dimesse grazie borghesi e tanto è sufficiente a definirli. L'altra categoria era invece formata dagli impiegati superiori appartenenti a imprese più solide, gli steady old fellows, insomma, e anche sul loro conto non c'era da prendere abbagli.

Costoro si davano a conoscere di primo acchito, per loro ampi abiti scuri, per le cravatte e i gilé bianchi, le scarpe comode e forti, le calze grosse e infine per le uose. Eran quasi tutti calvi, e le loro orecchie destre, avvezze da tempo, ormai, a reggere la penna, sporgevano in fuori con la punta ripiegata in modo curioso e ridicolo. Osservai che essi si levavano e si rimettevano il cappello con tutt'e due le mani, e che portavan tutti degli orologi con certe catene tozze e massicce e di foggia sorpassata. Essi ostentavano tutti d'esser persone rispettabili, posto che esista un tipo tanto onorevole di ostentazione.

Vidi ancora numerosi individui di apparenza brillante e subito compresi che non potevano essere se non i tagliaborse, i quali infestano immancabilmente le grandi città. Io li osservai a lungo e con curiosità, e mi domandai che cosa poteva farli scambiare per dei gentiluomini, appunto, dai veri gentiluomini. I loro voluminosi polsini, e l'aria di eccessiva franchezza che si prestavano, li davano a conoscere, anche costoro, alla prima occhiata.

I giocatori di professione eran quelli che s'avvistavano con sicurezza anche maggiore ed infatti ne ebbi a notare diversi. Vestivano nei modi più bizzarri e differenti, da quello del maquerau patentato, col gilé di velluto, la cravatta a colori fantasia, la catena di rame dorato e i bottoni di filigrana, all'altro, scrupolosamente disadorno, dell'uomo di chiesa che consente di non destare alcun sospetto all'ingiro. Avevan tutti, però, la carnagione scura, l'occhio annebbiato e le labbra pallide. E ancora, perché si potessero subito riconoscere, presentavano altre due caratteristiche: vale a dire il tono basso di voce che ostentavano un po' tutti, e la non diffusa abitudine di stendere continuamente il pollice in modo da formare un angolo retto colle altre dita. Eppure in mezzo a cotesti mariuoli, mi accadde di notare che avevano abitudini e inclinazioni più particolarmente eccezionali e che nondimeno li dimostravano uscenti dalla medesima risma. A volerli esattamente definire, si potrebbe dire, di essi, che vivono della loro furbizia e vanno divisi parimenti in due categorie; quella dei dilettanti e l'altra dei militanti, la prima delle quali possiede come caratteristica le lunghe zazzere e i sorrisi, mentre l'altra va fiera degli alamari e delle sopracciglia aggrottate.

E come venni più in basso nella scala sociale, incontrai più sinistri e meditativi soggetti di indagine. Vidi così merciaiuoli ebrei dalle facce che mostravano in ogni lor tratto la più abbietta umiliazione, eccetto che nel brillio degli occhi, simili a quelli dei falchi; sfacciati individui i quali s'erano dati alla mendicità soltanto per entrare in ipocrita e torva concorrenza coi mendicanti reali che soltanto la disperazione aveva ridotti a quell'esercizio, grami, spettrali, malati, sui quali la Morte aveva già posato la sua mano ad abbrancarli, e che si trascinavano stentando tra la calca, fiutando, con supplici sguardi, nei volti del prossimo, una qualche fortuita consolazione, una qualche perduta speranza. E ancora modeste ragazzette che tornavano a casa dal loro lungo e affaticante lavoro senza gioia, e che si ritraevano, più avvilite che sdegnate, alle occhiate di quegli insolenti di cui era impossibile evitare il contatto. E donne pubbliche d'ogni età e grado, da quelle nel pieno fiorire d'una incontestabile bellezza che riportano alla mente la statua, di cui dice Luciano che è foggiata di pario marmo all'esterno ed è sostenuta di dentro dal fango e dalla sozzura, alle altre abbiette e ripugnanti, lebbrose rivestite di cenci, streghe grinzose sovraccariche di belletti e di falsi gioielli, nell'ultimo sforzo di apparir giovani, e ancora alle fanciulle dal corpo ancora acerbo, ma già perfidamente addestrate, da qualche prolungata convivenza, alle orribili civetterie di quel loro commercio e divorate dall'ambizione di eguagliare, nel vizio, le compagne più anziane. E ubriachi, infine, in un numero inusitato, dall'aspetto indescrivibile, barcollanti, taluni, nei loro cenci, mentre procedevano dinoccolati colle facce illividite e gli occhi vitrei dei cadaveri, e propriamente vestiti ma insudiciati tal'altri, e a fatica disinvolti, con le grasse labbra sensuali e le facce ispiranti una rubizza cordialità e altri ancora insaccati in indumenti che erano stati eccellenti in un tempo lontano e che apparivano oggetto, tuttora, d'attente e amorose spazzolature, e che venivano innanzi con andatura più rigida, ovvero più elastica del verosimile, eppure orribilmente pallidi nel volto, con lampi selvaggi negli occhi accesi e persi nella continua ricerca, pur nel loro frettoloso orgasmo, di qualcosa a cui avvinghiarsi colle loro dita tremanti. E pasticcieri e cascherini e carbonai e spazzacamini e suonatori ambulanti d'organino e operai laceri e lavoratori d'ogni specie, esausti dalla loro fatica, chiassosamente affaccendati in un continuo e sregolato andirivieni che offendeva l'occhio per la sua assenza d'armonia.

E come la notte avanzava, più cresceva in me l'interesse per quello spettacolo. E non soltanto perché la folla mutava, col rarefarsi dei migliori, i suoi tratti più nobili e accentuava, col graduale eruttar delle infamie, i più volgari, ma anche perché la luce dei becchi di gaz, flebile, dapprima, nella sua lotta col giorno che moriva, andava man mano rinfrancandosi e avviluppando gli oggetti col suo spasmodico, abbagliante brillio. Tutto era nero ma tutto, insieme, riluceva, simile a quell'ebano cui fu paragonato lo stile di Tertulliano.

I nuovi e strani effetti di quella luce mi inducevano a scrutare le fisionomie dei singoli individui, e nonostante essi passassero rapidamente dinanzi alla vetrina, consentendo appena che io li sbirciassi d'una sola occhiata, pure ritenni per quella mia particolare disposizione dello spirito, di poter leggere, con quell'unica, la storia di lunghi anni.

Avevo la fronte incollata al vetro e me ne stavo da null'altro occupato che da quella bizzarra rassegna, allorché la fisionomia d'un vecchio di sessantacinque o settant'anni attirò la mia attenzione, per l'assoluta singolarità della sua espressione. Non rammentavo d'aver mai veduto una cosa del genere. Com'ebbi posato lo sguardo su quel volto, il primo pensiero che attraversasse il mio cervello fu che se Retszch lo avesse incontrato, subito ne avrebbe fatto un modello per le sue rappresentazioni pittoriche del demonio. Nell'atto medesimo che io compivo di guardarlo, le più stravaganti immagini di genio e d'avarizia, di cupidigia e di avidità, di malizia, di circospezione, di ferocia, d'orgoglio, di gioia, di panico e infine di intensa e suprema disperazione, mi invasero, in frotta disordinata, la mente, nel mentre ch'io mi sforzavo, invano, di penetrarne il significato. D'un subito mi sentii più che mai sveglio e soggiogato.

«Quale furiosa storia non è suggellata in quel petto!», mi dissi. E, compreso d'un desiderio ardente di non perdere di vista quell'uomo e di conoscere sul suo conto qualcosa di più, mi infilai il pastrano in un sol gesto, agguantai il cappello ed il bastone e mi lanciai nella strada, aprendomi a fatica una via nella calca nella stessa direzione in cui quegli sembrava essere scomparso. Pervenuto, non senza qualche difficoltà, a ritrovarlo, e raggiunto che l'ebbi, gli tenni dietro, a distanza breve, studioso, nondimeno, com'è naturale, di non risvegliare alcun suo sospetto.

Avevo, intanto, l'opportunità d'esaminare la sua persona. Egli era basso di statura e molto magro, come anche allo stremo delle sue forze. Gli abiti erano sudici e a brandelli. Al bagliore dei becchi, sotto ai quali, di tratto in tratto, egli passava, m'avvidi che aveva una camicia e che essa, benché fosse sudicia, era d'un finissimo tessuto, e attraverso una spaccatura della sua giacca attillata - la quale appariva acquistata d'occasione - mi sembrò vedere, se la vista non ebbe a giocarmi, il brillio d'un diamante, ovvero d'un dado. Tutto questo valse ad eccitare vieppiù la mia curiosità ed io decisi di seguire lo sconosciuto per ogni dove, in qualsiasi luogo egli fosse andato.

La notte, ormai, era scesa completamente, ed una nebbia umida e densa, la quale, poco dopo, si tramutò in una pioggia sottile, fastidiosa e insistente, avvolse la città in tutta la sua estensione.

Quel mutamento delle condizioni atmosferiche sortì un effetto bizzarro sulla folla, la quale, agitandosi tutta con nuovo e unisono movimento, riparo sotto un universo di parapioggia. Gli ondulamenti, gli urti, la confusione furono accresciuti le dieci volte tanto. Quanto a me, non mi diedi, per la pioggia, alcun pensiero e per la febbre, anzi, che ancora mi si annidava nel sangue, quella umidità mi comunicava lo squisito piacere del rischio. Portai un fazzoletto alla bocca e tirai innanzi. Il vecchio seguitò a fatica la sua strada, lungo il corso, per tutta una mezz'ora ed io, per evitare di perderlo di vista, camminavo, con lui, di pari passo, gomito a gomito. Ma non volgendo egli giammai il capo a guardare, non s'accorse di me. A un tratto infilò una via trasversale, meno affollata dell'altra dove avevamo camminato fin lì, la quale gli consentì di cambiare il ritmo dell'andatura e di prendere un passo più lento e meno risoluto, che mi parve, a tratti, perfino esitante. Egli attraversava la via, dall'uno all'altro marciapiede, senza che vi fosse, per questo uno scopo apparente, e mi costrinse, così, a ripetere quel suo curioso andirivieni. La via era stretta e molto lunga ed egli impiegò, a percorrerla tutta, press'a poco un'ora, per modo che la folla, infine, s'era ridotta appena a quella che si può vedere solitamente a Broadway verso mezzodì, nelle immediate adiacenze del parco (io faccio un tale rilievo, s'intende, solo per dare a vedere la differenza che passa tra la folla di Londra e quella della più popolosa città d'America). Una seconda svolta lo menò a una piazza piena di luce e di vita: quivi lo sconosciuto riprese il suo contegno di prima, lasciò cadere il mento sul petto, roteò furiose occhiate per tutto all'intorno di sotto alle sopracciglia corrugate e, mirando la gente che l'incrociava, riprese a camminare con una certa fretta e risoluzione. Com'ebbe compiuto un intero periplo della piazza, io fui non poco sorpreso nell'accorgermi ch'egli tornava indietro sui suoi passi e la sorpresa crebbe allorché lo vidi ricominciare una seconda volta e quindi una terza, e una quarta e via di seguito. E a un tratto, essendosi voltato improvvisamente, fu a un pelo dall'accorgersi di me che lo seguivo.

In quell'esercizio, dunque, egli impiegò un'altra oretta così che, allo scoccare di quella, la folla era divenuta tanto rada da non costituire più un intralcio al cammino. La pioggia cominciò a cadere con rinnovata violenza e, come il freddo morse più intenso, i passanti cominciarono e ritirarsi nelle loro case. Lo sconosciuto, allora, con un gesto come d'impazienza, infilò una nuova traversa quasi affatto deserta. Lungo di essa, vale a dire all'incirca per tutt'intero un quarto di miglio, egli mantenne un passo tale che io a stento potevo tenergli dietro, tale che, per un uomo della sua apparente età, poteva sembrare incredibile. In pochi minuti egli arrivò così in un vasto e tumultuante mercato che pareva essergli più che familiare, e ancora una volta riprese il suo andirivieni senza motivo, in mezzo alla folla dei venditori e degli acquirenti.

Per tutt'intera l'ora e mezza che egli vi si trattenne, fui costretto a usare una accorta prudenza per non perderlo di vista e nello stesso tempo non attrarre la sua attenzione. Avevo, per fortuna, un paio di soprascarpe di caucciù e grazie ad esse, nel mentre che camminavo, non producevo alcun rumore, così che egli non poté avere alcun sospetto che io lo stavo spiando. Visitò tutte le botteghe, una dopo l'altra, e nondimeno non contrattò nulla, né pronunziò alcuna parola, ma solo buttò sulla merce uno sguardo smarrito e assente. Per modo che io, al colmo della meraviglia per quella sua condotta, mi incaponii maggiormente a non abbandonarlo, innanzi che non avessi, in qualche modo, soddisfatta la curiosità che egli mi ispirava.

Un rimbombante orologio batté in quel punto gli undici tocchi, e la gente sfollò in fretta. Un bottegaio, nel mentre che applicava la sua saracinesca, picchiò il vecchio con una gomitata e questi apparve, d'un subito, squassato da un violento tremore per tutta la persona. Si buttò a precipizio nella via, dopo aver guatato attorno in ansia e poi si mise a correre per un labirinto di straduzze deserte fintanto che non ebbe di nuovo raggiunta la grande arteria da cui eravamo partiti e cioè la via dove s'apriva il caffè D. L'aspetto di questa era, a quell'ora, del tutto mutato. Fulgeva, ancora, di tutti i suoi becchi, ma per la pioggia ostinata e fitta non vi passava quasi più nessuno. Vidi lo sconosciuto sbiancarsi man mano. Mosse, palesemente irritato, qualche passo e poi ripiegò nella direzione del fiume, attraversando un nuovo labirinto di vicoli, fintanto che giunse in vista d'uno dei maggiori teatri della città, nel mentre che la folla, a spettacolo finito, si riversava, da tutte le porte spalancate, nella strada. Il vecchio, allora, aperse la bocca come per emettere un gran respiro che avesse covato, e lo vidi buttarsi a capofitto frammezzo alla folla. L'espressione di profonda angoscia, di cui portava i segni sul viso, parve distendersi; reclinò nuovamente il capo sul petto e nuovamente apparve quale lo avevo visto nel primo istante. Osservai ch'egli s'era incamminato seguendo la strada più affollata e, nondimeno, il suo comportamento rimaneva del tutto incomprensibile.

Ma poiché il gruppo dietro al quale egli sembrava essersi messo, si diradava man mano, m'accorgevo che il poveretto era riacciuffato dalla sua inquietudine di prima.

Si trascinò ancora qualche tempo dietro un ultimo relitto di folla, una dozzina appena di schiamazzatori, ma come costoro, separandosi un po' alla volta, rimasero, allo svolto d'un vicolo oscuro, soltanto in tre, lo sconosciuto si fermò, e rimase un attimo sopra pensiero. Preda, poi, d'una straordinaria agitazione, egli infilò, a rapidi passi, una via che ci menò a una delle estreme propaggini della città, in luoghi del tutto differenti da quelli che avevamo attraversati fino allora, in un quartiere dei bassifondi londinesi, dove ogni oggetto portava il marchio della più miserabile abbiezione e del vizio più disperato. Alla torbida luce dei becchi di gaz, intravvidi alti e vecchi caseggiati di legno rosicchiati dai tarli e raggruppati tra loro in un modo così sregolato e capriccioso che sembrava non esistesse alcun andito per potervi passare frammezzo. Il rigoglioso crescere delle erbacce aveva svelti, qua e là, i ciottoli del selciato ed immondizie imputridite stagnavano nelle cunette: l'atmosfera intorno era pregna di desolazione. Ma nel mentre che noi procedevamo, il rumore della vita ci veniva incontro, man mano, sempre più distinto e, a un tratto, vedemmo, nell'oscurità, scomposte torme di gente che s'agitava: erano le più abbandonate canaglie della plebaglia londinese. Il vecchio parve allora rianimarsi di nuovo e palpitare d'un guizzo di vita simile a quello che manda una lampada che sia presso a estinguersi, e ancora una volta riprese a camminare con una certa risoluzione e speditezza.

A una svolta, un bagliore fiammeggiò dinanzi ai nostri sguardi. E difatto noi eravamo sulla soglia di uno dei più maestosi templi che i sobborghi abbiano eretti, in nome dell'intemperanza, al dèmone Gin.

Era l'alba, ormai, e una folla di ubriachi si stipava ancora di fronte al pomposo accesso. Il vecchio trattenne a metà un grido di gioia selvaggia e di nuovo si buttò in mezzo alla calca, e di nuovo riprese il suo primitivo atteggiamento nel mentre che misurava in lungo e in largo, senza alcuno scopo plausibile, l'ingresso del locale. Egli non era occupato da gran tempo, in quell'esercizio dell'andare e venire, allorché un fiotto di gente che si precipitò dall'interno, verso le porte, fece capire che era giunto il momento di chiudere. Ciò ch'io potei leggere allora, nel volto dell'individuo sul quale la mia curiosità si stava esercitando con tanto accanimento, era qualcosa che passava, per l'intensità, la rappresentazione di un'anima disperata. Ed egli, tuttavia non si diede per vinto, e in un novello e pazzo impulso ritornò sui suoi passi verso il cuore possente di Londra.

Corse per lungo tempo e con grande velocità ed io non smettevo di tenergli dietro, portato quasi dalla mia stessa meraviglia, deciso fino in fondo a non desistere da quella indagine che avevi assorbito tutt'intere le mie facoltà. Correvamo ancora quando sorse il sole e quando raggiungemmo ancora una volta il centro della città popolosa, e cioè a dire la via del caffè D., noi vi ritrovammo, nuovamente desti, il movimento e l'attività della calca che lo avevano caratterizzato il giorno innanzi. E in quel tumulto che s'accresceva ad ogni istante, io continuai vieppiù l'inseguimento dello sconosciuto. Ed egli, come la notte precedente, non faceva che andare e venire, né, per tutt'intera quella giornata, ebbe benché minimamente ad allontanarsi dal vortice spietato di quella via.

Annientato dalla fatica com'ero, al cader della seconda sera, affrontai risolutamente lo sconosciuto e lo fissai negli occhi. Ma egli fece la vista di non accorgersene. E riprese, d'un subito, la sua solenne andatura, mentre io rimanevo immobile a riguardarlo, e a seguirlo non mi bastava più l'animo. «Questo vecchio», dissi allora a me stesso, «è il genio caratteristico del delitto più efferato.

Egli non vuole rimanere solo. È l'uomo della folla. Sarebbe invano che lo continuassi a seguirlo, giacché non riuscirei a sapere di lui e delle sue azioni nulla più di quanto egli già non mi abbia fatto sapere. Il più malvagio cuore che esista al mondo è un libro ancor più volgare dell'*Hortulus animae* e dobbiamo gratitudine alla pietà di Dio che *es läßt sich nicht lesen*».

LO SCARABEO D'ORO

Ma guarda un po' come balla il ragazzo!
Quello l'ha morsicato la tarantola.

Tutto sbagliato.

Molti anni fa strinsi amicizia con un certo Mr. William Legrand. Apparteneva a un'antica famiglia ugonotta, e un tempo era stato ricchissimo; ma una serie di casi sventurati l'aveva ridotto all'indigenza. Per sottrarsi all'umiliazione di tanto declino, lasciò New Orleans, la città dei suoi antenati, e fissò la sua residenza nell'Isola di Sullivan, presso Charleston, Carolina del Sud.

È questa un'isola davvero singolare. Consiste per lo più di sabbia marina, ed è lunga circa tre miglia. In nessun punto la sua larghezza supera il quarto di miglio. La separa dalla terraferma, a mala pena riconoscibile, l'estuario di un fiumiciattolo che defluisce in mezzo a un intrico di canne e di mota, dimora prediletta della gallinella d'acqua. Come ben si può immaginare, la vegetazione è rada, o contratta, tarpata. Alberi imponenti non se ne vedono. Verso la punta occidentale, dove si erge Fort Moultrie e si trovano alcune squallide baracche di legno prese in affitto per l'estate da quanti fuggono la polvere e la febbre di Charleston, si incontra, è vero, l'ispida palma nana; ma tutta l'isola, eccettuata questa estremità occidentale e una striscia di bianca spiaggia deserta lungo il mare, è ricoperta di quel mirto profumato tanto apprezzato dagli orticultori inglesi. I cespugli spesso raggiungono un'altezza di quindici o venti piedi e formano un boschetto quasi impenetrabile che colma l'aria della sua greve fragranza.

Nei più appartati recessi di questo boschetto, non lontano dall'estremità orientale, ossia la più remota, dell'isola, Legrand si era costruita una casupola, che appunto occupava quando, per puro caso, feci la sua conoscenza. Ne nacque ben presto un'amicizia, giacché la personalità di quell'uomo solitario era tale da suscitare interesse e stima. Lo trovai colto, dotato di non comuni capacità intellettuali, ma malato di misantropia e soggetto a un capriccioso alternarsi di umori, dall'entusiasmo alla malinconia. Aveva con sé molti libri, ma raramente se ne serviva. I suoi svaghi preferiti erano la caccia e la pesca, o le passeggiate lungo la spiaggia e tra i mirti, alla ricerca di conchiglie o di esemplari entomologici; di questi ultimi, anzi, possedeva una collezione da fare invidia a uno Swammerdamm. In queste escursioni lo accompagnava di solito un vecchio negro, di nome Jupiter, affrancato prima ancora dei rovesci finanziari della famiglia, ma che né minacce né promesse avevano indotto a rinunciare a quello che considerava il suo diritto di servire e seguire ad ogni passo il suo giovane Massa Will. Non è improbabile che i parenti di Legrand, giudicandolo un po' tocco nel cervello, avessero contribuito a inculcare in Jupiter questa idea fissa allo scopo di mettere accanto al solitario vagabondo qualcuno che lo sorvegliasse e lo tutelasse.

Gli inverni, alla latitudine dell'isola di Sullivan, non sono quasi mai rigidi, e assai di rado, in un giorno d'autunno, si sente la necessità di accendere il fuoco. Tuttavia, verso la metà d'ottobre del 18..., si ebbe una giornata notevolmente fredda. Poco prima del tramonto, mi feci strada attraverso i sempreverdi fino alla capanna del mio amico, che non vedevo da parecchie settimane; a quell'epoca infatti abitavo a Charleston, a nove miglia di distanza, e i traghetti per l'isola e dall'isola erano meno frequenti e regolari di quelli odierni. Arrivato alla capanna, bussai come ero solito fare e, non ottenendo risposta, cercai la chiave là dove sapevo che era nascosta, aprii la porta ed entrai. Nel caminetto ardeva un bel fuoco: una novità tutt'altro che sgradita. Mi tolsi il cappotto, accostai una poltrona ai ciocchi scoppiettanti, e pazientemente attesi l'arrivo dei miei ospiti.

Tornarono che era quasi sera, e mi diedero il più caloroso benvenuto. Jupiter, con un sorriso che gli si allargava da un orecchio all'altro, si diede da fare per prepararci una cenetta a base di gallinelle d'acqua. Legrand era in preda a uno dei suoi attacchi - come definirli altrimenti? - d'entusiasmo. Aveva trovato un bivalve ignoto, appartenente a un genere sconosciuto e, soprattutto, aveva inseguito e catturato, con l'aiuto di Jupiter, uno scarabaeus che egli riteneva assolutamente nuovo ma a proposito del quale desiderava conoscere il mio parere il giorno dopo.

«E perché non stasera?», chiesi, stropicciandomi le mani al calore della fiamma e mandando al diavolo tutta la tribù degli scarabei.

«Ah, se solo avessi saputo che eravate qui!», disse Legrand, «ma è da tanto che non vi vedo; e come potevo prevedere che mi avreste fatto visita proprio stasera? Mentre tornavo a casa, ho incontrato il tenente G. del forte, e molto scioccamente gli ho prestato lo scarabeo; così non potrete vederlo prima di domani. Restate qui stasera, e manderò Jup a riprenderlo domani all'alba. È la cosa più affascinante del creato».

«Che cosa, l'alba?».

«Non dite assurdità! Lo scarabeo! È d'un brillante color oro, grande all'incirca come una grossa noce, con due macchie d'un nero lucente a una estremità del dorso, e una terza, un po' più lunga, all'altra. E le antennae, diramate ...».

«Niente rame, Massa Will, ti dico e ripeto», lo interruppe Jupiter; «lo sgarabeo è oro massiccio, tutto, dentro e fuori: tutto meno ali... mai veduto in vita mia sgarabeo così pesante».

«E va bene, Jup, ammettiamo che sia come dici tu», replicò Legrand un po' più seriamente, mi parve, di quanto richiedesse la situazione; «ma ti pare una buona ragione per lasciar bruciare le galline?». E, rivolgendosi a me: «Il colore, in effetti, quasi basterebbe a convalidare l'opinione di Jupiter. Sono certo che non avete mai visto un riflesso metallico più brillante di quello che emettono le scaglie... ma giudicherete domani. Intanto, posso darvi un'idea della forma». Così dicendo, si sedette a un tavolino, sul quale erano penna e inchiostro, ma niente carta. Ne cercò in un cassetto, ma non ne trovò.

«Non importa», disse alla fine, «questo può andare»; e trasse dal taschino del panciotto un pezzo di quel che mi parve carta da protocollo, molto sudicio, e con la penna vi tracciò un rapido schizzo. Intanto, io me ne stavo sempre seduto accanto al fuoco, perché avevo ancora freddo.

Terminato il disegno, Legrand me lo porse senza alzarsi dalla sedia. Mentre lo prendevo, si sentì un forte mugolio, seguito da un raspare d'unghie alla porta. Jupiter l'aprì, e un grosso terranova, il cane di Legrand, si precipitò nella stanza, mi appoggiò le zampe sulle spalle, e mi colmò di effusioni, poiché nelle mie visite precedenti gli avevo mostrato molta simpatia. Quando ebbe finito di farmi festa, guardai il foglietto e, a dire il vero, restai piuttosto interdetto di fronte a quel che il mio amico vi aveva disegnato. «Be'», dissi, dopo averlo esaminato alcuni minuti, «questo, devo ammetterlo, è uno strano *scarabaeus*, e nuovo per me. Mai visto niente di simile... forse un teschio, una testa di morto, è la cosa che più gli somiglia tra quante mi sia mai capitato di osservare».

«Una testa di morto!», ripeté Legrand. «Oh, sì... be' certo che sulla carta può averne l'aspetto, più o meno. Le due macchie nere in alto sarebbero gli occhi, è così? e quella più lunga, qui in basso, la bocca... e poi la forma, nell'insieme, è ovale».

«Può essere», dissi; «ma, Legrand, ho paura che come disegnatore non siate un gran che. Per farmi un'idea dell'aspetto di quello scarabeo, bisogna che prima lo veda».

«Be', non capisco», fece lui, un po' seccato, «io non disegno male, o almeno non dovrei disegnare male: ho avuto dei buoni maestri e mi lusingo di non essere proprio negato».

«Ma allora, mio caro, siete in vena di scherzare», ribattei, «questo come teschio è più che passabile; direi che è un teschio eccellente, stando alle nozioni che comunemente abbiamo di questi esemplari fisiologici; ...e il vostro *scarabaeus*, se gli assomiglia, deve essere davvero il più strano scarabeo del mondo. Anzi, potremmo ricamarci sopra qualche storiella a base di superstizioni, qualcosa da far venire i brividi. Suppongo che lo battezzerete *scarabaeus caput hominis*, o roba del genere: la storia naturale abbonda di denominazioni simili. Ma le antenne di cui parlavate, dove sono?»

«Le antenne!», esclamò Legrand, che a quell'argomento parve inesplicabilmente riscaldarsi; «dovete pur vederle, le antenne! Le ho disegnate nitide come nell'originale, e questo dovrebbe bastare, mi sembra».

«Bene, bene... sarà», dissi, «io però non le vedo»; e gli restituii il pezzo di carta senza aggiungere altri commenti, non volendo irritarlo ancora di più. Ero però molto sorpreso della piega che la faccenda aveva assunto; la sua stizza mi lasciava perplesso; e, quanto al disegno dello scarabeo, non riproduceva antenne di sorta, questo era evidente, mentre l'insieme ricordava, e molto da vicino, la comune immagine di una testa di morto.

Legrand prese il foglietto con fare imbronciato, e stava per accartocciarlo con l'evidente proposito di buttarlo nel fuoco, quando una casuale occhiata al disegno sembrò fermarvi la sua attenzione. In un istante, il suo viso si coprì di un vivo rossore; subito dopo divenne pallidissimo.

Per alcuni minuti restò lì seduto, continuando a esaminare minuziosamente il disegno. Poi si alzò, prese una candela dal tavolo, e andò a sedersi su una cassetta, una di quelle in cui i marinai tengono le loro cose, nell'angolo più appartato della stanza. Qui procedette a un altro, intento esame del disegno, girandolo e rigirandolo da tutte le parti, senza dir parola, comunque. Quel suo modo di fare mi stupì, ma ritenni più prudente non esasperare coi miei commenti il suo crescente nervosismo.

Infine tolse dalla tasca della giacca un portafogli, vi infilò accuratamente la carta, e depose il tutto in uno scrittoio, che poi chiuse a chiave. Ora appariva più calmo, ma l'entusiasmo iniziale era sparito del tutto. Più che imbronciato, mi sembrava assente.

Via via che la sera avanzava, si mostrò sempre più assorto nelle sue fantasticherie, da cui le mie scherzose battute non valevano a distoglierlo. Avevo avuto l'intenzione di trascorrere la notte alla capanna, come spesso avevo fatto in passato, ma vedendo il mio ospite di quell'umore, giudicai più opportuno congedarmi. Non insistette perché rimanessi ma, quando lo lasciai, mi strinse la mano con una cordialità maggiore del solito.

Forse un mese dopo (nel frattempo non avevo più visto Legrand), ricevetti la visita, a Charleston, del suo domestico Jupiter. Mai avevo visto quel buon vecchio negro così abbattuto, e temetti che una qualche sciagura avesse colpito il mio amico.

«Allora, Jup?», gli dissi. «Che è successo? Come sta il tuo padrone?».

«Ecco, Massa, a dire la verità lui non sta proprio tanto bene».

«Non sta bene! Ne sono desolato. Di che si lamenta?».

«Ecco, questo è! Lui mai si lamenta di niente, ma molto malato invece».

«Molto malato, Jupiter! Perché non me l'hai detto subito? costretto a letto?».

«Ma no! Non è stretto, lui, da nessuna parte... Questo fa male a Jup. Io ho tanto tanto in pensiero per povero Massa Will».

«Jupiter, vorrei capire di che cosa stai parlando. Dici che il tuo padrone è malato. Non ti ha detto di che soffre?».

«Ecco, Massa, è inutile cervellarsi... Massa Will lui dice non ha niente; ma allora perché lui è sempre in giro con una faccia così e testa giù e spalle su e bianco come oca? E perché tiene sempre quella lubrica ...».

«Tiene che cosa?».

«Una lubrica sulla lavagna, con tanti numeri e figure, figure strane, mai viste. Io adesso ho sempre paura, ti dico. Sempre tenere occhi aperti, sempre curarlo. L'altro giorno scappa fuori prima del sole e sta via tutto santo giorno. Io avevo un bel bastone pronto per dare battuta a Massa Will quando tornava... ma povero stupido non ho avuto coraggio: sua faccia tanto trista».

«Eh, come? Ah, certo! Dopo tutto, credo che faresti bene a non essere troppo severo con quel poveretto... non bastonarlo, Jupiter... sarebbe troppo per lui. Ma tu, non puoi farti un'idea di che cosa abbia cagionato questa malattia, o piuttosto questo suo nuovo comportamento? È accaduto qualcosa di spiacevole dopo che vi ho visti l'ultima volta?».

«No, Massa, dopo c'è stato niente di male; è stato prima, ho paura, proprio il giorno che sei venuto».

«Come? Che cosa vuoi dire?».

«Ma sì, Massa, lo sgarabeo: ecco che cosa».

«Che?».

«Lo sgarabeo... di certo Massa Will è stato morsicato da qualche parte in testa da quello sgarabeo d'oro».

«E per quale motivo avanzi questa ipotesi, Jupiter?».

«Avanti tutto le pinze, e la bocca anche. Mai veduto un diavolo di sgarabeo così. Calcia e morde tutto quello che viene vicino a lui. Massa Will lo chiappa per primo ma deve lasciare andare in fretta, parola di Jup... è allora, sicuro, che è stato morsicato. Ma a me la bocca di quello sgarabeo non mi piace niente, così non voglio prenderlo con miei diti ma lo chiappo con pezzo di carta trovato li. Metto dentro la carta la bestia e metto anche piccolo pezzo di carta dentro sua bocca.

Ecco, così ho fatto».

«Tu pensi, dunque, che il tuo padrone sia stato veramente morsicato dallo scarabeo e che questo morso l'abbia fatto ammalare?».

«Io penso niente, mi puzza. Perché Massa Will sogna tanto di oro? Perché, dico, quello sgarabeo d'oro ha morsicato Massa Will. Già sentito prima storie di sgarabei d'oro».

«Ma come sai che sogna l'oro?».

«Come so? Perché lui parla quando dorme; ecco perché mi puzza».

«Bene, Jupiter, forse hai ragione; ma a quale circostanza debbo l'onore della tua visita oggi?».

«Che cosa, Massa?».

«Mi porti qualche messaggio da parte di Mr. Legrand?».

«No, Massa, io porto questa pìstola qui». E Jupiter mi porse un biglietto che diceva:

Carissimo, perché da tanto tempo non vi fate vedere? Spero che non siate stato tanto sciocco da prendervela per qualche mia piccola *brusquerie*: ma no, questo è improbabile.

Da che vi ho visto l'ultima volta ho avuto gravi motivi di preoccupazione. Ho qualcosa da dirvi, ma non so come dirvelo, o se dovrei dirvelo.

Da qualche giorno non mi sento molto bene, e il povero vecchio Jupiter mi sta tormentando in modo addirittura intollerabile con le sue ben intenzionate premure. Lo credereste? L'altro giorno si era preparato un grosso bastone con cui punirmi per aver tagliato la corda e aver trascorso l'intera giornata, solus, tra le colline della terraferma. Sono convinto che solo la mia brutta cera mi abbia risparmiato un bel po' di legnate.

Da che ci siamo visti, non ho aggiunto nulla alla mia collezione. Se non vi è di troppo disturbo, fate in modo di tornare con Jupiter. Ve ne prego, venite. Ho bisogno di vedervi questa sera per faccende di grande importanza: ve l'assicuro, della massima importanza.

Vostro affezionatissimo
William Legrand

C'era qualcosa, nel tono di quel biglietto, qualcosa che destava in me una viva inquietudine.

Lo stesso suo stile differiva sostanzialmente da quello consueto di Legrand. Che aveva in mente?

Quale nuova stravaganza si era impadronita del suo cervello morbosamente sensibile? Quali «faccende della massima importanza» poteva avere da sistemare, lui? Il rapporto di Jupiter non prometteva nulla di buono.

Temevo che a lungo andare il peso della sventura avesse del tutto stravolto la ragione del mio amico. Pertanto, senza un attimo di esitazione, mi preparai ad accompagnare il negro.

Giunti sul molo, notai una falce e tre vanghe, tutte nuove a giudicare dall'apparenza, sistemate in fondo alla barca su cui dovevamo salire.

«E questo che significa, Jup?», chiesi.

«Falce e badili, Massa».

«Lo vedo: ma che ci stanno a fare qui?».

«Falce e badili che Massa Will ha detto a me di comperare per lui in città, e ho dovuto pagare un sacco di soldi».

«Ma, in nome di tutti i misteri di questo mondo, che ci fa il tuo Massa Will con falci e badili?».

«Questo io non so, e il diavolo mi porti se Massa Will sa. Ma viene tutto da quello sgarabeo».

Visto che da Jupiter, il cui intelletto sembrava completamente assorbito dallo scarabeo, era impossibile cavare una spiegazione più soddisfacente, entrai nella barca e spiegai la vela.

Col favore di una brezza gagliarda, entrammo ben presto nella piccola insenatura a nord di Fort Moultrie, e una camminata di un paio di miglia ci portò alla capanna. Vi arrivammo che erano circa le tre. Legrand ci attendeva con ansiosa impazienza. Mi strinse la mano con un nervoso *empressement* che mi allarmò e rafforzò i sospetti che già nutrivo. Il suo viso era pallido, di un pallore quasi spettrale, e gli occhi affossati brillavano di una luce innaturale. Dopo essermi informato sulla sua salute, gli chiesi, non sapendo cos'altro dire, se avesse riavuto lo *scarabaeus* dal tenente G...

«Oh, sì», rispose, arrossendo violentemente, «l'ho riavuto la mattina dopo; nulla m'indurrebbe a separarmi da quello *scarabaeus*. Sapete che Jupiter aveva proprio ragione?».

«In che?», chiesi, con un triste presentimento in cuore.

«Nel supporre che lo scarabeo è d'oro vero». Parlava con la massima serietà, e mi sentii indicibilmente turbato.

«Quello scarabeo farà la mia fortuna», proseguì con un sorriso di trionfo, «mi permetterà di rientrare in possesso delle ricchezze della mia famiglia. C'è da stupirsi, dunque, se per me ha tanto valore? Giacché la Fortuna ha ritenuto opportuno di farmene dono, basterà che io ne faccia uso opportuno, e arriverò all'oro che esso mi addita. Jupiter, portami lo *scarabaeus*!».

«Che cosa? Quella bestia, Massa? Preferisco stare al largo dallo sgarabeo; va a prenderlo tu, Massa». Legrand si alzò con aria grave e solenne e mi portò lo scarabeo, togliendolo dalla teca di vetro in cui era custodito. Era davvero magnifico, quello scarabaeus, e a quel tempo del tutto ignoto ai naturalisti: certo di inestimabile valore, dal punto di vista scientifico. Aveva due macchie rotonde, nere, a un'estremità del dorso e una terza, di forma allungata, all'altra estremità. Le scaglie - straordinariamente dure, lisce e lucenti - avevano tutta l'apparenza dell'oro brunito. Il peso dell'insetto era davvero notevole e, tutto considerato, non potevo biasimar troppo Jupiter per la sua opinione in proposito; ma l'assenso di Legrand a tale opinione, questo, lo giuro, non riuscivo proprio a capirlo.

«Vi ho mandato a chiamare», disse Legrand in tono magniloquente, quando ebbi finito di esaminare lo scarabeo, «vi ho mandato a chiamare allo scopo di avvalermi del vostro consiglio e del vostro aiuto nell'adempimento dei disegni del Fato e dello scarabeo ...».

«Mio caro Legrand», esclamai, interrompendolo, «di certo non state bene, e fareste meglio a usarvi qualche riguardo. Ora andate a letto, e io resterò con voi qualche giorno, finché non vi sarete rimesso. Siete febbricitante, e ...».

«Sentitemi il polso», disse.

Lo sentii e, a dire il vero, non notai indizio di febbre.

«Ma potreste essere malato, e tuttavia non aver febbre. Permettete che, questa volta almeno, vi faccia da medico. Anzitutto, andate a letto. Poi...».

«Vi sbagliate», m'interruppe. «Sto bene: bene quanto è possibile stare nello stato di eccitazione in cui mi trovo. Se davvero volete aiutarmi, fate in modo di alleviarlo».

«E come?».

«Semplicissimo. Jupiter ed io stiamo per effettuare una spedizione tra le colline della terraferma, e in questa spedizione avremo bisogno dell'aiuto di una persona assolutamente fidata.

Voi siete l'unico di cui ci possiamo fidare. L'impresa puo riuscire o fallire, ma in un caso e nell'altro l'eccitazione che voi notate in me si placherà».

«Sono ansioso di esservi d'aiuto in qualsiasi modo», risposi; «ma intendete dire che quest'insetto infernale ha qualche rapporto con la vostra spedizione sulle colline?».

«Precisamente».

«E allora, Legrand, non posso partecipare a un'impresa così assurda».

«Mi dispiace, mi dispiace molto; allora, dovremo provarci da soli».

«Provarci da soli! Ma siete pazzo! Un momento: per quanto tempo contate di star via?».

«Tutta la notte, probabilmente. Partiamo subito e, comunque vadano le cose, saremo di ritorno prima dell'alba».

«E mi promettete sul vostro onore che quando vi sarà passato questo capriccio e la faccenda dello scarabeo (buon Dio!) sarà sistemata con vostra piena soddisfazione, tornerete a casa e seguirete i miei consigli senza discutere, come se fossero quelli del vostro medico?»,

«Sì, lo prometto; e ora muoviamoci, non abbiamo tempo da perdere».

Con il cuore gonfio, accompagnai il mio amico. Partimmo verso le quattro: Legrand, Jupiter, il cane, ed io. Jupiter si era caricato della falce e dei badili - aveva insistito per portarli tutti lui - più, mi parve, per il timore di lasciare l'uno o l'altro di quegli attrezzi a portata di mano del padrone che per un eccesso di zelo o di devozione. Era più scorbutico che mai, e durante tutto il viaggio le sole parole che gli uscirono dalle labbra furono «quel dannato sgarabeo». A me erano state affidate un paio di lanterne cieche, mentre Legrand si limitò a portare lo *scarabaeus*, che teneva appeso all'estremità di un cordone; e, mentre camminava, lo faceva roteare in tutti i sensi con aria di negromante. Quando notai nel mio amico quest'ultimo, palese segno della sua aberrazione mentale, a stento trattenni le lacrime. Ritenni tuttavia più opportuno assecondare il suo umore, almeno per il momento o finche non mi fosse stato possibile adottare più energiche misure con qualche possibilità di successo. Nel frattempo tentai, ma invano, di cavargli qualche informazione sullo scopo della spedizione. Essendo riuscito a persuadermi ad accompagnarlo, sembrava restio a intavolare conversazioni su qualsiasi argomento di secondaria importanza, e a tutte le mie domande non accordava altra risposta che «vedremo».

Attraversammo in barca il fiumiciattolo all'estremità dell'isola e, risalite le alture della riva opposta, avanzammo in direzione nord-ovest per una plaga indicibilmente selvatica e desolata, dove non si scorgeva orma di essere umano. Ci faceva strada Legrand; procedeva deciso, sostando solo un istante, qua e là, per consultare certi contrassegni che evidentemente egli stesso aveva lasciato in una precedente occasione.

Marciammo così per circa due ore, e il sole stava giusto tramontando quando ci inoltrammo in una regione infinitamente più tetra di quanto avessimo fino allora veduto. Era una specie di altopiano in prossimità della vetta di una collina quasi inaccessibile, ricoperta dalla base alla cima da una boscaglia fitta e disseminata di enormi macigni che parevano sparsi a casaccio sul terreno: solo il sostegno degli alberi cui si appoggiavano impediva a molti di essi di precipitare nelle valli sottostanti. Forre profonde, variamente innervate, davano al paesaggio un'aria di ancor più arcigna solennità.

La piattaforma naturale sulla quale ci eravamo arrampicati era fittamente rivestita di rovi; attraverso i quali, come presto scoprimmo, ci sarebbe stato impossibile farci strada senza usare la falce; e Jupiter, seguendo gli ordini del padrone, provvide ad aprirci un sentiero fino ai piedi di una tulipifera di enorme altezza che si ergeva accanto a otto o dieci querce e tutte le superava, come pure qualsiasi albero avessi mai visto, per la bellezza del fogliame e della forma, per l'apertura dei rami e la maestà dell'insieme. Quando raggiungemmo l'albero, Legrand si volse a Jupiter e gli chiese se riteneva di potercisi arrampicare. Il vecchio parve un po' sconcertato dalla domanda, e per qualche istante non rispose nulla. Infine si avvicinò a quel tronco enorme, ne fece lentamente il giro e lo esaminò con scrupolosa attenzione. Ultimata l'indagine, si limitò a dire: «Sì, Massa, Jupiter arrampica tutti alberi che ha veduto in vita sua».

«E allora sali, sbrigati! Tra poco sarà troppo buio per vedere quel che stiamo facendo».

«Fino a dove devo andare su, Massa?», chiese Jupiter.

«Prima arrampicati sul tronco, poi ti dirò io da che parte devi andare, e... un momento, aspetta!... Porta con te lo scarabeo».

«Lo sgarabeo, Massa Will!... lo sgarabeo d'oro!», gridò il negro, ritraendosi sgomento. «E perché devo portare lo sgarabeo su per albero? Accidenti a me, se lo faccio!».

«Se tu, Jup, un negro grande e grosso, hai paura di prendere in mano un piccolo, innocuo scarabeo morto, be', lo puoi portar su legato a questo spago; ma se non lo porti con te in un modo o nell'altro, mi vedrò costretto a romperti la testa con questa vanga».

«Ma cosa ti salta adesso, Massa?», disse Jupiter, che la vergogna rendeva evidentemente più disponibile. «Sempre a sgridare tuo vecchio negro! Io volevo scherzare, e basta. Io, paura di sgarabeo? Che cosa m'importa a me di sgarabeo?». E cautamente prese in mano un'estremità dello spago e, tenendo l'insetto lontano da sé quanto glielo permettevano le circostanze, si accinse a salire sull'albero.

In gioventù la *tulipifera* o *Liriodendron Tulipiferum*, l'albero più grandioso delle foreste americane, ha un tronco singolarmente liscio e spesso si leva a grande altezza senza rami laterali; ma, in età più matura, la sua corteccia si fa nodosa e diseguale e sul tronco appaiono numerosi, brevi rami. La difficoltà della salita, nel caso in questione, era dunque più apparente che reale.

Stringendo il più saldamente possibile l'enorme tronco con le braccia e le ginocchia, afferrando con le mani alcune sporgenze e puntando i piedi nudi su alcune altre, Jupiter, dopo aver rischiato di cadere un paio di volte, si infilò alla fine nella prima grande biforcazione e parve considerare praticamente conclusa l'intera faccenda. In effetti, il rischio dell'impresa era ormai superato, sebbene lo scalatore si trovasse a un'altezza di sessanta-settanta piedi dal suolo.

«Adesso da che parte devo andare, Massa Will?», chiese.

«Tienti al ramo più grande, su questo lato», disse Legrand. Il negro obbedì prontamente, e all'apparenza senza gran fatica; salì ancora e ancora, finché la sua tozza figura scomparve nel folto.

Poco dopo si udì la sua voce, come un richiamo lanciato da grande distanza.

«Devo andare ancora avanti?».

«A che altezza sei?», chiese Legrand.

«Tanto, tanto alto», rispose il negro; «posso vedere il cielo da cima di albero».

«Lascia perdere il cielo, e sta' attento a quello che dico. Guarda giù lungo il tronco e conta i rami sotto di te da questa parte. Quanti rami hai superato?».

«Uno, due, tre, quattro, cinque... Da questa parte ho passato cinque rami grossi, Massa».

«Allora sali di un altro ramo».

Pochi minuti dopo si udì di nuovo la voce di Jupiter, che annunciava di aver raggiunto il settimo ramo.

«Ora, Jup», esclamò Legrand, palesemente molto eccitato, «voglio che tu ti spinga in avanti lungo quel ramo quanto più ti è possibile. Se vedi qualcosa di strano, fammelo sapere».

A questo punto, quei pochi dubbi che ancora potevo avere sulla follia del mio sventurato amico vennero definitivamente dissipati. Era completamente impazzito: questa la sola conclusione che potevo trarre. E cominciai a pensare, vivamente preoccupato, al modo di riportarlo a casa.

Mentre riflettevo su quel che mi conveniva fare, si udì di nuovo la voce di Jupiter.

«Ho gran paura a andare troppo avanti su questo ramo... Ramo morto, tutto marcio».

«Hai detto un ramo morto, Jupiter?», gridò Legrand, con la voce che gli tremava.

«Sì, Massa, morto morto... ma proprio finito, trapassato».

«In nome del cielo, che debbo fare?», chiese Legrand, apparentemente sconvolto.

«Fare?», feci io, lieto di poter dire la mia, «ma venirvene a casa a mettervi a letto. Su, andiamo! Siate ragionevole. Si fa tardi. E poi, ricordate la vostra promessa, no?».

«Jupiter», gridò Legrand senza minimamente badarmi, «mi senti, Jupiter?».

«Sì, Massa Will, ti sento benissimo».

«Allora saggia bene il legno col tuo coltello, e vedi se ti pare proprio molto marcio».

«Per marcio è marcio, Massa», rispose il negro di lì a pochi minuti, «ma non tanto come credevo. Posso andare avanti ancora un poco, da solo: sì, credo che posso».

«Da solo?... Che vuoi dire?».

«Ecco, voglio dire lo sgarabeo. È molto molto pesante, lo sgarabeo. Se io prima lo lascio cadere, allora questo ramo non si rompe col peso di un negro da solo».

«Maledetto furfante!», grido Legrand, visibilmente sollevato, «che razza di assurdità mi tiri fuori adesso? Prova a lasciar cadere lo scarabeo, e lo ti rompo il collo. Ehi, Jupiter, mi senti?».

«Sì, Massa, non c'è bisogno di sgridare così un povero negro».

«Be', ascolta: se ti arrischi lungo quel ramo fin dove ti senti sicuro, e non lasci cadere lo scarabeo, quando torni giù ti regalo un dollaro d'argento».

«Vado, Massa Will, vado», rispose prontamente il negro, «sono quasi alla fine».

«Alla fine?», chiese Legrand, e urlava quasi, «dici che sei alla fine di quel ramo?».

«Quasi alla fine, Massa... O-o-o-oh! Ossignore! che cosa è questo coso qui sull'albero?».

«E allora?», incalzò Legrand al colmo della gioia, «che cosa è?».

«Be', niente: solo un teschio... qualcuno ha lasciato sua testa qui su questo albero, e i corvi hanno beccato via tutta la carne, proprio tutta».

«Un teschio, hai detto?... Benissimo!... Come è attaccato al ramo? Che cosa lo tiene fermo?».

«Devo guardare bene, Massa. Toh, questa è proprio una circostanza curiosa, parola mia... c'è un chiodo grosso nel teschio: questo lo tiene fermo su legno».

«Bene. Ora, Jupiter, fa' esattamente come ti dico; mi senti?».

«Sì, Massa».

«Fa' attenzione, allora! Trova l'occhio sinistro di teschio».

«Hm! Trovarlo? Questo non ha occhi, neanche uno».

«Al diavolo, quanto sei stupido! Sai distinguere la mano destra dalla sinistra?».

«Sicuro che so... lo so bene! Mano sinistra è quella che taglio la legna».

«Giusto, perché sei mancino! E il tuo occhio sinistro è dalla stessa parte della tua mano sinistra, capito? Ora, suppongo, riuscirai a trovare l'occhio sinistro del teschio, o il posto dove c'era l'occhio sinistro. L'hai trovato?».

Seguì una lunga pausa. Alla fine, il negro chiese: «Anche occhio sinistro di teschio è dalla stessa parte di mano sinistra di teschio?... Perché teschio mani non ne ha... Fa niente! Adesso ho trovato occhio sinistro... Ecco occhio sinistro! Che cosa devo fare?».

«Infilaci lo scarabeo e calalo per tutta la lunghezza dello spago... Attento a non lasciartelo sfuggire, lo spago».

«Fatto, Massa Will. Molto facile far passare sgarabeo per buco... Ecco, guarda che viene giù!».

Durante questo colloquio, la figura di Jupiter era rimasta completamente invisibile; ma l'insetto, che aveva calato, appariva adesso distintamente all'estremità dello spago e splendeva come un globo d'oro brunito agli ultimi raggi del sole al tramonto che ancora illuminavano debolmente l'altura su cui ci trovavamo. Lo *scarabaeus* ormai penzolava fuori dei rami e, se Jupiter l'avesse lasciato cadere, sarebbe caduto ai nostri piedi. Legrand prese subito la falce e sgombrò uno spazio circolare del diametro di tre o quattro yarde, proprio sotto all'insetto; fatto ciò, ordinò a Jupiter di lasciare andare lo spago e di scendere dall'albero.

Conficcato con grande precisione un piolo nel terreno, nel posto esatto dove lo scarabeo era caduto, il mio amico trasse di tasca un metro a nastro. Ne assicurò un'estremità al punto del tronco più vicino al piolo, e lo svolse fino a raggiungere il piolo stesso; poi continuò a srotolarlo nella direzione indicata dal due punti dell'albero e del piolo, mentre Jupiter con la falce liberava il suolo dai rovi. Nel punto così trovato venne piantato un secondo piolo, e tenendo questo come centro, Legrand tracciò un cerchio rudimentale, del diametro di circa quattro piedi. Quindi prese una vanga, e dopo averne data una a Jupiter e una a me, ci esortò a metterci a scavare il più rapidamente possibile.

A dire il vero, tali passatempi non sono mai stati di mio gusto e, in quel particolare momento, avrei più che volentieri opposto un rifiuto; calava infatti la notte, e la camminata di prima mi aveva non poco affaticato; ma non vedevo come svicolare e d'altra parte temevo di turbare con un diniego l'equilibrio mentale del mio sventurato amico. Certo, se avessi potuto contare sull'aiuto di Jupiter, non avrei esitato a ricorrere alla forza, per riportare a casa quel povero folle, ma conoscevo troppo bene i sentimenti del vecchio negro per sperare che, in qualsiasi circostanza, avrebbe preso le mie parti nel caso di una colluttazione col suo padrone. Quest'ultimo, ormai ne ero sicuro, si era lasciato contagiare da qualcuna delle innumerevoli superstizioni del Sud relative a tesori sepolti, e questa sua fantasticheria aveva trovato conferma nel ritrovamento dello *scarabaeus* o, forse, nell'ostinazione di Jupiter, in quel suo ripetere che si trattava di uno «sgarabeo di oro vero». Una mente già incline alla follia sarebbe stata facilmente sedotta da simili suggestioni, specie se consone alle sue idee preconcette - e allora mi tornò alla mente il discorso del poveretto a proposito dello scarabeo che gli avrebbe «additato» la sua fortuna. Tutto considerato, ero profondamente turbato e perplesso ma, alla fine, decisi di fare di necessità virtù: scavare di lena e così convincere al più presto il visionario, con una prova concreta, della fallacia delle sue convinzioni.

Accese le lanterne, ci mettemmo tutti al lavoro con uno zelo degno di più ragionevole causa, e mentre la loro luce cadeva sulle nostre persone, e sugli attrezzi, non potei fare a meno di pensare che formavamo un gruppo davvero pittoresco, e che a un intruso che per caso si fosse trovato a passare di lì il nostro lavoro sarebbe certo parso strano e sospetto.

Per due ore scavammo senza tregua, scambiando rare parole, disturbati solo dall'abbaiare del cane, smodatamente interessato a quel che facevamo. Alla fine, divenne così turbolento da farci temere che richiamasse qualche vagabondo lì attorno: o, piuttosto, questo temeva Legrand; quanto a me, avrei accolto con piacere qualsiasi interruzione che mi avesse dato modo di ricondurre a casa quell'esaltato. Alla fine, la cagnara venne ridotta al silenzio molto efficacemente da Jupiter che, balzato fuori dalla buca con aria quanto mai risoluta, legò la bocca dell'animale con una delle sue bretelle e poi, con un ghigno sussiegoso, se ne tornò al lavoro.

Trascorso il tempo di cui si è detto, avevamo raggiunto una profondità di cinque piedi, senza trovar traccia di tesori. Seguì una pausa generale, e cominciai a sperare che la farsa fosse conclusa.

Ma Legrand, benché palesemente sconcertato, si asciugò la fronte meditabondo e ricominciò.

Avevamo scavato l'intero cerchio del diametro di quattro piedi, e ora ne allargammo un po' i limiti, scendendo di altri due piedi. Niente, ancora niente. Il cercatore d'oro, che sinceramente commiseravo, alla fine si tirò fuori della fossa, i tratti del volto segnati dalla delusione più amara e lentamente, con riluttanza, prese a infilarsi la giacca che si era tolta all'inizio del lavoro. Io nel frattempo non feci commenti. A un segnale del padrone, Jupiter comincio a raccogliere gli attrezzi.

Ciò fatto e sbavagliato il cane, in profondo silenzio ci avviammo verso casa.

Non avevamo forse fatto una decina di passi in tale direzione quando Legrand bestemmiò forte, poi si avventò contro Jupiter e lo agguantò per il colletto. Esterrefatto, il negro spalancò occhi e bocca, lasciò cadere le vanghe, e cadde in ginocchio.

«Disgraziato!», sibilò Legrand a dentri stretti. «Maledetto furfante d'un negro! Parla, su! Rispondi immediatamente, e senza mentire! Qual è... qual è il tuo occhio sinistro?».

«Santo gelo, Massa Will! Non è questo qui mio occhio sinistro?», mugghiò l'atterrito Jupiter, mettendo la mano sul proprio organo della vista - il destro - e tenendovela con disperata tenacia, quasi temendo che da un momento all'altro il padrone volesse cavarglielo, quell'occhio.

«Me lo sentivo! Lo sapevo! Evviva!», gridò Legrand, lasciando andare il negro ed esibendosi in una serie di salti e piroette, con gran stupore del suo valletto che, levatosi in piedi, muto volgeva lo sguardo dal padrone a me, da me al padrone.

«Forza! Dobbiamo tornare indietro», disse quest'ultimo, «il gioco non è finito».

E di nuovo ci fece strada fino alla tulipifera.

«Jupiter», disse, quando giungemmo ai piedi dell'albero, «vieni qui! Il teschio era inchiodato al ramo con la faccia verso l'esterno, o con la faccia verso il ramo?».

«La faccia era in fuori, Massa, così i corvi potevano beccare bene suoi occhi e senza fatica».

«Bene. Allora, tu hai lasciato cadere lo scarabeo attraverso questo occhio, o quell'altro?». E Legrand toccò gli occhi di Jupiter, prima l'uno poi l'altro.

«Questo occhio, Massa, il sinistro, proprio come tu hai detto», e il negro indicò l'occhio destro.

«Basta così: dobbiamo provare di nuovo».

E qui il mio amico, nella cui follia ora vedevo, o mi sembrava di vedere, qualche traccia di metodo, rimosse il piolo che segnava il punto in cui era caduto lo scarabeo e lo spostò di circa tre pollici più a ovest della sua posizione primitiva. Quindi, teso come prima il metro a nastro dal punto più vicino del tronco fino al piolo, e continuando a svolgerlo in linea retta per un tratto di cinquanta piedi, segnò un punto distante parecchie yarde da quello in cui avevamo scavato in precedenza. Intorno al nuovo punto venne tracciato un cerchio un po' più ampio del primo, e ci rimettemmo al lavoro con le vanghe. Ero terribilmente stanco ma, senza capire che cosa mi avesse fatto cambiare idea, non mi risentivo più per la fatica che mi veniva imposta. Ero inspiegabilmente interessato: eccitato, anzi. Forse c'era qualcosa nel modo di comportarsi di Legrand, pur così stravagante, una certa aria di premeditazione o di deliberazione, che mi impressionava. Scavavo di buona lena e di tanto in tanto mi sorprendevo addirittura a cercare con gli occhi, in una sorta di smaniosa attesa, il tesoro immaginario, il cui miraggio aveva sconvolto la mente del mio sventurato amico. In un momento in cui ero completamente assorto in queste mie fantasticherie, e quando eravamo al lavoro da forse un'ora e mezza, fummo di nuovo interrotti dai furiosi latrati del cane. La prima volta la sua irrequietezza era stata evidentemente provocata dalla voglia di far le feste o da capriccio, ma ora il tono era diverso: ostinato, allarmante. A Jupiter, che si riprovò a chiudergli la bocca, oppose una resistenza furiosa; poi, balzato nella buca, si diede a raspare freneticamente il terreno con le zampe. In pochi secondi aveva scoperto una massa di ossa umane, due scheletri completi, mista a parecchi bottoni di metallo e quel che sembravano resti di tessuto di lana, imputriditi e quasi ridotti in polvere. Un paio di colpi di vanga portarono alla luce la lama di un grosso coltello spagnolo e, scavando oltre, tre o quattro monete d'oro e d'argento sparpagliate.

A quella vista, Jupiter riuscì a stento a frenare la sua gioia, ma il volto di Legrand esprimeva un'estrema delusione. Comunque, ci sollecitò a continuare nei nostri sforzi, ma aveva appena finito di parlare che io inciampai e caddi in avanti: la punta del mio stivale si era impigliata in un grosso anello di ferro semi-sepolto nel terriccio smosso.

Ora lavoravamo con foga, e mai passai dieci minuti di più intensa eccitazione. In quell'intervallo di tempo dissotterrammo quasi completamente una cassa di legno oblunga che, a giudicare dalla sua perfetta conservazione e dalla straordinaria durezza del materiale, doveva certo esser stata soggetta a un qualche processo di mineralizzazione, forse dovuta al bicloruro di mercurio. La cassa era lunga tre piedi e mezzo, larga tre piedi, e profonda due piedi e mezzo. Era solidamente rinforzata da strisce di ferro lavorato e ribattuto, che formavano una sorta di traliccio.

Su ciascun lato, nella parte superiore, erano tre anelli di ferro - sei in tutto - per mezzo dei quali sei persone avrebbero potuto reggerla, ma tutti i nostri sforzi congiunti riuscirono a spostare di ben poco il cassone dentro la fossa. Ci sarebbe stato impossibile, lo capimmo subito, rimuovere quel peso enorme. Per fortuna, il coperchio era assicurato solo da due catenacci scorrevoli, che facemmo scivolare, tremando, ansimando per l'eccitazione. E un istante dopo, un tesoro di incalcolabile valore si rivelò sfolgorante ai nostri occhi. Come i raggi delle lanterne caddero dentro la buca, da un confuso ammasso d'oro e di gioielli si sprigionò un barbaglio, una vampata che letteralmente ci abbacinò.

Non cercherò di descrivere i sentimenti con cui guardavo. Naturalmente, predominava lo stupore. Legrand appariva disfatto dall'emozione: disse poche parole. Il volto di Jupiter si fece, per qualche minuto, mortalmente pallido: pallido quanto può esserlo, per legge di natura, il volto di un negro. Sembrava inebetito, folgorato. Poi cadde in ginocchio nella fossa e, affondando fino al gomito le braccia nude nell'oro, ve le tenne dentro, come a crogiolarsi in un bagno di delizie. Infine, con un profondo sospiro, esclamò, quasi in soliloquio: «E tutto questo viene da sgarabeo d'oro! Quello sgarabeo tanto bellino! Il povero, piccolo sgarabeo che io ho sparlato tanto! Non hai vergogna di te, negro? Su, rispondi!».

Alla fine, dovetti richiamare l'attenzione del padrone e del servo sulla necessità di portar via di lì il tesoro. Si faceva tardi, ed era bene metterci all'opera, se volevamo portar tutto a casa prima dell'alba. Era difficile dire che cosa dovessimo fare, e perdemmo molto tempo a discutere e deliberare, tanto confuse erano le idee di tutti e tre. Finalmente, alleggerimmo la cassa togliendo due terzi del suo contenuto e riuscimmo così, non senza fatica, a sollevarla dalla buca. Quanto avevamo tolto lo nascondemmo tra i cespugli, e lasciammo il cane a far da guardia, con ordini severissimi da parte di Jupiter di non muoversi di lì per nessun motivo e di non aprir bocca fino al nostro ritorno. Dopodiché ci affrettammo verso casa con il forziere, raggiungendo la capanna sani e salvi, ma rotti dalla fatica, all'una del mattino. Esausti come eravamo, non sarebbe stato umanamente possibile, per il momento, fare di più. Riposammo fino alle due, cenammo, e subito dopo ripartimmo alla volta delle colline, muniti di tre robusti sacchi che, per nostra fortuna, si trovavano in casa. Poco prima delle quattro, giungemmo alla buca, ci dividemmo il resto del bottino il più equamente possibile e, senza attardarci a colmare la buca, ci dirigemmo di nuovo verso la capanna dove, per la seconda volta, depositammo il carico d'oro, quando a oriente, al di sopra degli alberi, le prime, pallide strisce di luce annunciavano l'alba.

Eravamo sfiniti, ma ancora tanto eccitati da non riuscire a riposare. Dopo un sonno agitato di tre o quattro ore, ci levammo, come d'intesa, per esaminare il nostro tesoro.

La cassa era stata riempita fino all'orlo, e noi trascorremmo l'intera giornata e gran parte della notte seguente a fare l'inventario del suo contenuto. Non v'era traccia d'ordine o di un criterio qualsiasi. Tutto era stato ammucchiato alla rinfusa. Dopo avere accuratamente selezionato il tutto, ci trovammo in possesso di una ricchezza ancor più grande di quanto avessimo dapprima supposto.

In monete, c'era qualcosa come quattrocentocinquantamila dollari: stima approssimativa, la nostra, basata sulle quotazioni dell'epoca. Neppure una moneta d'argento. Era tutto oro, di antica data e d'ogni tipo: monete francesi, spagnole, tedesche, alcune ghinee inglesi e altri conii, di cui prima d'allora mai avevamo visto l'uguale. C'erano parecchie monete grosse e pesanti, così consunte che non riuscimmo a decifrarne le iscrizioni. Monete americane, niente. Stimare il valore dei gioielli risultò più difficile. C'erano diamanti - alcuni eccezionalmente grossi e bellissimi - centodieci in tutto, e non uno che fosse piccolo; diciotto rubini di una luce purissima; trecentodieci smeraldi, tutti di grande bellezza; e ventun zaffiri, con un opale. Tutte queste pietre erano state tolte dai loro castoni e gettate alla rinfusa nella cassa. Quanto ai castoni, che ripescammo dal mucchio dell'oro, avevano l'aria di essere stati battuti e ribattuti con un martello allo scopo di impedirne l'identificazione. Oltre a tutto questo, c'era un'infinità di ornamenti in oro massiccio; circa duecento pesanti anelli e orecchini; ricche catene, trenta, se ben ricordo; ottantatrè grandi crocifissi, pesantissimi; cinque turiboli d'oro di grande valore; una gigantesca tazza da punch in oro, ornata di pampini splendidamente cesellati e figure di baccanti; due else di spada finemente lavorate a sbalzo, e molti altri oggetti minori che non rammento. Il peso di questi preziosi superava le trecentocinquanta libbre; e in questa stima non ho incluso centonovantasette superbi orologi, tre dei quali valevano, a dir poco, cinquecento dollari ciascuno. Molti erano antichi e, in quanto orologi, inservibili, poiché i loro congegni avevano risentito, quale più quale meno, della corrosione, ma tutti quanti erano riccamente adorni di gemme e avevano casse di gran valore. Quella notte stimammo l'intero contenuto della cassa a un milione e mezzo di dollari; e quando in seguito procedemmo alla vendita dei vari oggetti e delle pietre preziose (taluni li tenemmo per nostro uso), trovammo di aver sottostimato, e di molto, il nostro tesoro.

Quando alla fine l'esame fu concluso, e l'eccitazione del momento si fu un poco calmata, Legrand, che vedeva come io morissi per l'impazienza di conoscere la soluzione di questo straordinario enigma, prese a spiegarne tutte le circostanze fin nei minimi particolari.

«Ricorderete», mi disse, «la sera in cui vi porsi il sommario schizzo che avevo fatto dello scarabaeus. E ricorderete anche che mi irritai con voi perché insistevate a dire che il mio disegno assomigliava a un teschio. Sulle prime, sentendo quella vostra affermazione, pensai che scherzaste; ma poi mi vennero in mente le singolari chiazze sul dorso dell'insetto, e ammisi che la vostra osservazione non era del tutto infondata. Tuttavia, la vostra ironica battuta sulle mie doti di disegnatore mi irritò (mi si giudica un artista di qualche merito), e pertanto, quando mi restituiste il pezzo di pergamena, stavo per accartocciarlo e gettarlo rabbiosamente nel fuoco».

«Il pezzo di carta, volete dire», feci io.

«No; sembrava carta, in effetti, e dapprima anch'io la scambiai per tale, ma quando vi disegnai sopra, mi accorsi subito, che si trattava di un pezzo di sottilissima pergamena. Ricorderete che era molto sporca. Be', proprio mentre stavo per accartocciarla, gli occhi mi caddero sullo schizzo che avevate appena guardato, e potete immaginare il mio stupore quando scorsi la figura di un teschio là dove pensavo di aver disegnato lo scarabeo. Al momento ero troppo sbalordito per riuscire a pensare lucidamente. Sapevo che nei dettagli il mio disegno era troppo diverso da quello, sebbene nei contorni vi fosse una certa generica rassomiglianza. Presi allora una candela e, sedendomi all'estremità opposta della stanza, mi misi a osservare più attentamente la pergamena. La voltai, e sul retro vidi il mio schizzo, così come l'avevo disegnato. La mia prima reazione fu di autentica sorpresa: per quella singolarissima somiglianza dei contorni; per la singolare coincidenza rappresentata dal fatto che, a mia insaputa, sull'altra faccia della pergamena fosse disegnato un teschio, proprio sotto il mio *scarabaeus*, e che questo teschio, non solo nei contorni, ma nelle dimensioni, assomigliasse a tal punto al mio disegno. L'ho detto, per qualche tempo la singolarità della coincidenza mi lasciò completamente sbalordito. E' l'effetto usuale di tali coincidenze. La mente cerca di stabilire un rapporto, una sequenza di causa ed effetto e, non riuscendovi, è colpita da una sorta di paralisi temporanea. Ma quando mi riebbi da tale stato di stupefazione, affiorò nella mia mente una convinzione che mi colpì anche più della coincidenza. Cominciai a ricordare chiaramente, distintamente che quando avevo schizzato il mio *scarabaeus*, non vi era alcun disegno sulla pergamena. Ne ero assolutamente certo, poiché mi rammentavo di averla voltata e di avere esaminato prima un lato, poi l'altro, alla ricerca dello spazio più pulito. Se il teschio ci fosse stato, non avrei mancato di notarlo. Ecco davvero un mistero che non riuscivo a spiegarmi; ma anche allora, in quel primo momento, parve baluginare, se pur vagamente, nei più remoti e segreti recessi del mio intelletto una parvenza, un lucciolío, di quella verità di cui l'avventura dell'altra notte ha dato così lampante conferma. Subito mi alzai in piedi e, messa al sicuro la pergamena, rimandai ogni ulteriore riflessione a quando mi fossi trovato solo.

«Quando ve ne foste andato, e Jupiter si fu profondamente addormentato, mi dedicai a un più metodico esame del problema. Considerai in primo luogo il modo in cui quella pergamena era venuta in mio possesso. il luogo dove avevamo scoperto lo *scarabaeus* si trovava sulla costa della terraferma, a un miglio circa a oriente dell'isola, e poco discosto dal limite dell'alta marea. Quando lo presi in mano l'insetto mi diede un tal morso da costringermi a lasciarlo cadere. Jupiter, con la prudenza che gli è consueta, prima di afferrare lo scarabeo che era volato verso di lui, si guardò attorno in cerca di una foglia o qualcosa del genere, con cui catturarlo. Fu in quel momento che i suoi occhi, e anche i miei, caddero sul pezzo di pergamena, che io allora scambiai per carta.

Giaceva mezzo sepolto nella sabbia, ne sporgeva un angolo soltanto. Vicino al punto dove lo trovammo, notai i resti di uno scafo; di quella che, pensai era stata una scialuppa di salvataggio. Il relitto aveva l'aria di esser lì da chissà quanto tempo perché a mala pena si riusciva a scoprire una qualche somiglianza col fasciame di una barca.

«Bene, Jupiter raccolse la pergamena, vi avvolse lo scarabeo, e me lo consegnò. Subito dopo ci avviammo verso casa, e lungo la strada incontrai il tenente G... Gli mostrai l'insetto, e lui mi pregò di lasciarglielo portare al forte. Avuto il mio consenso, se lo infilò immediatamente nella tasca del panciotto, senza quella pergamena in cui era stato avvolto e che, mentre esaminava l'insetto, avevo continuato a tenere in mano. Forse temeva che io cambiassi idea e pensò bene di mettere subito al sicuro la preda; come sapete, ha una vera passione per tutto ciò che ha attinenza con le scienze naturali. Intanto, senza farci caso, debbo essermi messo in tasca la pergamena.

«Ricorderete che, quando mi accostai al tavolo con l'intenzione di tracciare uno schizzo dello scarabeo, non trovai carta dove ero solito tenerne. Guardai nel cassetto, ma anche lì non ce n'era. Mi frugai in tasca, sperando di trovare una vecchia lettera, ed ecco che la mano cadde sulla pergamena. Vi riferisco in tutti i particolari il modo in cui essa venne in mio possesso, giacché tali circostanze mi rimasero profondamente impresse.

Senza dubbio mi giudicherete fantasioso, ma il fatto è che avevo già stabilito un certo rapporto. Avevo saldato due anelli di una lunga catena. C'era una barca arenata su una spiaggia, e, non lontano dalla barca c'era una pergamena - pergamena, non carta - con sopra disegnato un teschio. Naturalmente mi chiederete: *e dove sta il rapporto?*. Risponderò che il teschio, o testa di morto, è notoriamente l'emblema del pirata. In combattimento i pirati issano sempre la bandiera con il teschio.

Ho detto che quello era un pezzo di pergamena, non di carta. La pergamena è resistente, quasi indistruttibile. È raro che cose di poca importanza vengano affidate alla pergamena; infatti non si presta quanto la carta alle ordinarie esigenze del disegno o della scrittura. Questa considerazione mi indusse a pensare che quella testa di morto avesse un suo significato, una sua importanza. Né mi sfuggì la forma della pergamena. Sebbene uno degli angoli fosse andato perduto per non so quale ragione, era evidente che la forma originaria era oblunga. Insomma, era esattamente il tipo di foglio quale si poteva scegliere per un memorandum, per appuntare qualcosa da ricordare a lungo e conservare con cura».

«Ma», lo interruppi io, «voi dite che quando disegnaste lo scarabeo, il teschio non era sulla pergamena. Come potete allora stabilire un rapporto tra la barca e il teschio se quest'ultimo, stando a quanto voi stesso ammettete, deve essere stato disegnato (Dio solo sa come e da chi) in un periodo successivo al vostro disegno dello *scarabaeus*?».

«Ah; qui sta il mistero; sebbene, a questo punto, non mi fosse poi tanto difficile risolvere il problema. I miei passi erano ben calcolati, e non potevano portarmi che a un unico risultato.

Ragionai, diciamo, a questo modo: quando mi ero messo a disegnare lo scarabaeus, sulla pergamena non c'era traccia apparente del teschio. Terminato il disegno, l'avevo dato a voi, e vi avevo osservato attentamente finché non me lo avevate reso. Quindi, il teschio non l'avevate disegnato voi, né era presente altra persona che potesse farlo. Quindi, non era attribuibile a nessun intervento umano, e tuttavia era stato fatto.

«A questo punto delle mie riflessioni, mi sforzai di ricordare, e riuscii a ricordare con estrema chiarezza, ogni incidente che si verificò in quell'occasione. Faceva piuttosto freddo (raro, felicissimo caso!), e il fuoco ardeva nel caminetto. Dopo la lunga camminata, mi sentivo accaldato, e stavo seduto vicino al tavolo. Voi, invece, avevate accostato la poltrona al camino. Proprio mentre vi allungavo la pergamena, e vi accingevate a esaminarla, entrò il mio terranova, Wolf, e vi appoggiò le zampe sulle spalle. Con la sinistra lo accarezzavate e cercavate di allontanarlo, mentre la destra, che teneva la pergamena, vi ciondolava tra le ginocchia, vicinissima al fuoco. A un certo momento, pensai che le fiamme arrivassero a lambirla, e fui lì lì per avvertirvi; ma, prima che potessi parlare, vi eravate tirato indietro ed eravate intento a esaminare la pergamena. Quando considerai tutti questi particolari, non dubitai per un solo istante che fosse stato il calore l'agente che aveva fatto apparire sulla pergamena il teschio che vi vedevo disegnato. Come ben sapete, esistono, e da tempo immemorabile, preparati chimici grazie ai quali è possibile scrivere su carta o pergamena in modo tale che i caratteri siano visibili solo se esposti all'azione del fuoco. Qualche volta si usa l'ossido di cobalto, sciolto nell'acqua regia e diluito con acqua quattro volte il suo peso, dà un color verde. Il cobalto puro, sciolto in spirito di nitro, dà un color rosso. Questi colori scompaiono dopo un tempo più o meno lungo, dopo che il materiale su cui si è scritto si raffredda, ma riappaiono se esposti di nuovo al calore.

«Ora esaminai il teschio con la massima attenzione. I contorni esterni, i più vicini all'orlo della pergamena, erano molto più distinti degli altri. Era chiaro che l'azione del calore era stata imperfetta o ineguale. Accesi immediatamente il fuoco ed esposi la pergamena, in ogni sua parte, all'intenso calore della fiamma. Dapprima il solo effetto fu il rafforzarsi delle linee sbiadite del teschio; ma, insistendo nell'esperimento, nell'angolo del foglio diagonalmente opposto a quello in cui era disegnata la testa di morto, divenne visibile una figura che inizialmente supposi fosse quella di una capra. Un più attento esame, tuttavia, mi convinse che chi l'aveva disegnato aveva voluto raffigurare un capretto».

«Ah, ah!», dissi io, «certo non ho alcun diritto di ridere di voi: tanto denaro, un milione e mezzo, è una faccenda troppo seria per scherzarci sopra... Ma non mi pare che stiate saldando il terzo anello della catena: non troverete un rapporto che sia uno tra i vostri pirati e una capra; i pirati, sapete, non hanno niente a che fare con le capre. I contadini, se mai ...».

«Ma se ho appena detto che non era la figura di una capra!».

«E va bene, era quella di un capretto: la stessa cosa, più o meno».

«Più o meno, ma non del tutto», disse Legrand. «Avrete forse sentito parlare di un certo capitan Kidd. Io interpretai subito il disegno come una specie di firma-rebus o geroglifica: kid, capretto; Kidd, il nome del pirata. Ho detto *firma*, giacché la sua posizione sulla pergamena suggeriva appunto quest'idea. La testa di morto, nell'angolo diagonalmente opposto, aveva, allo stesso modo, l'aria di un bollo, di un sigillo. Ma ero più che sconcertato per l'assenza di tutto il resto: il corpo, intendo, del documento che mi aspettavo. Il suo testo, insomma».

«Vi aspettavate, suppongo, di trovare una lettera tra il bollo e la firma».

«Qualcosa del genere. Il fatto è che avvertivo, irresistibile, il presentimento di una imminente, straordinaria fortuna. Non saprei dire perché. Forse, dopo tutto, era un desiderio più che una vera convinzione; ma sapete, quelle assurde parole di Jupiter, che lo scarabeo fosse d'oro massiccio, avevano colpito, e profondamente, la mia fantasia. E poi quella serie di accidenti e di coincidenze, talmente straordinarie... Avete notato che tutti si verificarono nel solo giorno dell'anno in cui ha fatto freddo abbastanza da dover accendere il fuoco, e che senza quel fuoco, e senza l'intervento del cane nel momento stesso in cui irruppe nella stanza, non avrei mai notato la testa di morto, e di conseguenza non sarei mai entrato in possesso del tesoro».

«Sì, ma continuate: sono tutto impazienza».

«Bene, avrete sentito, naturalmente, delle molte storie che si raccontano, delle mille voci vaghe che corrono a proposito di denaro sepolto da qualche parte sulla costa atlantica da Kidd e dai suoi. Queste voci devono pur avere avuto qualche fondamento nella realtà. E il fatto che tali voci abbiano continuato a diffondersi per tanto tempo, ininterrottamente, si spiegava, a mio parere, con una sola circostanza: il tesoro sepolto era rimasto sepolto. Se Kidd avesse nascosto il suo bottino per qualche tempo, e poi l'avesse recuperato, queste voci non sarebbero arrivate fino a noi nella loro forma attuale, immutata nel tempo. Tenete presente che tutte le storie parlano di cercatori di tesori, non di scopritori di tesori. Se il pirata fosse tornato in possesso del suo denaro, la cosa sarebbe finita lì. Pensai che un qualche accidente (la perdita, ad esempio, dell'appunto indicante la sua precisa ubicazione) l'avesse messo nell'impossibilità di recuperarlo, e che questo accidente fosse noto ai suoi compagni, i quali altrimenti non avrebbero mai potuto sapere che un tesoro era stato nascosto; erano stati loro, coi loro tentativi di ritrovarlo - tentativi affannosi ma vani, perché fatti alla cieca - a far nascere e poi a diffondere fino a renderle di pubblico dominio quelle voci ora tanto comuni.

Avete mai sentito parlare di qualche grosso tesoro disseppellito lungo la costa?».

«Mai».

«Eppure è noto che Kidd aveva accumulato enormi ricchezze; perciò diedi per scontato che la terra le custodisse ancora, e forse non vi farà meraviglia se vi dico che sentivo in me una speranza, quasi una certezza, che quella pergamena così stranamente rinvenuta contenesse un appunto smarrito indicante il luogo in cui il tesoro era stato riposto».

«Ma come avete proceduto?».

«Attizzai il fuoco, ed esposi di nuovo la pergamena all'azione del calore; ma non apparve nulla. Pensai allora che forse lo strato di sudiciume che la rivestiva avesse qualcosa a che fare col mio insuccesso; così ripulii accuratamente la pergamena versandovi sopra dell'acqua calda. Fatto ciò, la posi in un tegame di stagno, con il teschio voltato in giù, e misi il tegame su un fornello acceso. Dopo pochi minuti, quando il recipiente si fu completamente riscaldato al fuoco della carbonella, tolsi il foglio, e con indicibile gioia lo trovai macchiato in parecchi punti da quelle che sembravano cifre ordinatamente disposte su righe. Riposi il foglio nel tegame, e ve lo lasciai un altro minuto. Quando lo tolsi di nuovo, si presentava così come potete vedere ora».

E qui Legrand, dopo avere un'altra volta riscaldato la pergamena, la sottopose al mio esame.

Fra il teschio e il disegno della capra, erano tracciati, in rosso, i seguenti segni:

53‡‡†305))6*;4826)4‡.)4‡;806*;48†8960))85;1‡(;:‡*8†83(88
)5*†;46 (;88*96*?;8)*‡(;485);5*†2:*‡(;4956*2(5*-4)898*;40692
85);)6†8)4‡‡;1(‡9,48081;8:8‡1;48t85;4)485†528806*81
(‡9;48;(88;4 (‡?34;48)4‡;161;:188;‡?;

«Ma», dissi io, restituendogli il foglio, «sono più all'oscuro che mai. Se per la soluzione dell'enigma mi offrissero tutti i tesori di Golconda, sono certo che non riuscirei a guadagnarmeli».

«Eppure», disse Legrand, «la soluzione non è per nulla difficile come la prima, frettolosa occhiata a questi segni potrebbe indurvi a credere. Questi segni, come ognuno può facilmente arguire, costituiscono un crittogramma: vale a dire, hanno un senso. Ma in base a quello che sapevo di Kidd, non me lo figuravo capace di costruire un crittogramma troppo astruso. Pertanto conclusi subito che questo doveva essere di una specie semplice, ma tale che il rozzo intelletto di un marinaio avrebbe giudicato assolutamente insolubile per chi ne ignorasse la chiave».

«E voi l'avete risolto?».

«Rapidamente; ne ho risolti altri diecimila volte più astrusi. Le circostanze, e una certa predisposizione mentale, mi hanno portato a interessarmi di indovinelli del genere, e dubito che l'ingegnosità umana possa costruire un enigma che l'ingegnosità umana, applicandosi a fondo, non possa risolvere. In effetti, una volta stabilita una serie di segni connessi e leggibili, la difficoltà di ricavarne il significato non mi preoccupava che molto relativamente.

«Nel caso in questione, anzi, in tutti i casi di scrittura segreta, il primo problema riguarda la lingua del cifrato, poiché i criteri della soluzione, specie per quanto riguarda le cifre più semplici, dipendono dal genio del particolare idioma e variano a seconda di esso. In genere non vi sono alternative; occorre solo sperimentare, basandosi sul calcolo delle probabilità, ogni lingua nota a colui che tenta la soluzione, finché venga trovata quella giusta. Ma, per quanto riguarda il nostro cifrato, la firma risolve ogni difficoltà. Il gioco di parole basato su Kidd non ha senso in nessuna lingua, tranne l'inglese. Non fosse stabilito per questa considerazione, avrei iniziato i miei tentativi con lo spagnolo e il francese, cioè dalle lingue in cui era più naturale che un pirata dei mari spagnoli avesse trascritto un segreto del genere. Stando così le cose, conclusi che il crittogramma fosse in inglese.

«Come potete osservare, non ci sono divisioni tra parola e parola. Se ce ne fossero state, il compito sarebbe stato relativamente facile. In tal caso, avrei cominciato con il confronto e l'analisi delle parole più brevi e, se fosse capitata una parola di una sola lettera, come è più che probabile (*a* o *I*, per esempio), avrei considerato la soluzione come certa. Ma, mancando una divisione, mio primo passo fu di accertare quali lettere ricorressero con maggiore frequenza e quali con minore frequenza. Fatti i conti, compilai la seguente tabella:

Il carattere 8	ricorre	33	volte
;	»	26	»
4	»	19	»
‡	»	16	»
)	»	16	»
*	»	13	»
5	»	12	»
6	»	11	»
†	»	8	»
1	»	8	»
0	»	6	»
9	»	5	»
2	»	5	»
:	»	4	»
3	»	4	»
3"	»	4	»
?	»	3	»
q	»	2	»
-	»	1	»
.»	»	1	»

«Ora, in inglese la lettera che ricorre più frequentemente è la e. Seguono nell'ordine:

a o i d h n r s t u y c f g l m w b k p q x z. In ogni caso, la *e* predomina a tal punto, che è raro trovare una frase, di qualsiasi lunghezza, in cui essa non sia la lettera più frequente.

«Già all'inizio, dunque, abbiamo il fondamento di qualcosa di più di una semplice congettura. È chiaro l'uso generale che si può fare della tabella, ma per quel che riguarda il nostro crittogramma, ci varremo solo in parte del suo ausilio. Poiché il segno predominante è *8*, presupporremo, tanto per cominciare, che corrisponda alla e dell'alfabeto. Per verificare tale presupposto, vediamo se *8* si trova spesso in coppia, giacché in inglese le coppie di e sono assai frequenti, come per esempio nelle parole *meet*, *fleet*, *speed*, *seen*, *been*, *agree* ecc. In questo caso, lo ritroviamo raddoppiato ben cinque volte, sebbene il crittogramma sia breve.

«Prendiamo dunque *8* come *e*. Ora, fra tutte le parole della lingua inglese, l'articolo the è la più frequente; vediamo perciò se non si presenti la ripetizione di tre caratteri, nello stesso ordine, l'ultimo dei quali sia *8*. Se scopriamo tali ripetizioni, così ordinate, molto probabilmente rappresentano la parola the. Ora, se esaminiamo il cifrato, troviamo non meno di sette volte la serie *;48*. Pertanto possiamo supporre che il segno *;* rappresenti la lettera *t*, *4* la lettera *h*, e *8* la lettera *e*.

Conferma, quest'ultima, della nostra ipotesi: e con ciò abbiamo fatto un gran passo avanti.

«Ma avendo stabilito una parola, siamo in grado di stabilire un punto di estrema importanza: vale a dire, la fine e l'inizio di parecchie altre parole. Prendiamo, ad esempio, il penultimo caso in cui si presenta la serie *;48*, non lontano dalla fine del testo. Noi sappiamo che il segno *;* che segue immediatamente è l'inizio di una parola, e dei sei segni che seguono questo *;48* ne conosciamo cinque. Trascriviamo questi segni così, con le lettere che sappiamo li rappresentano, lasciando uno spazio vuoto per la lettera incognita: *t eeth*.

«Qui possiamo scartare subito il *th* che non fa parte della parola che incomincia con la prima *t*; giacché, provando con tutto l'alfabeto alla ricerca di una lettera che possa colmare la lacuna, ci accorgiamo che è impossibile comporre una parola di cui questo *th* faccia parte.

Dovremo dunque limitarci a: *t ee*, e, ripassando l'alfabeto, se necessario, come già abbiamo fatto, arriviamo alla parola *tree* (*albero*) come unica versione possibile.

In tal modo otteniamo un'altra lettera, *r*, rappresentata da più due parole giustapposte: *the tree*.

«Se guardiamo un po' più avanti, dopo queste parole, ritroviamo la combinazione *;48*, che usiamo come terminazione di quanto immediatamente precede. Ne risulta, in quest'ordine:

the tree;4(‡?34 the

o, sostituendo le lettere rispettive quando esse ci siano note:

the tree thr...‡? 3h the.

«Ora, se al posto dei segni che non conosciamo, lasciamo degli spazi vuoti, o mettiamo dei puntini, leggiamo:

the tree thr... h the,

da cui risulta evidente la parola *through* (*attraverso*). Ma questa scoperta ci fornisce tre nuove lettere: *o*, *u*, e *g*, rappresentate da ‡, ?, e 3.

«Se ora esaminiamo attentamente il testo, in cerca di combinazioni di segni già noti, troviamo, non molto dopo l'inizio, questa serie:

83(88,

cioè *egree*, che è, ovviamente, la terminazione della parola *degree* (*grado*) e che ci dà un'altra lettera, *d*, rappresentata da *t*.

«Quattro lettere dopo la parola degree, troviamo la serie

;46(;88.

Traducendo i segni noti, e rappresentando i segni ignoti con puntini, come in precedenza, leggiamo:

th. rtee.,

serie che immediatamente ci suggerisce la parola *thirteen* (*tre-*

dici) e che ci fornisce altre due lettere, *i* e *n*, rappresentate da *6* e da *.

«Riportandoci ora all'inizio del crittogramma, troviamo la combinazione

53 ‡‡†

Traducendo come prima, otteniamo *good* (*buono*), che ci dà la certezza che la prima lettera è *a*, e che le due prime parole sono *a good* (*un buono*).

«Ad evitare confusioni, dobbiamo ora disporre per ordine in una tabella tutte le *chiavi* finora trovate. E la tabella è questa:

5	rappresenta	a
†	»	d
8	»	e
3	»	g
4	»	h
6	»	i
*	»	n
‡	»	o
(	»	r
;	»	t
?	»	u

«Vi troviamo rappresentate non meno di undici delle lettere più importanti; mi sembra perciò superfluo, per quanto riguarda la soluzione, entrare in altri dettagli. Ho detto abbastanza per convincervi che crittogrammi di questa natura sono di agevole soluzione, e per darvi un'idea del carattere razionale del procedimento. Ma tenete presente che il crittogramma che abbiamo davanti appartiene alla specie più semplice.

Non mi resta ora che darvi la traduzione completa del testo della pergamena, come l'ho decifrato. Eccolo:

«A good glass in the bishop's hostel in the devil's seat twenty-one degrees and thirteen minutes northeast and by north main branch seventb limb east side shoot from the left eye of the death's head a beeline from the tree through the shot fifty feet out»

«Un buon vetro nell'ostello del vescovo sulla sedia del diavolo ventun gradi e tredici minuti nord-est quarta di nord tronco principale settimo ramo lato est calare dall'occhio sinistro della testa di morto una linea d'ape dall'albero attraverso la palla cinquanta piedi in là».

«Ma», dissi io, «l'enigma mi sembra ancora più oscuro che mai. Come è possibile ricavare un significato da questo gergo assurdo a base di *sedia del diavolo* e *testa di morto* e *ostello del vescovo*?».

«Ammetto», rispose Legrand, «che se esaminata superficialmente, la faccenda può sembrare ancora alquanto confusa. Il mio primo tentativo fu quello di ridare al periodo le divisioni primitive, secondo le intenzioni del crittografo».

«Volete dire, dargli una punteggiatura?».

«Qualcosa del genere».

«Ma come ci siete riuscito?».

«Ho riflettuto che il crittografo aveva scritto intenzionalmente le parole senza divisioni, per renderne più difficile la soluzione. Ora, un uomo di ingegno non troppo sottile nel far ciò avrebbe quasi sicuramente esagerato. Quando, scrivendo, fosse arrivato là dove fosse stata necessaria una pausa, o un punto, sarebbe stato irresistibilmente portato a giustapporre i caratteri più fittamente del consueto. Se, alla luce di questo presupposto, osservate il manoscritto, troverete facilmente cinque casi del genere, in cui le lettere sono anormalmente accostate. In base a questo indizio, ho apportato le seguenti divisioni:

«A good glass in the bishop's hostel in the devil's seat - fortyone degrees and thirteen minutes - northeast and by north - main branch seventh limb east side - shoot from the left eye of the death's head - a bee-line from the tree through the shot fifty feet out».

«Un buon vetro nell'ostello del vescovo sulla sedia del diavolo - quarantun gradi e tredici minuti - nord-est quarta di nord - tronco principale settimo ramo lato est - calare dall'occhio sinistro della testa di morto - una linea d'ape dall'albero attraverso la palla cinquanta piedi in là».

«Anche questa divisione», dissi, «continua a lasciarmi all'oscuro».

«Lasciò anche me all'oscuro», replicò Legrand, «per qualche giorno; nel frattempo feci diligente ricerca, nei pressi dell'Isola di Sullivan, di un qualche edificio noto col nome di *castello del vescovo*, poiché, naturalmente, l'altro termine, *ostello* era ormai desueto. Non avendo raccolto alcuna informazione in proposito, stavo per estendere il raggio delle mie ricerche e procedere in modo più sistematico, quando, una mattina, mi balenò l'idea che questo *ostello del vescovo* potesse avere qualche rapporto con una vecchia famiglia di nome Bessop che, in tempi andati, aveva posseduto un antico maniero, circa a quattro miglia a nord dell'isola. Mi recai pertanto alla piantagione e ripresi le mie indagini tra i negri più vecchi del posto.

Finalmente una delle donne più anziane disse di aver sentito nominare un luogo chiamato Bessop's Castle (*Castello dei Bessop*) e che forse mi ci poteva guidare lei stessa; solo non era un castello, né una locanda o ostello, ma un'alta rupe.

Mi offrii di ricompensarla lautamente per il suo disturbo, e dopo qualche esitazione acconsentì ad accompagnarmi sul posto. Lo trovammo senza difficoltà; poi, congedata la donna, presi ad esaminare la località. Il *castello* consisteva di un ammasso irregolare di picchi e rocce, una delle quali spiccava sia per la sua altezza sia per la sua collocazione isolata e un che di *artificiale* nell'aspetto. Mi arrampicai fino alla cima e mi ci soffermai, più che mai perplesso sul da farsi.

Mentre ero immerso nelle mie riflessioni, l'occhio mi cadde su di una stretta sporgenza sul lato orientale della roccia, forse una yarda al di sotto della sommità su cui stavo. La sporgenza era di circa diciotto pollici e non era più larga di un piede; una nicchia, nella roccia sovrastante, la faceva vagamente rassomigliare a una di quelle sedie a schienale ricurvo, quali usavano i nostri antenati. Non ebbi il minimo dubbio: quella era la *sedia del diavolo* cui si alludeva nel manoscritto, e mi parve ormai d'aver colto il segreto dell'enigma. Il *buon vetro*, lo sapevo, non poteva riferirsi che a un cannocchiale; poiché il termine *glass* (*vetro*) di rado è usato in un altro senso dagli uomini di mare. Ora, capii subito, si doveva usare un cannocchiale, usarlo da un preciso angolo visivo che non ammetteva la minima variazione.

Né esitai a credere che le frasi *quarantun gradi e tredici minuti* e *nord-est quarta di nord* indicassero la direzione in cui puntare il cannocchiale. Tutto eccitato per queste scoperte, mi precipitai a casa, mi procurai un cannocchiale e tornai alla roccia.

«Mi calai sulla sporgenza, e mi accorsi subito che era impossibile starvi seduti se non in un'unica, particolare posizione, il che veniva a confermare la mia ipotesi. Ricorsi allora al cannocchiale. Naturalmente i *quarantun gradi e tredici minuti* potevano indicare solo l'elevazione al di sopra dell'orizzonte visibile, giacché la direzione orizzontale era data chiaramente dalle parole *nord-est quarta di nord*. Con una bussola tascabile stabilii subito quest'ultima posizione; poi, puntando il cannocchiale a un angolo il più vicino possibile ai quarantun gradi di elevazione, calcolati approssimativamente, lo spostai cautamente ora in su ora in giù finché la mia attenzione non fu attirata da uno squarcio o apertura circolare nel fogliame di un grande albero che in lontananza sovrastava tutti gli altri. Nel centro dell'apertura scorsi una macchia bianca, ma dapprima non potei distinguere di che si trattasse. Misi a fuoco il cannocchiale, guardai di nuovo, e allora capii che si trattava di un teschio umano.

A questa scoperta, mi sentii così fiducioso che conclusi di avere ormai risolto l'enigma; poiché la frase *tronco principale settimo ramo lato est* poteva riferirsi solo alla posizione del teschio sull'albero, mentre *calare dall'occhio sinistro della testa di morto* ammetteva anch'essa una sola interpretazione, se riferita alla ricerca di un tesoro sepolto. Capii che bisognava lasciar cadere o calare una palla di fucile attraverso l'occhio sinistro del teschio, e che una *linea d'ape*, cioè una linea retta, tracciata dal punto più vicino del tronco attraverso la *palla*, vale a dire dove la palla di fucile fosse caduta, e di qui prolungata per cinquanta piedi, avrebbe indicato un punto preciso; e al di sotto di questo punto, pensavo, era almeno possibile che giacesse sepolto un prezioso bottino».

«Tutto ciò», dissi, «è chiarissimo, e sebbene ingegnoso, è anche semplice ed evidente. E dopo che lasciaste l'ostello del vescovo?».

«Be', dopo aver preso accuratamente nota della posizione dell'albero, me ne tornai a casa.

Ma nell'istante stesso in cui lasciai la *sedia del diavolo*, l'apertura circolare scomparve, né poi riuscii più a scorgerne traccia, da qualunque parte mi voltassi. Era questa, a mio avviso, la massima sottigliezza di tutto quanto il piano: il fatto (poiché ripetute prove mi hanno convinto che si tratta di un fatto) che l'apertura circolare in questione non sia visibile da alcun altro angolo visivo che non sia quello consentito dall'angusta sporgenza della parete rocciosa.

«In questa spedizione all'ostello del vescovo ero stato accompagnato da Jupiter, che senza dubbio da qualche settimana teneva d'occhio il mio contegno assorto e distratto e faceva di tutto per non lasciarmi solo. Ma il giorno dopo mi levai di buon'ora e, elusa la sua sorveglianza, andai alle colline in cerca dell'albero. Faticai molto a trovarlo, ma infine ci riuscii. Quando a notte rientrai a casa, il mio servitore voleva prendermi a legnate. Quanto al resto dell'avventura, credo che lo conosciate quanto me».

«Suppongo», dissi, «che al nostro primo tentativo di scavo non siate riuscito a localizzare il punto a causa dello sciocco errore di Jupiter, che lasciò cadere lo scarabeo dall'occhio destro del teschio invece che dal sinistro».

«Proprio così. L'errore comportava una differenza di circa due pollici e mezzo nella *palla*, vale a dire nella posizione del piolo più vicino all'albero. Ora, se il tesoro fosse stato proprio sotto la *palla*, l'errore sarebbe stato trascurabile; ma tanto la *palla* che il punto più vicino all'albero erano solo due punti per stabilire una linea di direzione, e naturalmente l'errore, minimo all'inizio, cresceva col prolungarsi della linea, per cui, arrivati a cinquanta piedi, eravamo completamente fuori strada.

Se non fosse stato per quella mia idea fissa che il tesoro doveva trovarsi veramente sepolto lì vicino, tutte le nostre fatiche sarebbero state vane».

«Ma la vostra magniloquenza, quel vostro modo di far roteare lo scarabeo... che bizzarria!

Ero certo che foste impazzito. E perché poi avete insistito a far calare lo scarabeo, anziché una pallottola?».

«Ecco, a esser franco, ero alquanto seccato dal vostri più che palesi sospetti sulla mia sanità mentale, e così decisi di punirvi senza chiasso a modo mio, con un pizzico di calcolatissima mistificazione. Per questa ragione feci roteare lo scarabeo, per questa ragione lo feci calare dall'albero. Foste voi a darmene l'idea con la vostra osservazione sul singolare peso dell'insetto».

«Capisco. Ma c'è un ultimo punto che ancora mi lascia perplesso. Come spiegare il fatto degli scheletri trovati nella buca?».

«È un problema, questo, cui non saprei rispondere più di voi. Forse c'è un modo plausibile, uno solo, di spiegarlo... e tuttavia èterribile pensare a tanta atrocità, quella che la mia ipotesi presuppone. È chiaro che Kidd (se fu Kidd a nascondere il tesoro, cosa di cui non dubito) deve essersi avvalso, in quel lavoro, dell'aiuto di qualcuno. Ma terminata la fase più faticosa, può aver giudicato opportuno eliminare quanti erano al corrente del suo segreto. Forse bastarono un paio di colpi di vanga, mentre i suoi aiutanti erano ancora intenti al lavoro dentro la fossa; forse ne occorsero una dozzina. Chi potrà mai dirlo?».

IL CUORE RIVELATORE

Sul serio! Io sono nervoso, molto nervoso, e lo sono sempre stato. Ma perché pretendete che io sia pazzo? La malattia - è vero - ha resi più penetranti i miei sensi, ma non li ha logorati, non li ha distrutti! Io avevo, finissimo, il senso dell'udito e ho intese tutte le voci del cielo e della terra. E molte anche dell'Inferno. Come potrei esser pazzo, allora? State dunque attenti e notate con quanta assennatezza e, soprattutto, con quanta calma io posso narrarvi tutt'intero il fatto.

È impossibile stabilire in che modo quell'idea m'attraversò il cervello la prima volta. Io so solo che, una volta concepita, essa mi ossessionò giorno e notte. Un motivo preciso non c'era. La passione, ad esempio, non vi aveva per nulla la sua parte. Io amavo quel buon vecchio. Egli non mi aveva mai fatto alcun male. Non mi aveva mai offeso. Io non desideravo il suo oro. Immagino che fosse il suo occhio! Sì, era quello senz'altro! Uno dei suoi occhi era simile a quello d'un avvoltoio... un occhio d'un pallido azzurro, come velato da una membrana. Quando esso cadeva su di me a guardarmi, il sangue mi s'agghiacciava nelle vene... e a poco a poco, lentamente, io m'ebbi fitto in capo quel pensiero di togliergli la vita e di sbarazzarmi così, per sempre, di quel suo terribile occhio.

Il problema era tutto qui. Voi credete che io sia pazzo. E i pazzi non sanno davvero quel che fanno. Avreste, invece, dovuto vedermi. E vedere ancora con quanta assennatezza mi posi al lavoro, con quanta circospezione, con quale alta sapienza di commediante e, infine, con quale preveggenza!

Non ebbi mai ad esser tanto gentile col vecchio come durante tutta la settimana innanzi il suo assassinio. Ogni sera, verso la mezzanotte, io giravo la maniglia della sua porta e aprivo - ma piano, piano - un impercettibile spiraglio, e poi ancora... ancora... fintanto che non avevo aperto abbastanza da far entrare la mia testa, tutta, al di là della porta. Facevo passare, allora, una lanterna cieca, la quale era perfettamente chiusa. Perfettamente chiusa, dico, tanto che non ne filtrava un solo raggio di luce. Era allora il momento di affacciare la testa. A vedere con quanta destrezza compivo quell'operazione, voi avreste indubitabilmente riso. Io muovevo la mia testa, infatti, con una estrema lentezza.

Estrema, dico, acciocché il sonno del vecchio non potesse in nulla venir turbato. Trascorreva, al certo, un'ora intera perché potessi passarla tutta, e puntarla innanzi quel tanto che sarebbe stato sufficiente perché potessi vedere il vecchio coricato nel suo letto. Un pazzo - dite! - sarebb'egli stato tanto prudente? E come io avevo cacciata tutt'intera la testa nella stanza, allora cominciavo - ma con cautela, con infinita cautela - cominciavo a schiudere la lanterna, ma lentamente, veh! con esasperante lentezza, perché la sua cerniera cigolava. Ed io la schiudevo quel tanto che era sufficiente a lasciar cadere un solo e impercettibile raggio di luce - un filo - su quell'occhio da avvoltoio: e per sette volte, per sette lunghissime notti, a mezzanotte in punto, tornai dal vecchio, e sempre trovai ben chiuso quel suo occhio, per modo che mi fu impossibile, non che compiere, iniziare soltanto l'opera che m'ero proposto, giacché non era quel buon vecchio a eccitar la mia ira, ma quel suo orribile, malefico occhio.

E quando aggiornava, tutte le mattine, entravo spavaldo nella sua stanza e mi rivolgevo, senza veruno scrupolo, e lo chiamavo col suo nome, affettando la massima cordialità, e non mancavo mai di chiedergli come avesse trascorsa la sua notte. Ma dunque, non siete persuasi? Egli avrebbe dovuto esser provveduto d'una sottilissima penetrazione, perché potesse sospettare che ogni notte, a mezzanotte, io ero là, da lui, e guardavo, guardavo il suo sonno.

L'ottava notte, se possibile, andai ancor più cauto che per l'innanzi, nello schiudere la sua porta. La lancetta più piccola d'un orologio si sposta più veloce, nel suo giro, di quanto non facesse, allora, la mia mano, ed io, nel mentre che operavo, maravigliavo della mia stessa sagacia, e a malapena sapevo contenere le sensazioni che il mio trionfo m'accendeva in petto. Pensate, dunque, e cercate di vedermi, mentre ero là e schiudevo la porta, d'un millimetro appresso all'altro, e il vecchio - lui! - non nutriva alcun sospetto, nonché delle mie azioni, dei segreti pensieri che abitavano, in folla, l'animo mio.

A quell'idea non potei far di meno che lasciarmi sfuggire un riso sommesso. Ed egli - forse - udì, poiché si rivoltò, all'improvviso, nel suo letto, come se stesse per ridestarsi. Voi pensate ch'io, allora, fui per ritrarmi, vero? No certo. La tenebra che regnava nella stanza era fitta e profonda, poiché, timoroso dei ladri notturni, il vecchio chiudeva le impannate con una cura estrema, così ch'io avevo la certezza ch'egli non avrebbe potuto distinguere il varco che aprivo. E continuai ad aprire e ad allargarlo, e ancora... e ancora...

Avevo affacciata la testa ed ero sul punto di schiudere la lanterna, allorché il mio pollice ebbe a scivolare sul metallo della serratura, e il vecchio si drizzò sul letto. E strillò:

«Chi va là?».

Io rimasi immobile, assolutamente immobile, e trattenni il respiro. Non mossi un muscolo durante un'ora e per tutto quel tempo non intesi il vecchio far l'atto di coricarsi nuovamente. Egli era sempre seduto sul suo letto. E ascoltava. Egli ascoltava come avevo ascoltato io, e notti e notti, il rodio dei tarli tra parete e parete.

Un gemito sommesso mi raggiunse improvviso l'orecchio, ed era il gemito d'uno spavento mortale. Esso non testimoniava né il dolore, né la pena, ma era il suono sordo e soffocato che s'innalza dal profondo di un'anima sopraffatta dal terrore. Io conoscevo quel suono, lo conoscevo bene. Per notti e notti, a mezzanotte, nel mentre che il mondo intero era immerso nel sonno, esso era sgorgato dal mio petto e aveva ridesti, colla sua eco agghiacciante, i terrori che m'opprimevano.

Ripeto che io lo conoscevo bene. Sapevo ciò che in quel punto sentiva il povero e buon vecchio, e per quanto fossi posseduto, allora, da un estremo desiderio di ridere, non potei far di meno ch'esserne mosso a pietà. Sapevo ch'egli era restato desto fin dal momento in cui avevo udito il primo, lieve rumore. Egli s'era rivoltolato nel letto, allora, e nel frattempo i suoi spaventi erano andati man mano aumentando. Aveva tentato di persuadersi che non v'era, per essi, alcun motivo, ma non vi era riuscito. Egli aveva detto tra sé: non è nulla di nulla; è il vento che soffia nel camino, è un sorcio che ha attraversato di furia l'impiantito, è soltanto un grillo, che ha emesso il suo piccolo strido. E s'era sforzato d'infondersi coraggio mediante siffatte ipotesi ma le aveva trovate tutte vane.

Tutte vane, poiché la Morte veniente gli era passata dinanzi con la sua grande ombra nera, e in quella lo aveva avviluppato. Ed era soltanto il funereo influsso di quell'ombra invisibile che gli faceva sentire - anche se egli non vedeva nulla e nulla udiva - la presenza della mia testa, in quella sua camera.

Come io ebbi atteso a lungo e inutilmente ch'egli si coricasse di nuovo, mi risolvetti, infine, a schiudere un po' quel mio lume, ma tanto poco ch'era quasi un nulla. E lo feci di furto, in modo tale che voi non sapreste nemmeno immaginarlo, e non solo, un unico pallido raggio, un sottil filo di ragno, uscì dalla fessura e andò a cadere, diritto, sull'occhio d'avvoltoio.

Ed era aperto, era spalancato; e mi bastò appena guardarlo un solo istante ch'io ero già pervenuto al colmo dell'ira. Lo vidi perfettamente, lo vidi, quell'azzurro opaco, ricoperto della schifosa membrana che m'agghiacciava il midollo nelle ossa, lo vidi e null'altro vidi all'infuori di esso dacché l'istinto aveva diretto l'unico sottil raggio del mio lume là, in quel punto dannato.

Non v'ho già detto che la pazzia di cui mi accusate altro non è se non iperacutezza dei miei sensi? Ebbene, un rumor sordo e soffocato e intermittente mi giunse, in quel punto, all'orecchio, ed esso era simile a quello che produrrebbe un orologio che sia stato avvoltolato nella bambagia. Ed io riconobbi quel rumore. Esso scaturiva dal cuore del vecchio, e avvenne che eccitasse la mia furia, al modo stesso che il rullo del tamburo esaspera il coraggio del soldato.

E nondimeno io seppi contenermi e non mi mossi, e rimasi immobile, e non osavo quasi respirare, e badavo soltanto a tener ben fermo quell'unico raggio del mio lume, diritto, sull'occhio d'avvoltoio. E nel contempo la marcia infernale del suo cuore scandiva più forti i suoi colpi, sempre più forti, diveniva precipitosa e alzava il tono, il timbro, lo alzava, lo alzava! Il terrore del vecchio doveva essere estremo! E il battito del suo cuore diveniva più forte di minuto in minuto... Ma mi seguite, dunque, con attenzione? Vi ho detto ch'ero nervoso, terribilmente nervoso - e lo ero, difatto - ma quel rumore, nel silenzio notturno, nel pauroso silenzio notturno di quella vecchia casa, colmò l'animo mio d'un insoffribile terrore. E mi contenni - certo! - mi contenni ancora per qualche istante, e non mi mossi dal mio posto. Ma quel battito si faceva più forte, sempre più forte. Pareva che quel cuore stesse per iscoppiare.

E così fui posseduto da nuova angoscia. Certo! Certo! Il rumore avrebbe potuto essere inteso da qualche vicino... No, no! L'ora del vecchio era suonata! Spalancai il mio lume tutt'intero e mi precipitai, insieme, con un urlo fortissimo, nella stanza. Il vecchio non emise un grido, non un solo grido, dico. State bene attenti? Io lo trassi giù dal giaciglio sull'impiantito, in un attimo solo, e gli rovesciai addosso tutto il peso del letto. Fu allora che, accortomi d'essere ormai a buon punto nella mia opera, mi lasciai andare, infine, a ridere per la gioia. E nondimeno il suo cuore continuò ancora per qualche istante a battere ma d'un battito sordo e velato. E io non ne fui allarmato. Attraverso il muro non lo avrebbe potuto udire nessuno: vacillò ancora, poi si spense del tutto. Il vecchio era morto.

Rimossi il letto ed esaminai il cadavere. Certo, egli era morto, morto stecchito. Posai la mia mano sul suo cuore e ve la trattenni un qualche minuto.

Non s'udiva alcuna pulsazione. Egli era morto stecchito. Il suo occhio aveva cessato per sempre di tormentarmi.

Se ancora persistete a credermi pazzo, vi persuaderete del contrario allorché vi darò un ragguaglio delle sagge precauzioni ch'ebbi a usare per nascondere il cadavere. La notte avanzava ed io lavoravo in fretta, ma anche in silenzio. Spiccai, dapprima, dal corpo, la testa. Fu poi la volta delle braccia e delle gambe. Tolsi quindi dall'impiantito tre assi e nascosi il tutto tra i regoli.

Restituii, dipoi, il loro luogo alle assi, e con tale destrezza e perizia che nessun occhio umano - neanche il suo - avrebbe potuto avvedersi d'alcunché. Non c'era nemmeno nulla da lavare, non una sola traccia di sudicio, non la minima stilla di sangue! Oh! S'io non ero stato bene accorto anche in quello! Un catino aveva raccolto prudentemente il tutto. Sarebbe stata da ridere.

Come mi fui sbrigato di quel lavoro, l'orologio del campanile vicino batteva le quattro. Ma la tenebra era come a mezzanotte. Nel mentre che le ore battevano, udii picchiare all'uscio di strada.

Discesi per aprire, ed ero perfettamente tranquillo. Cosa potevo temere ormai? Entrarono tre uomini che si dissero ufficiali di polizia, e le loro maniere apparvero, nondimeno, estremamente cortesi. Un vicino aveva udito gridare nella notte, e, sorto il sospetto che un qualche delitto potesse essere stato consumato nei paraggi, ne aveva informata la polizia. I tre gentiluomini erano stati, infatti, mandati a ispezionare il quartiere.

Io sorrisi: di che cosa, infatti, potevo ancora aver paura? Diedi così il benvenuto ai tre uomini, e dissi che il grido era sfuggito a me stesso, in sogno. Dissi loro che il mio vecchio amico era ancora in viaggio, e condussi, inoltre, i due a visitare tutta la casa. Dissi loro di cercare e soprattutto li spronai a cercar bene. E alla fine li condussi anche nella sua camera. Mostrai loro i suoi tesori, che erano intatti e in ordine perfetto. Nell'entusiasmo che mi possedeva, afferrai due sedie e li supplicai di riposarsi lì, in quella stanza e, nella folle audacia del trionfo sicuro, andai a metter la mia sedia proprio sul luogo dove si trovava nascosto, tagliato in pezzi, il cadavere della mia vittima.

Le guardie parevan soddisfatte. La mia condotta pareva che li avesse del tutto convinti. Io, poi, mi sentivo completamente tranquillo. Sedettero, dunque, e cominciarono a parlare del più e del meno, e a tutto io rispondevo con umore eccellente... ma, a un tratto, m'accorsi che stavo impallidendo e, non so come, desiderai che se ne andassero. Cominciò a dolermi il capo, infatti, e un penetrante ronzio cominciò a infastidirmi le orecchie. E nondimeno coloro restavano seduti e continuavano a chiacchierare. In quel mentre il ronzio, una sorta di tintinnio, ebbe a farsi più distinto e, per non udirlo, procurai di parlare anch'io, e di parlare il più che potevo, ma esso non si lasciò sopraffare e acquistò un carattere ben preciso, e dovetti riconoscere, infine, che esso non era nelle mie orecchie.

Non c'è dubbio ch'io divenni, per allora, estremamente pallido, e badai, così, a ostinarmi nella conversazione e con foga sempre maggiore. Ma quel rumore aumentava di minuto in minuto.

Che cosa avrei potuto fare? Esso era un rumore sordo e soffocato e intermittente, e in tutto simile a quello che produrrebbe un orologio avvoltolato nella bambagia. Io respiravo a fatica: e gli agenti?

Oh, gli agenti non lo sentivano ancora. Procurai di parlare più in fretta e più forte ma quel rumore cresceva senza tregua. Mi tolsi dalla sedia e cominciai a discorrere di futili argomenti, ma ad altissima voce e con furia, nel mentre che il rumore cresceva, cresceva a ogni minuto. Ma perché non se ne andavano? Io misuravo, su e giù, a passi pesanti, il pavimento, esasperato da quel loro contraddittorio, ed il rumore cresceva con regolarità, con assoluta costanza. Gran Dio; che cosa potevo fare? Mi agitavo, smaniavo, bestemmiavo! Scuotevo la seggiola sulla quale m'ero dianzi seduto, la facevo scricchiolare sull'impiantito, ma quel rumore aveva oramai sommerso tutto il resto, e cresceva e cresceva ancora, senza soste, interminabilmente. E diventava più forte, sempre più forte, e gli uomini chiacchieravano e scherzavano e ridevano. Ma era mai possibile che non lo udissero? Iddio onnipotente! No, no! Essi udivano, essi sospettavano, essi sapevano, eppure si divertivano allo spettacolo del mio terrore, così almeno mi parve e lo credo tuttavia. Ma ogni cosa sarebbe stata da preferirsi a quella orribile derisione. Io non mi sentivo, ormai, di sopportare oltre quelle loro ipocrite risa. Sentii che mi abbisognava gridare o morire. E intanto, ecco - lo udite? - ecco, ascoltate! Esso si fa più forte, più forte, e ancora più forte, sempre più forte!

«Miserabili! Ipocriti!», urlai. «Non fingete oltre! Confesso ogni cosa. Ma togliete, togliete quelle tavole, scoperchiate l'impiantito! È là. È là sotto! È il battito del suo terribile cuore!».

INDICE

In collana

La coscienza di Zeno
Madame Bovary
Uno, nessuno e centomila
Il ritratto di Dorian Gray
Il fu Mattia Pascal
Orgoglio e pregiudizio
I Promessi Sposi
I Malavoglia
I Viceré
Il Conte di Montecristo
Anna Karenina
Delitto e castigo
Gente di Dublino
Cime tempestose
I fioretti di San Francesco
Le confessioni di Sant'Agostino
I racconti del mistero
Jane Eyre
Il Principe
L'abbazia di Northanger
Decameron
La Certosa di Parma
Romeo e Giulietta
Moby Dick
Ragione e sentimento
I fiori del male
Il piacere
Il Corano
La Divina Commedia
Piccolo mondo antico
Guerra e pace
Emma
Nostromo
Sei personaggi in cerca d'autore
Un Canto di Natale
Cuore di tenebra
La lettera scarlatta
Le affinità elettive
La figlia del capitano
I miserabili
Dracula
Il rosso e il nero
La Sacra Bibbia
Aforismi
Elogio della follia
Il profeta
La metamorfosi
Racconti e novelle Maupassant
Al di là del bene e del male
Il processo
Storia di una capinera
L'idiota
L'amante di Lady Chatterley
Mastro Don Gesualdo
L'educazione sentimentale
Persuasione
Frankenstein
Lo strano caso del dr. Jekyll e del sig. Hyde
Così parlò Zarathustra
Senilità
L'arte della guerra
I dolori del giovane Werther
Padri e figli
Il Maestro e Margherita
Bel Ami
L'interpretazione dei sogni
Romanzi e racconti Lovecraft
Mansfield Park
Ritratto di signora
Il tulipano nero
Sherlock Holmes
Le avventure di Sherlock Holmes
Cuore di cane
Il vaso d'oro e altri racconti
Don Chisciotte della Mancia
Malombra
La guerra dei mondi
Canne al vento
La saga dei Forsyte
Diario Anne Frank
Il Teatro - Molière
Ultime lettere di Jacopo Ortis
Dell'arte della guerra
Il grande Gatsby
I fratelli Karamazov
La macchina del tempo
L'isola del dottor Moreau
Le mie prigioni
Le memorie di Sherlock Holmes
Gita al faro
Il Teatro - Goldoni
La fattoria degli animali
Come preparare i drink o il breviario del buongustaio
Antologia di Spoon River
1984
La Luna e i falò
La casa in collina
La bella estate
Le notti bianche+Memorie dal sottosuolo
Flatlandia
Bushidō
Walden
La Nave dei Folli
Il mastino dei Baskerville

Finito di stampare nel mese di maggio 2022
da Grafica Veneta s.p.a., Trebaseleghe (PD)